见经识经

韦 力

※

著

新 星 出 版 社　NEW STAR PRESS

青马（天津）文化有限公司
出　品

自序

　　本书是我多年来对汉文《大藏经》的刊刻地、藏板地、收藏地、印刷地等相关历史遗迹的寻访实录。

　　何为《大藏经》？简单概括即是佛教典籍的总汇。众所周知，佛教起源于古印度，但那时并无"大藏经"这个专用名词，用它代指佛教经典总集是中国佛教首创的，正如韩国学者柳富铉在《汉文大藏经异文研究》中所说："'大藏经'一词并非源于印度。古印度称佛教典籍为三藏，即经藏（sutra）、律藏（vinaya）和论藏（abhidharma）。自东汉时期佛教传入中国以来，直到隋唐中国人都把三藏称为'众经''一切经'。"

　　觉真在《〈大藏经〉的历史源流与判定》一文中也有过类似的说法："《大藏经》是一部佛教典籍丛书，也可视为一部佛经总汇。在梵文中无法找到与之相对应的原词，它完全是一个由中国人创造出来的佛教概念，其内涵存在着狭义与广义之分。就广义而言，泛指世界上现存最完备的巴利语大藏经、藏文大藏经、汉文大藏经三大体系；在狭义上则专指我国的汉文大藏经。"

　　其实在古印度，"大藏经"并不止"三藏"，陈士强在其所著《中国佛教百科全书·经典卷》一书中说："在印度佛教中，人们常见的与大藏经同义的用语是集合经藏、律藏、论藏而说的'三藏'。除此之外，小乘佛教中的某些部派也有在'三藏'的基础上，增立杂藏(如大众部)，或咒藏(如上座部中的犊子部)而说"四藏"的。增立咒藏、菩萨藏(如上座部中的法藏部)，或杂集藏、禁咒藏(如大众部中的一说部)而说'五藏'的；大乘佛教也有说'二藏'(声闻藏、菩萨藏)，或'八藏'(胎化藏、中阴藏、摩诃衍方等藏、戒律藏、十住菩萨藏、杂藏、金刚藏、佛藏，见《菩萨处胎经》卷七《出经品》的，但迄今为止，尚未在汉译佛经中发现有'大藏经'一词。"这些都说明在古印度的各个部派中，皆未发现"大藏经"这个词，由此陈士强得出结论："'大藏经'一词，是中国佛教首先创用的。"

那么在中国古代的高僧中，是哪一位首先使用"大藏经"一词的呢？隋代天台宗人灌顶大师在其所著《隋天台智者大师别传》中有一段引文："铣法师云：大师所造有为功德，造寺三十六所，大藏经十五藏，亲手度僧一万四千余人，造栴檀金铜素画像八十万躯，传弟子三十二人，得法自行者不可称数。"其中提到是"铣法师"首先用到了这个词，他讲到智者大师对佛教所做的贡献，说他请人抄写了十五部《大藏经》。

在当时"大藏经"一词确实不多用，比如东晋道安有《综理众经目录》，道流有《众经录》，南齐昙宗有《众经目录》，到了唐代，广泛使用的则是"一切经"，以慧琳的《一切经音义》最为有名，郭迻也有《新定一切经类音》等。而那时的高僧道宣在他的《续高僧传·智颛传》(智颛就是智者大师)中引用灌顶的《隋天台智者大师别传》时，径直将"大藏经十五藏"改为"写一切经一十五藏"，可见"一切经"才是唐代对"大藏经"最为流行的称呼方式。

何时才开始流行"大藏经"一词呢？陈士强在其专著中写道："只是从五代开始,特别是自北宋以后,'大藏经'一词见于典册的次数日益增多,呈现出逐渐取代'众经'、'一切经',成为约定俗成的、普遍使用的佛教术语。这可从五代时后周行瑫的《大藏经音疏》、北宋文胜的《大藏经随函索隐》、惟白的《大藏经纲目指要录》等著作的题名中得到印证。随着中国佛教的对外传播,'大藏经'后来也成为朝鲜、日本佛教中经常使用的一个名词。"看来,学界认为,"大藏经"更能概括佛教典籍的总汇。

既然如此,"大藏经"这个词又做何解释呢？觉真在《〈大藏经〉的历史源流与判定》一文中一字一解地道出其含义:

"'大',在这里显然是一种褒义,用来表示佛教的典籍穷天地之极致,无所不包。因为佛教常把只有佛才可能具有的最高智慧称作'大圆镜智',将佛教的法身佛(毗卢遮那佛)称作'大日如来',《大藏经》所用的'大',也无二致。

"'藏',是梵文 pitaka 的意译,本意为放东西的箱子、笼子等容器。因为古代印度的僧侣们,常把他们抄写的贝叶经存放在这类箱子或笼子中。因此,'藏'也就逐渐成为佛典的计标单位乃至代名词了。

"'经',是梵文 sutra 的意译,原意为'贯穿'。古印度佛教徒认为,用一根线把花瓣穿起来,这些花瓣就不会被风吹散。同理,把释迦牟尼佛的言教总摄在一起,便可永不散失,传诸后世。中文'经'字原意是指织物的纵线,有绵延之意,故引申为'常',指常存之义理、法则……中国人用'经'字来对译印度的 sutra,反映出佛教信徒对释迦牟尼佛及其言教的无限崇敬与信仰。"

这三个字包含着如此深厚的内涵,难怪它成为佛教典籍总汇的专用名词。

对于汉文《大藏经》的价值所在,杜继文在李富华、何梅所著《汉文佛教大藏经研究》一书的序言中写道:"佛教约自 10 世纪开始从本土逐渐衰退,到 12 世纪基本消亡。这种衰退和消亡是毁灭性的,它的经典只能保存在南传上座部的巴利语系和中国的汉、藏文语系中。"由此看来,汉文佛经更能反映佛教的整体概念,更为重要者,汉文《大藏经》不仅仅是保留了佛教的早期文献,还收录了中国僧人对于佛教典籍的阐释和研究,故而李富华在该书的自序中说道:"汉文佛教大藏经是汉文佛教经书文献的总集。它的内容包括自我国两汉之际始,我国历代佛经翻译家翻译的印度的'佛教原典',也就是被称作'三藏'的佛教经典;还包括我国历代僧俗佛教学者诠释'三藏'典籍,发挥和阐述佛教的教义理论,编撰佛教流传和发展的历史等各类著述。今天,印度的佛教原典在它的原产地已经荡然无存,它们是借助于汉文化的成就被基本完整地保存下来,这是中华文明对世界文化的一大贡献。"

正是因为以上这些原因,使得汉文《大藏经》在佛教史上有着极其重要的价值。从北宋开始,《大藏经》从写本时代进入刻本时代,产生了第一部刻本的《大藏经》——《开宝藏》,自此之后,《大藏经》的刊刻一直延续到清代中期,《大藏经》中所阐释的典籍也深入到中国社会的各个层面,既有官刻,也有私刻,既有皇家刊刻,也有寺院刊刻,既有佛学界刊刻,也有俗众刊刻,佛经文献在社会中得到了广泛的认同。

然而随着历史变迁,很多跟《大藏经》有关的遗迹逐渐消失,对于这些经卷的记载也大都语焉不详,因此我将它们作为寻访对象,试图通过查找文献,将那些尚存于世的确定下来。这些遗迹包括《大藏经》的刊刻地、藏板地、收藏地、印刷地等,希望通过寻访,让自己、也让读者感受到《大藏经》在历史地理上的文化意义,了解围绕某部《大藏经》曾经发生过怎样曲折的历史故事。

这些年,我的寻访之旅并不圆满,还有一些与之相关的历史遗迹尚未找到,所幸过程中得到了许多朋友的帮助,在书中我都一一予以记录和感谢。希望这本书能起到抛砖引玉的作用,也希望读到此书的朋友能给我提供更多的线索,让我的寻访之旅继续下去,在未来弥补这些缺憾。因本人对佛理的了解甚浅,书中难免会有错误,同样希望相关专家学者不吝赐教。

韦力于芷兰斋

二〇一七年五月二十七日

目录

開寶藏

《开宝藏》藏板地：鹤壁太平兴国寺

——经板堆积处，曾为译经院

　　《开宝藏》是中国第一部《大藏经》，起初并没有名称，不同的人在不同的文章中对它有不同的叫法，有的直称其为《大藏经》，也有的叫《佛经一藏》或《释典一藏》。至近代，开始有学者研究它，为了称呼方便，就以它的刊刻年代——北宋开宝年间来命名，称之为《开宝藏》。不过也有人称其为《蜀版大藏经》，这是以刊刻地来命名的，因为它雕造于四川。

　　《开宝藏》对中国藏经史影响极大，之后历代大藏都以此为开端。宋太祖为什么要花这么大气力刊刻这样一部大藏？可惜我对佛经了解太浅，至今也没查到直接原因。在研究《开宝藏》的各种史料中，谈到最多的就是，宋太祖在开宝四年命张从信前往益州（今成都市）雕造佛经全藏。至宋太宗太平兴国八年（983）雕造完成，总计用十二年雕造雕板十三万块，之后这些经板被运至国都开封。

　　为什么在四川雕完之后要将雕板运到开封？我也没查得资料，还盼专家赐教。北宋有四大皇家寺院，分别是相国寺、开宝寺、天清寺和太平兴国寺，前三座都在开封城内，唯有太平兴国寺坐落于今鹤壁市浚县大伾山上。《开宝藏》经板被运回来之后，就放在太平兴国寺西侧的译经院中。

　　我决定前往浚县寻找《开宝藏》的藏板寺院。那时，我寻访的脚步已到新乡市，但浚县在鹤壁市。起初向路边几辆出租车司机打听如何去大伾山，他们均说不知，无奈只得改说到浚县。不知为何新乡的出租车都不愿出市区，当我总算找到辆愿意前往的，却在途中被告知不认识到大伾山的路。类似情形我在寻访中遇到过太多，早有准备，于是淡定地拿出随身携带的导航仪，准备插在车上，可这时才发现，车被改造过，竟然没有电源插孔。

　　这是我没有预料到的。司机开始给他多个同行打电话,用当地话问大伾山在哪里,应该开价多少等。其实我上车时已与他谈妥往返浚县四百元,而从地图上看,大伾山还未到浚县,我便建议司机仍按四百元收费。本是一番好意,他却很警惕,对我的话表示怀疑。我拿地图给他看,他却说不会看地图,同行告诉他四百元往返大伾山价格太低,要我再加二百元。其实我听到他的同行在电话中告诉他,收费应在三百到三百五十元之间,但想到刚才打车之难,还是咬牙答应了。这又犯了个错误,就如同买古玩,如果在对方开价而不还价的情况下购得,卖主会认为价格报低了。司机看我应允,果然面露不爽之态,嘴里嘟嘟囔囔,车也越开越慢。

　　我觉得这不是办法,还有好几个寻访点,这样开下去后面的计划全得泡汤,于是果断结账下车。几经周折终于赶到鹤壁市,拦下一辆出租车,跟司机商量前往大伾山。"你是去太平兴国寺吧?"一句话让我放下心来。我对当地情况完全陌生,也不了解大伾山有多高,更担心在偏远之地办完事后找不到返程的车,于是跟司机商量在原地等我。我告诉他自己是第一次来,也不知道从入口到拍摄地需要多长时间。他说大伾山并不大,把山上的寺庙转一遍拍拍照用不了几个小时,他可以在门口等,付一百元即可。价格便宜到让我暗吃一惊,我主动表示,如果拖时略长,可以按他的要求加钱,他笑笑说不用。真是佛不分南北,人也一样有好坏。

　　司机在路上告诉我,大伾山每年最热闹的时候是三月,人山人海,但不是来旅游而是来拜佛,而且大多为同一个祈求——生男孩。当地人认为来此寺求子最灵。司机问我:"你来大伾山是求什么呢?"这句话问住了我。是啊,我来求什么呢? 这让我反省起自己

※ 登山路上看到的精致石牌坊

来：为什么要来此山拍照？为什么要用几年工夫做文化寻踪？为什么要活着？想到这一层，我又开始深究起哈姆雷特的人生终极之问。这问题至今没有答案。哈姆雷特在没有找到答案之前就已离世，以他的聪慧，尚且没能想明白生存与毁灭的关系，我又何必深究？还是老老实实去寻找《开宝藏》的藏板地吧。这样想着，我觉得自己得到了大自在，离佛土更近了。

大伾山四围全是平原，山是拔地而起，虽然不高，但跟四邻相比很是挺拔，看上去颇为壮观。景区票价分五种，通票六十元，余外可分别购买。我只买了二十元去太平兴国寺的门票。

沿着景区内的台阶一路而上，两旁柏树似有千年以上，旁立一块石碑，刻着"情人柏"字样。不知为什么会起这么温馨的名字——现在很多古树都被冠以类似的名字，大概是一种风尚吧。树上挂满了红布条，像是情人们的许愿。再往上走，路的一侧出现几座用青砖墙围起的舍利塔，不知何人在围墙的一侧扒开一个小口，从这里进入，细看那几座塔，却是新造的。拍照后我仍从小口爬出，继续沿路前行，不远处就是太平兴国寺。

太平兴国寺正在复建，门口和院内堆满建筑材料，许多中年妇女肩扛手抬，在往院内搬运建筑构件。寺院占地面积不大，院中石碑大多也是重新翻刻的，其中有一块《敕赐太平兴国寺记》碑，原来的古碑用新的青砖碑券立在院中，上面的字迹几乎难以辨识。碑旁有一块同样大小的新碑，原碑文字被刊刻其上，原文不可辨识者，则以一条一条的空块儿代替。这种刻碑方式甚是少见，也很值得赞赏：既能让人读到原碑上的文字，又忠于原作，不清楚之处不随意添补，很有晚清汉学派的遗风。当年顾千里等人校书，就是采取这种办法,明知原书有错,仍然照刻,然后再出校记。这种校刊方式被称为"死校",顾千里跟段玉裁的矛盾就在这校刊方式的不同上。

进入山门,迎面是一尊木雕千手观音,还未涂彩,就被立在台子上了,两侧的房梁立柱上却刻着弥勒佛的专用对联:"肚大能容容天下难容之事;开口便笑笑世间可笑之人。"正殿旁还有一个小洞,名为"鸿运洞",说明牌上记载,宋太平兴国四年,太宗赵光义为抵御辽兵御驾亲征,不幸兵败,避入大伾山,躲入此洞中。辽兵追至洞外,只见香烟缭绕,五彩祥云熠熠放光,中现达摩祖师圣像,大惊,俯身顶礼膜拜,退兵而去。太宗返回汴梁后,为表彰山洞护驾之功,亲赐山洞所在寺为"太平兴国寺",封此洞为"鸿运洞",并派一皇族弟来做住持,这里也因此被誉为皇家寺院。

鸿运洞旁还有一单独院落——朝阳洞,为大伾山五大名洞之冠。朝阳洞在悬崖一侧的凹进处,后沿石壁盖了屋檐。洞窟很小,约十余平方米。历史记载此洞原为天然洞穴,但如今能看到四壁的斧凿痕迹,也许是后人重新修缮所致。西汉末年,佛教传入中国不久,就有高僧在此修行。而今洞内供奉着三尊佛像,每尊佛像身上都披着黄红相间的斗篷,两侧石台上各有一排小的石雕像,不时有游客进洞朝拜。

鸿运洞的右侧是一段断崖,石壁较为完整,上面满是石刻,细看之下,字迹大多漫漶,但也有一些字口内被重新涂抹过红漆,字迹尚能清晰辨识。断崖西侧已是寺院的西墙,按照我查得的资料,当年《开宝藏》的藏板地在译经院内,后来译经院改名传法院,就在太平兴国寺西侧,而我所在的西侧却找不到这个院。隔着围墙向外望去,隔壁竟然也是一座寺院,很少见到一墙之隔有两座佛寺,直觉很有

※ 太平兴国寺山门
※ 朝阳洞

必要前往一探。

　　隔壁的寺院名叫"天宁寺"，花十元门票进入寺内，见到一座巨大的坐佛，除乐山大佛之外，这是我所知的第二座依山开凿的大坐佛。天宁寺西侧有一个单独的院落，总感觉那里有可能就是我要找的藏板地，问过院中两位僧人和一位管理人员，他们都表示不了解。既来之，则拍之，等回去再研究。然而，回来后查过一些资料，依然没能弄清两座寺之间的关系，想找一些证据来证实我的判断的愿望未遂，只能等相关专家来指教了。

　　另一个让我感到奇怪的是，宋太宗为什么要把《开宝藏》经板藏在太平兴国寺内？关于这一点，我倒是查到了一些蛛丝马迹。我的寻访还有一个主题是佛迹寻踪——寻找历代高僧在国内留下的足迹。根据查到的资料，有三位印度高僧法天、天息灾和施护曾在太平兴国寺译经。

　　天息灾是中印度惹烂驮罗国密林寺僧，施护是北印度乌填曩国帝释宫寺僧，两人是同母兄弟，于太平兴国五年一同来到开封，并带来了一些佛经。当时，法天也在开封，三人都通晓汉语，太宗便让他们审核宫里所藏的梵本佛经，同时将宫里所藏和他们带来的梵文佛经翻译出来，于是命内侍郑守钧在太平兴国寺西侧设立译经院。两年后译经院建成，三人入住，开始翻译佛经。

　　关于这三位高僧翻译佛经的记载很详细，但过程太长，就不抄录于此了。三人先是分别译出了《圣佛母小字般若波罗蜜多经》《大乘圣吉祥持世陀罗尼经》《无能胜幡王如来庄严陀罗尼经》。然而，可能是朝廷无法断定译经是否做到了信、达、雅，于是集合京城的义学沙门一百多人，共同审查这三卷译经的翻译水平。当然，也有僧

※ 摩崖刻石

人指出这种新释佛经的问题，但大多数认为这三卷译经确有价值，遂被编入大藏之中。太宗很高兴，于是加派人手，还下令随时将译经进呈御览。尤其在每年太宗生日的那一天，一定要有新译成的佛经献上，作为寿礼。此后，在皇帝生辰献经就成为惯例沿袭下来。

这个故事只能说明译经院的由来，还不能解释《开宝藏》的经板为什么要藏在这里。四大皇家寺院三家都在城内，唯有太平兴国寺在山上。虽然大伾山并不高，但以当时的运输水平，把十三万块经板搬运上山，远不如放在城内的寺院方便。这个问题我最终也没能找到答案。十三万块经板陆续印刷增补了一百四十年，后来被金人烧毁了。

《开宝藏》对后世影响深远。宋朝时曾作为国礼被赠送给日本、高丽、女真、西夏等国，这些国家又分别予以翻刻，比如《高丽大藏经》，至今经板尚存。由此可知，《开宝藏》不只对中国佛教史有影响，一些邻国也受其影响，甚至达千年之久。

然而，这样重要的《大藏经》却没有一部流传下来。直到今天，全世界仅有《开宝藏》零种十二卷，其中国家图书馆藏有四卷，几乎每次通史展，国图都会亮出一件来让大家开眼。每次看到《开宝藏》，我都情不自禁地怦然心动，藏书这么多年，还没有运气得到这样一卷珍宝。如果这四卷《开宝藏》都是国图几十年前所得，我也就断了念想，但国图得到最新一卷不过是在八年前，那时我也耳闻这卷珍宝现世，也曾交涉商谈，可惜缘分未到。当然，得到得不到是一回事，无论如何一定要有信念在，就像拉磨的驴，眼前吊着的那根胡萝卜虽然永远吃不到，却能鼓励自己一路走下去，这不也同样算是人生目标吗？

※《开宝藏》

佛在王舍城尒時助調達比丘尼無

病不徃受教誡是中有比丘尼少欲

知足行頭陁聞是事心不喜種種因

緣呵責言云何名比丘尼無病不徃

受教誡種種因緣呵責言云何名比丘尼

以是事集二部僧知而故問已向佛廣說佛

此比丘尼汝實作是事不答言實作世

尊佛以種種因緣呵責言云何名比

丘尼無病不徃受教誡種種因緣呵

已語諸比丘以十利故與比丘尼結

戒從今是戒應如是說若比丘尼無

病不徃僧中受教誡波逸提波逸提

者燒煑覆障若不悔過能障礙道

是中犯者若比丘尼無病不徃受教

誡波逸提隨無病不徃受教誡隨得

波逸提若病不犯一事竟 一百五十

十誦尼律卷第四十六

大宋開寶七年甲戌歲奉

勅雕造　　陸永

　　前两年,佛经研究专家方广锠先生和李际宁先生经过多次商谈,终于把存世的十二卷《开宝藏》底本汇集在一起,按原样影印出版,题名《开宝遗珍》。装帧极其精美,但成本也高,售价不菲。花这么多钱买影印本我难下决心,于是决定继续等待,集意念于一端,看看能不能让上帝感我诚,从天上掉下一卷《开宝藏》砸在我的头上。别告诉我不可能,谁要打破我的这个梦,我跟他急!

契丹藏

《契丹藏》刊刻地：北京大觉寺

——玉兰花开祭如在

　　《辽藏》又称《契丹藏》,是继《开宝藏》后的第二部《大藏经》,但外界对它知之甚少。直到上世纪七十年代还没有发现《辽藏》,只能通过间接文献对它做一些推论。五十年代初,国学家吕澂曾对《辽藏》有这样的论述:"赵宋一代大藏经刻本,遍海内外计之,不下十余种,近20年来发见殆尽。其无残篇可得以致内容难详者,仅一契丹大藏而已。今因华严寺碑文所记,略加考定,见其一斑。若求详备,固有俟于异日新资料之出现矣。"吕澂先生说得很客观,也很有预见性,他认为要对《契丹藏》有所了解,必须等待新证据出现。

　　一九七四年,山西应县木塔维修时,偶然于佛腔内发现了一批辽代装藏物,其中有《辽藏》十二卷,其他单刻经三十五卷,这是世人第一次见到辽代的刻经。唐山大地震中,建于辽代的丰润县天宫寺塔受损严重,一九八七年当地文物部门维修时,偶然发现了一批珍贵文物,包括佛经十件(其中七件是册装本,三卷是卷轴装本),这是已知发现的第二批辽代刻经。这批刻经与应县木塔所出有两点不同:一是发现了册装本,以前学界一直认为,《大藏经》直到明万历年间的《嘉兴藏》才第一次改为册装本,天宫寺塔的这次发现,一下子把佛经册装本的历史提前了几百年;二是天宫寺本跟应县木塔本行格不同,天宫寺本就是历史上传说的"小字密行本",也就是说《辽藏》至少有两个版本在。

　　《辽藏》究竟刊刻于何地.学界有不同的看法。其中一处可以确定是北京西山的大觉寺,因为寺内有一块辽代刻碑,上面详细说明了刊刻地点、刊刻时间及刊刻数量。于是,我决定前往。

　　大觉寺位于北京市海淀区北安河乡西山大觉寺路9号。驶上西六环北行近三十公里，从军温路口下道拐上 S210 省道，沿此路蜿蜒前行约五公里，就到了大觉寺停车场。门票二十元，进入园内，古柏森森，有着深山寺院特有的宁静。游客不多，问过几个人辽碑所在，皆茫然不知。进入一个院落，找到一位工作人员，他详细告诉我碑就在寺院后面的半山坡上。不知道半山坡有多远，但这块碑对于了解《辽藏》的刊刻极有价值，无论如何我也要找到它。

大觉寺建在山坡上，进入山门后，步步都是上行。穿过一进进院落，直走到后山的围墙下，我感觉那块贵重的辽碑不可能在围墙之外，于是掉头回转，终于在一座佛塔的西侧找到了它。

眼前的碑没有想象中那么高大，加上碑额上的螭首，也就两米左右，下面还有一个不大的赑屃，如此看来，碑身仅一米多高。碑的正面刻着上千字，有些已经泐损不清，好在清代金石大家王昶在《金石萃编》中将碑文记录了下来。据载，此碑是由"燕京天王寺文英大德赐紫沙门志延撰，昌平县坊市乡贡进士李克忠书"。碑文大多是写大觉寺的秀丽，跟《辽藏》刊刻有关的有如下一段："旸台山者，蓟壤之名峰；清水院者，幽都之胜概。山之名传诸前古，院之兴止于近代。将构胜缘，旋逢信士，今优婆塞南阳邓公从贵，善根生得，净行日严。咸雍四年（1068）三月，舍钱三十万，葺诸僧舍；又五十万，募同志印《大藏经》，凡五百七十九帙，创内外藏而龛措之。"

这里说到的清水院，就是大觉寺的原名，上面谈到的辽代咸雍四年，是该寺初始建造的确切纪年。清水院后来改名灵泉寺，到明代开始叫大觉寺。

由于辽代刻经的资料极少，这段碑文变得十分重要——被相关专家反复引用。这块辽碑，详细记载了捐资刊刻《大藏经》的事实

※ 让人安静的古松柏

及刊刻数量，说大觉寺是《辽藏》的刊刻地之一，应该算是比较客观。

　　如今这块珍贵辽碑，被一个像公共电话亭的物体保护了起来。雪后初晴，天空像被洗过一样通透，强烈的阳光照射在"电话亭"的玻璃上，形成各个角度的折射，这给拍摄带来困难，无论怎样调整角度，都无法避开树影和身影。好在管理者善解人意，将碑文全部打印出贴在旁边，给研究者提供了许多便利。我注意到旁边还立着一块说明牌，上面用中英对照的方式写着："辽碑，刻于 1068 年，高 1.8 米，宽 0.8 米，记载了大觉寺的早期历史，是大觉寺信史的开始，为珍贵文物。"这两行字，只字未提此碑对于印证刊刻《辽藏》的重要性，看来像我这样关心《辽藏》的人似乎不多。但也不能说这段话没有提供有价值的信息，比如说碑高 1.8 米，就比我估计的两米要准确。回头再看这块碑，方知自己估错的原因：下面还有一小截水泥台。

　　辽碑东侧是一座喇嘛式的白塔，名叫"迦陵舍利塔"，样式跟北海公园内的白塔有些相似，只是体量略小一些，塔座下方有精美的砖雕，缝隙内塞着许多硬币。我不懂这是怎样一种祈福方式，伸手取出几枚看了看，基本都是一元面值的钱币，又放了回去。

　　沿白塔右侧向山下慢慢走，进入另一处院落，里面已改成素餐馆，庭院中屋檐落水的凹槽内，每个转角处都卧着一只石蟾，看上去颇为可爱，只是我不明白有什么寓意。回到入口处，在院中慢慢欣赏自己喜欢的古老松柏，树龄似都在千年以上。树上的积雪不断脱落，砸在我的头上，我本该用衣服护着相机镜头，为拍照也顾不上了，无意间看到旁边的摄影者用一块小方巾包裹镜头，这个妙招很值得效仿。从大觉寺内远望附近的高山，山上的雪没有一丝融化的

※ 大觉寺山门

※ 辽碑放在电话亭内

痕迹，看来此处的海拔要比西山高出许多。

舍利塔的主人迦陵禅师的生平很有传奇性。他在晚年结识了胤禛，被胤禛请到府上探讨佛理，也会谈到皇室机要。康熙五十九年（1720），胤禛出资重修大觉寺，力荐迦陵任方丈，迦陵因此被称为大觉寺的"开法第一代先师"。两年后，就在胤禛即位的元年，迦陵接到御旨，辞去大觉寺方丈之职，南游到了庐山，四年之后，在归宗寺圆寂。已经成为雍正皇帝的胤禛命人将迦陵的舍利迁到大觉寺，就是我此刻所在的地方，封他为大清国师，追赠谥号"圆通妙智"，并下令将迦陵的语录辑入《大藏经》中。

然而，数年之后，雍正对迦陵的态度突然转变，说迦陵品行很差，要削掉他的封号，把他的语录从经藏中撤出。雍正是怎么解释这反差的呢？他的说辞是："朕从前失于检点，亦性音辜负朕恩处，着削去所赐封号，其语录入藏者亦着撤出。"雍正说自己以前看错了人，但这一句话就能让人信服吗？迦陵同他交往十年之久，已经过了古人所说的"辨才须待七年"的期限，不可能仅凭一句话就掩盖那么多事实。究竟他们之间发生了什么，有太多的猜测。

有人推测，迦陵让雍正恼怒的原因是他泄露了机密，证据就是迦陵本人的五种著作《宗鉴指要》《宗鉴语要》《宗鉴法林》《是名正句》和《杂毒海》。这五种著作分别刊于康熙五十五年至五十八年之间，其中《宗鉴指要》和《宗鉴语要》两部，提到许多他做雍亲王时跟僧衲交往的记录，他当皇帝后很忌讳这一点。

还有一种猜测更加耐人寻味，迦陵圆寂后，他的弟子悲愤其中内情，写了不少诗词，比如大觉寺内至今挂着一幅迦陵的画像，上有"大觉堂上第二代继席法徒实安"题写的老和尚像赞："欲要赞，只恐污涂这老汉。欲要毁，又怕虚空笑破嘴。既难赞，又难毁，父子冤仇凭谁委？不是儿孙解奉重，大清国内谁睬你！咄，这样无智阿师，怎受人天敬礼。"

这几句像赞背后有多种解读，尤其那句"父子冤仇凭谁委"被认为是暗指康熙和雍正父子之间，因立储而进行的激烈宫廷斗争。迦陵的弟子认为，老和尚真正倒霉的原因就是卷入了宫廷立储之争，因为了解太多内情而被雍正放逐。

时至今日，迦陵的著作，也就是那五种书的板片仍然保留在大觉寺内，可惜我没能亲睹这些书板。

我跟《辽藏》也算有一段因缘。古人有百宋千元，而我有一卷辽刻。近二十年前，鼎丰拍卖公司拍过一卷《辽藏》，经名是《观弥勒菩萨上生兜率天经疏》。因为特殊的历史原因，流传至今的辽代印刷品可谓凤毛麟角，历代藏书家的书目著录中，都未提到过有辽刻本收藏，基于这点常识，我决定无论如何也要把这卷经拍下。在现场跟众人一通狂争，最后以高出底价数倍的代价把这卷经夺了回来。

后来，这件事渐渐传了出去。当时国家图书馆也希望得到这卷经，并且派了数位工作人员去参拍，但因为成交价超过他们的规定上限而放弃。这件事传来传去，被演绎成多个版本，有媒体为了吸引眼球，故意把不相干的两个主体用一些似是而非的关联词产生联系，竟用了《神秘藏书家与国图竞价买走了辽藏》这样的题目，真让人生气。因为当时并不知道国图也想买此经，即使我有幸拍得，也不是想和国图一较高下，个人之力不及国家的万一，我绝不可能心存贪念螳臂当车。

※ 迦陵舍利塔

好在我跟国图的关系一直不错,善本部的朋友看到这些报道之后,反而跟我打趣。但无论怎样,辽刻本仍然极其稀见,那场拍卖之后,市面上再未出现过。直到今天,国家图书馆也没有辽代的刻本。平日里,国图承担着许多国家级的展览任务,而版本这类展览,大多是按照历史年代,也就是惯常所说的通史形式来筹集展品,到了辽代,展品就成了空缺,于是几次大展都来借我收藏的这卷辽经来填补历史的断环。因为每次借展与撤展都要去办相应的手续,为了避免麻烦,我索性把这卷《辽藏》寄存在国图善本部,一存就是几年,国图的朋友调侃说,借来借去很麻烦,不如放在这里,归国图算了。其实我很纠结,也懂得此物归国图是最好的归宿,但出于对书刻骨铭心的爱,实在难以割舍。因为我只有这么一件辽刻本,倘若有第二件,也就没了这种纠结。

但我还是想出了一个折中的办法——几年之内两次把这卷经原样影印出版,终于让孤本不孤。第一次影印的时候,国图的馆长还是佛教史研究专家任继愈先生,我想请他给影印本题写书签,虽然我认识任先生,也在天津百花文艺出版社曾永辰先生的引荐下,去过任先生府上,并得赠几部签名本,但我跟老先生毕竟没什么交情,不敢贸然开口提出这个请求。想来想去,我向李际宁先生提及此事,李先生说肯定没问题,果真不久我就收到了任先生手书的两个签条,感念至今,特记于此。

这卷《辽藏》在国图存放数年,李际宁先生退还给我时,还一并颁发了一张荣誉证书,感谢我对国图展览的支持。

数月前,国图的朋友约我参加一个聚会,地点竟然又是大觉寺。此次前来,一是探讨经板问题,附带来赏玉兰花。大觉寺的玉兰花

※ 御题匾额
※ 辽刻本《观弥勒菩萨上生兜率天经疏》

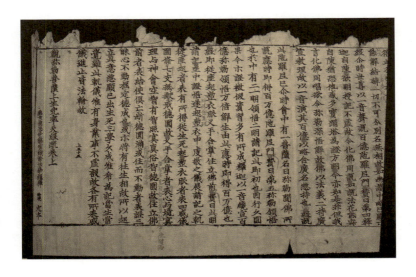

极其有名,跟法源寺的丁香花、崇效寺的牡丹花并称,为北京三大花卉寺庙之一。这棵玉兰花处在大觉寺的四宜堂院内,有十多米高,据说是迦陵禅师从四川移栽于此。如此算来,树龄已有三百多年。到时已是傍晚时分,一朵朵比拳头还大的白色重瓣玉兰花,无论你看与不看,静静地在那里绽放,老树新花,这才是怒放的生命。只想用孔子的一句话来概括我此时的心情——祭如在。

契丹藏

《契丹藏》收藏地：应县木塔

——不怕地震怕小将

二十年来我一直想到应县木塔看一看。北京到应县从路程上看不远，但却没有直达的公共交通，要么北绕大同，要么南下太原，到达这两地之后，还要转乘其他车才能到。从太原到应县的高速路有二百三十公里，这种不远不近的距离最为难受，所以迟迟未能成行。这次到太原办事，偶然跟朋友聊起，他们马上帮我安排好司机，第二天一大早就直奔应县而去。

路上车不多，过忻州地界后开始有雾，浓度倒不大，能见度在三百米以上。到达原平时，能见度降到了一百米以下，我马上让司机降低了车速。

当日寻访的目的地有两处，时间排得太满，果真有问题。进入代县境内，眼前是连绵的群山，云在山腰飘荡，司机说这是到了雁门关。此关在历史上太有名了，不知有多少诗词咏叹其雄险，然而司机告诉我，现在修了高速路，不走旧关而是从山腰下穿隧道而过，行车确实方便了很多，雁门关的雄伟我却未能目睹。汽车连续穿过几条隧道，最长的超过了五公里。

过雁门关，进入朔州地界，转上 G18 高速，前行不远就是桑干河。此时太阳已渐渐升起，浓雾消散，太阳照在桑干河上，可惜河里看不到一滴水。过河不远，就进入了应县地界。下高速，驶上一条宽阔的马路，司机说，他十几年前来过这里，进县之路极其破烂。看来眼前的便利是近几年的成果。

其实在还没有下高速之前，我已远远地看到了木塔，但真正开到景区附近，这座名气极大的塔却没有照片上看到的那样瘦高玲珑，而是一种粗壮敦实的姿态。木塔周围已变成新修的景区，我穿过步行街来到塔院门前，可能不是旅游季节，售票厅里的工作人员

※ 从仿古街回望

要比买票者多几倍,票价五十元,持此入院。

进入塔院,第一眼就感觉票价不值:除了正中那座塔,余外看不到像样的建筑,院落两旁盖了些较为简易的仿古建筑,两侧的钟楼和鼓楼,看上去也与这座著名的木塔不相匹配。细看钟楼的建筑格局,年代似乎要比木塔晚很多年。

我先在右侧的院落探看一番,觉得那里应该有一些实物展或图片介绍。没有遇到工作人员,仅看到一个会议室模样的展厅,座椅前有一些弧形的屏幕,可能是让贵宾听介绍的地方,余外既无图片,也看不到任何出土文物。

走出来看到对面有一平房顶上写着"佛牙舍利展厅"。佛牙也是我来此希望看到的重要文物,可惜展厅门紧闭,敲击几声,未见回应。这是我本次参观的遗憾。佛祖释迦牟尼牙舍利有四颗传世,这里竟然独占两颗,可见当年应县木塔有着何等重要的地位。

这两颗佛牙舍利分别发现于一九六六年和一九七四年。当地宣传部长唐学仕写过一篇《应县佛宫寺释迦塔佛牙舍利》,记载了这两颗佛牙舍利的发现过程:

"1966 年 6 月 18 日朔县人游览木塔时,在三层发现一个花式银盒,当即交给文保所负责人刘德,内盛七宝、佛牙舍利与折叠的《释迦说法像》三幅,均为四层主佛所出(另据应县文化局退休干部刘乃卿 1973 年 10 月 19 日日记载),是十年动乱之初有人从四层主佛像凹槽内移藏于三层佛座后未能取出。"

这个发现过程讲得很简略,其实我还看过其他文献,描述要比这篇复杂许多。而对于第二颗佛牙舍利的发现,我还是引用唐学仕的叙述吧:

"1974年9月,释迦塔的维修工程已局部展开。一日,国家文物局、省古建所、雁北文物站的几位专家、领导正在二层议论佛像的保护工作,谈到了二层主佛像里的装藏物该如何处理的问题,当时二层下面的暗层里正有几个木工师傅施工。没过几天,雁北文物站的张畅耕同志再次上塔查看时就发现二层主像胸部被人撬开,有文物被盗现象,及时向公安局报案,经刑侦人员现场侦查,从施工木匠中锁定了作案嫌疑人,通过审问,见财起意的木匠王某供出了全部作案过程。公安局迅速追回了被盗文物——七宝与佛牙舍利。"

文中所说的"佛宫寺",就是当年应县木塔所在的寺院,而这座木塔的正式名称叫"释迦塔"。在木塔中发现了这样的珍宝,即使在那个特殊年代也是个重要事件。一九七七年,中国佛教协会会长赵朴初从北京赶来,细细瞻仰了这两颗佛牙舍利,后来还题写了"佛宫寺"的匾额。

佛牙舍利是佛教界的圣物,为什么会来到这偏远的释迦塔?因为没有确切的史料记载,各界猜测纷纷,是真是假,各执一词。比如,太原大学教授冯巧英《珍贵的历史见证——略谈应县释迦塔的历史和文化价值》,结尾部分有这样一段文字:

"还有一重要事件,就是二、四两层发现的舍利佛牙,笔者才疏学浅不敢妄加评说。此前曾请教根通老和尚,根老只说佛牙究竟,兹事体大。如果把是说成非则是大罪过,把非说成是也属罪过。我只有些感想。非得证成什么佛的舍利佛牙吗?大乘讲有如恒河沙数诸佛,越到后来有许多高僧住世时人们已尊为大菩萨,他们也发愿,'乘愿再来'。木塔内舍利佛牙肯定是当时人们心中的真佛、大菩萨。欣逢盛世,佛牙现身,应该说是佛法大弘和太平之说的吉兆,

※ 粗壮而不玲珑的木塔

我们以敬佛之心供养就是了。"

由此看来，真假两种论断都拿不出确切的证据，但是根据以往的惯例，佛舍利会藏在地宫内，而在木塔内发现舍利之处都是佛像里。黄夏年先生在《舍利崇拜历史及其理论基础》一文中也提出了这个疑问："应县的舍利是装在了佛像的身上，而不是像其他地方将舍利装进了佛塔的地宫珍藏，这一现象颇值得研究。"

黄先生认为，舍利藏在地宫蕴含了中国人入土为安的传统，并举出陕西法门寺地宫的例子。那为什么应县释迦塔与他处的做法不同呢？黄先生猜测说："将舍利装入佛像的心中，很可能就是给佛像更多力量，让他心脏跳动更加有力，因为在他们看来，佛像是有魂的，舍利也许就是佛像的魂。"无论从哪个角度，我都想亲睹这两颗佛教圣物，可惜运气不佳，只能去参观释迦塔。

在世界范围内建筑学领域，应县木塔远比佛牙舍利要有影响。据说它是当今世界上最为高大的木结构建筑，塔高近六十八米，总重超过了七千四百吨。这么庞大的一座木塔，竟然完全不用铁钉加固，当年的设计者真让人佩服。站在院中仰望木塔，确实给人以震撼。

按照明万历《应州志》所载："佛宫寺，初名宝宫寺，在州治西。辽清宁二年，田和尚奉敕募建。至金明昌四年，增修益完。塔曰：'释迦'，道宗皇帝赐额。元延祐二年，避御讳敕改'宝宫'为'佛宫'。"即此可知，该塔建于辽清宁二年（1056）。然而《古今图书集成·神异典》中却说："佛宫寺，寺在应州治西南隅，初名宝宫寺，五代晋天福间建，辽清宁二年重建。"这就将木塔建造的时间又向前推进了一个朝代，引起了学界争论。厦门大学教授王荣国在《关于应县释迦塔的建造年代》一文中,给出了折中的说法:"宝(佛)宫寺应是辽清二年在后晋天福间所建的寺院旧址上重建的,其历史可以追溯到其前天福年间。宝(佛)宫寺虽是以塔为中心的格局,释迦塔是其主体建筑,但晋天福年间建的寺院很可能不是以塔为中心的格局,所以作为释迦塔的历史没有必要往上追溯,其创建年代始于辽清宁二年,金明昌六年增修益完。"由此可知,应县的释迦塔建造于辽代,基本上已经成为学界共识。

来的时候不巧,木塔的入口处搭起了脚手架,两侧的回廊也用栏杆封闭起来,看来要进行大整修。有位工作人员坐在凳子上,要求我出示门票,并且很严厉地跟我说,塔内禁止拍照。我正准备调头走下台阶继续寻找可拍之处,门内的一位妇女跟我说,可以从这里穿过去。感谢她给我指路。

走进门内,看到旁边的一张小办公桌上摆放着几份介绍材料,随手翻看,介绍都太过简单。还没等我说话,那妇女又告诉我,还有更多资料。她打开侧墙上的一个壁橱,从里面拿出几本书说:"这些书,字多图少,不好卖,估计是你想要的。"翻看了一下,每书中都有可看之文,于是选了三本。问她价格,她说自己不会算账,让我自己算。于是,我一本一本报给她上面所印定价。我报十六元,她就说十五元;再报出三十二元,她说三十元。我以为这是她给我的折扣,但当我报出第三本二十元的价格时,折扣却没了。她告诉我,共六十五元,原来她用整数来算价比较容易。我如数递上钱款,从她的脸上能看出欣喜之色。

她从抽屉里翻出一个旧塑料袋,让我把书放在里面。我感谢了她的体贴,而后表示,为了环保,可以不用此袋。道谢之后,我正准

※ 藻顶极具特色

备从塔内穿过,却突然听到她说:"你别动。"我站在原地,不知她有
什么嘱托。此时有两位游客走进塔内,待这两人穿到里面后,她跟
我说:"没有人进来时,你就拍照。"这个结果我没料想到,于是跟她
开玩笑,问是不是因为买她的书而对我额外开恩。她没有正面回答,
眼光看着另一侧,小声说了一句:"你人善。"

　　塔的正中端坐着释迦牟尼佛。这尊主佛高达十一米,可能是因
为佛塔的高大,佛看上去比想象中小许多。侧旁有登塔的木楼梯,
入口处却上着锁。她告诉我,禁止登塔已有五年的时间,她对不能
让我上去一看表示了遗憾。塔四围的墙上满绘着壁画。她说,这是
辽代所绘。能够看到这些,还能拍照,我已经感到很满足。于是,只
要有游客进来,我就站在那里仔细端详,等游客穿过,我再接着拍
照。塔的一层面积不大,虽然难以看到楼上的珍宝,但我觉得人不
能有过多的贪念,能够拍到这些已然满足。

　　穿塔而过,进到后面的院落。这个院落建在一块台地上,占地
约三四亩大小,正殿写着"大雄宝殿",其体量跟木塔比起来,显得太
过狭小。侧殿旁还堆放着一些老的砖瓦。站在这里向后望去,院落
之外又建起了新的宫殿,看来当地一定要把应县木塔在世界的影响
做大做强。在我看来,有这座宝塔在,即使没有任何其他建筑物,也
无法撼动其在建筑史上的地位。

　　从建筑学角度来说,应县木塔确有其神奇之处。如此大的一座
塔,完全不用铁钉固定,居然还这么结实,这让人难以想得透。不
仅如此,自它诞生以来九百五十多年的历史上,经历过数次大地震。
《应县志》上说:"元大德九年四月己酉,大同路地震,有声如雷,坏
庐舍五千八百,压死者一千四百余人。"元代还有一次大地震,震级

应当比大德九年（1305）的还要强烈："元顺帝时，地大震七日，塔旁舍宇，尽皆倾颓，惟塔屹然不动。"

至今木塔仍然屹立在原址，不仅经受住了这些自然灾害，人为破坏也未将它毁掉。马良在《应县木塔史话》中说，一九二六年冯玉祥跟阎锡山的部队在此开战，木塔中弹二百多发；一九四八年解放应县时，国民党军队在塔上架起机枪抵抗，解放军开炮攻打，木塔中弹十二发，然而这些炮弹都穿塔而过，不知什么原因，均未在塔内爆炸。

木塔为什么这么坚固呢？按照建筑学家的说法，释迦塔在建造时改变了常用的中心立柱式建塔方式，采用双层环形空间构架，每层都用内外两圈八角形的支撑梁架。这种结构可以削减自然灾害产生的震动。

参观完后院，我还是觉得不过瘾，又再次回到塔内。因为我来此寻访的主要目的，不是为了欣赏这建筑史上的奇迹，更重要的是这里出土过辽代的经卷，还因此引起了学界大轰动。因为历史原因，辽代所刻之书无论是佛经还是四部书，流传至今者极其稀见，这里却意外地发现了一批，而且这个发现竟缘于当年红卫兵的破坏。前应县副县长杨生淳写过一篇《应县佛宫寺释迦塔辽代秘藏珍贵文物的发现、转移与回归》，文中称："'文革'浩劫之初，塔内塑像又遭红卫兵的破坏。从佛像一层腹内掏出的大批珍贵文物，已遭焚毁流失，荡然无存，难以计数。"

因为处在特殊的历史时期，那次破坏并未在社会上引起关注。直到一九七四年，国家文物局才派人对此进行考察和保护。杨生淳在文中称：

"7月28日，国家文物局文物保护科学研究所和省、地、县的文物工作专业人员六人，在祁英涛同志的主持下，自上而下逐层检查木塔塑像的残破情况，研究保护措施。发现四层主像释迦牟尼佛像胸背部开洞。以木棍探察，觉得有物深藏于内。经设法提取，得到卷轴两件。一为刻经，一为绘画《神农采药图》。后继续进行清理，又发现一批卷轴文物和刻经、写经碎片。"

这是他所说的第一次发现。而后在一次例行检查中，又有了新发现：

"1974年11月18日，县公安局和文保所工作人员登塔检查消防安全工作，在二层主佛像腹内取出佛经30卷，残卷两包，由文保所收藏。1977年9月10日，在国家文物局祁英涛、李竹君的建议下，在佛像补塑前，对一层释迦牟尼佛像脏内进行了一次清理。清理出佛经30卷，残卷12包，手抄本4包，交给文保所。

"这样，经过前后五次发现清理，共得佛经75卷，佛画4幅，七宝与舍利佛牙68件，残卷15包，手抄本4包。"

对于这个重大发现，张畅耕、郑恩淮和毕素娟合著的《应县木塔辽代秘藏考》记载更为详实，这三位专家共同参与了当时的工作，其中张畅耕是大同市考古所所长，另两位是中国历史博物馆研究馆员。此文刊载在《文化交流》一九九四年第三期，在此我将文中描写发现经过的段落抄录如下：

"四层主像胸背部开洞。从残破处发现，塑像系木构骨架，装板缠绳，外敷薄泥，装饰成型。木架中柱宽20厘米，厚15厘米。中柱上端相当塑像胸部，有一长、宽各15厘米、深10厘米的凹槽，槽外原有铁皮罩板（部分铁钉尚存）。凹槽内藏物已失。凹槽以下，前端有一与中柱略等、木板围制的长方形竖槽。孟繁兴以木棍探之，觉得内中有物，诸同仁再探亦然。但无法窥视，且伸手不及。为弄清究竟，取来当地自地炉中挟取炭火的特长柄铁钳，试挟之，出卷轴两件，一为辽藏单卷《妙法莲华经第二》，一为绘画《采药图》。在场人员，群情振奋，本为检查塑像，顿成清理四层塑像内秘藏。鉴于挟火钳损伤文物，且愈向下愈难提取，经研究，揭开了竖槽外边的部分塑泥、槽板。发现秘藏经卷分层立放于竖槽之内。竖槽下端与塑像盘膝部的木骨架相接，其间散乱放置经卷及碎片。并有黄鼠骨架一具。显系经卷入藏后，受到黄鼠的扰乱，致竖槽下端破裂，槽内经卷被撕咬下沉，部分落入盘膝部位，倘非如此，秘藏出于动乱之初，定将毁于一炬，此亦不幸中之万幸！"

这个重大的发现，竟然是在如此意外的情况下随手探得。而后这些残破经卷被送到荣宝斋进行修补。一九八二年六月二十五日至三十日，中国历史博物馆（今国家博物馆）举办了山西应县木塔辽代文物展览，后来这些珍宝就一直保存在国博，直到一九九六年，在当地人的不断努力下，才最终被运回应县文物所，可惜我一直无缘得见。好在二十年前，我意外得到了其中一件，这也是我面对木塔时格外亲切的原因。

想到刚才只顾着拍照，忘了细看那些佛经和珍宝究竟是从佛像什么部位发现的。我又重新回到塔内，向卖书的妇女请教。她告诉我，这些珍宝分别出自三层佛像，而以第一层最多。她指给我看当年红卫兵砸洞的位置，果真释迦佛的左胸前有修补过的痕迹，修补之处未曾涂彩。她告诉我，这是有意留下来的，让人们可以看到当年破坏的痕迹。但我觉得那个洞的位置距地面太高。她说，当年红

※ 准备维修的藻顶
※ 塔旁的石刻

卫兵是蹬着佛手上去的，佛手是木胎泥制，一用力就蹬断了。她指给我看，果真，佛手的手指跟其他地方颜色不同。

我接着请教，当年究竟掏出了多少佛经。她说，数量很多，红卫兵把它们堆在塔前点火，整整烧了一上午。闻其所言，我心中隐隐作痛，而今剩余的残渣都成了一级文物，当时所烧应该是总量的百分之九十九以上。近千年的珍宝，就这么化为了灰烬，不知烧这些珍宝的红卫兵当时是怎样的心态。她说，他们什么都不懂，她自己也是后来才知道这些佛经是何等珍贵。

我好奇她为什么了解这么多。她说自己姓张，一九八二年应县木塔重新开放，第二年她就来到这里，当临时工直到今天。做临时工做了三十多年，这样的经历听来匪夷所思。她说，这种情况在县里并不稀见。还说，当时应县木塔的门票是一毛钱，几年后才涨到两毛钱，当时她的月薪是三十元。几年后又涨到一块钱，而后每过几年就涨几块，直到现在，涨到了八百元。她笑着说，挣的钱虽然少，但好在有事情可做。

崇寧藏

《崇宁藏》刊刻地：福州东禅寺等觉院

——私刻大藏，由是而始

关于《崇宁藏》的性质，赖永海主编的《中国佛教通史》给出了以下定义："《崇宁藏》，又名《东禅寺大藏经》《崇宁万寿大藏》《崇宁万寿藏》《东禅寺本》《闽版》《闽本》，是由民间自发组织刻印的佛教藏经，是中国佛教史上第一部私刻藏经。"刊刻大藏无论在古代还是今天，都是一项浩大的工程，所以基本上都属政府行为。那么，东禅寺为什么要自己出资刊刻呢？关于这件事的起因，日本小川贯弌先生在《福州崇宁万寿大藏的雕造》一文中探讨得较为详细。

小川贯弌讲到元绛这个人。元绛在宋代也算实力派，熙宁初年（1068）开始掌握中央财政，算新党人物，跟王安石的关系很好，很受神宗皇帝的赏识。这样一个人为什么要帮助刊刻《大藏经》呢？小川贯弌的解释是："关于这个新法党系的参知政事元绛，成为福州闽县易俗里白马山东禅等觉院雕造大藏经板的请主的事，没有什么史料。他和住持慧空大师冲真的关系也完全不清楚。但神宗皇帝熙宁四年（1071）三月十九日，依诏有废止东京开封府太平兴国寺印经院的事。这个印经院的敕版《大藏经》的板木，曾令拨给杭州府下，令僧了然管理；但因了然固辞，同年八月十日下赐开封府崇化坊显圣寺的寿圣禅院，于是住持智悟大师赐紫怀瑾成了提辖管勾（监督管理——译者注）印经院事，负责折印与雕版的管理事务。印经院自开设以来，在内侍省所管之下，曾承担过敕版《大藏经》的雕印，但因须继续奉纳辽的岁币，国库穷乏之极，终于随王安石新法的实施而被废止。印经院址也成了国库的财务长官三司使的住宅。对这种情况见闻最清楚的是参知政事元绛。"

元绛为什么成了《崇宁藏》的实际出资人，小川贯弌说没查到具体的史料，元绛跟东禅寺住持冲真的关系也不清楚，但他从《开宝藏》的印经事件推论出，元绛对印经事务很熟悉。沿着这个思路，小川贯弌做出如下推论："他当了参知政事后，于元丰元年（1078）十月三日，被命任编纂《传法院新编法宝录》的参定（定稿——译者注）之职。元丰二年（1079）五月，元绛辞去参知政事之职，其编纂事业由后任蔡确继承。太平兴国寺的印经院早被废止，同寺传法院的译经事业也已经断绝。熟知这个实际情况的元绛，偶然由于福州东禅等觉院住持慧空大师冲真劝募出版《大藏经》而给予支援。当时因实施新法带来政局不安，曾任要职的元绛，为祈求地位的安泰，当了出版藏经的请主，其间详情虽不明了，但其目的是不难推测的。"

如此说来，《崇宁藏》虽然是一部私刻大藏，背后还是得到了政府官员的支持。文章最后，小川贯弌得出这样的结论："成为这个江南民间《大藏经》出版事业发端的，是福州东禅等觉院请主参知政事元绛，与都劝首住持慧空大师冲真的所谓《崇宁万寿大藏》的出版。"

我看到的小川贯弌这篇文章，是林子青先生所译。林先生为这篇译文写了前言，讲述了此文的出处："最近偶然看到1958年日本《印度学佛教学研究》（第六卷第二号、第七卷第一号），先后载有小川贯弌氏的《福州崇宁万寿大藏的雕造》和《福州毗卢大藏经的雕印》二文，引证繁博；虽然时隔三十年，对我仍有启发，因而翻译，分两次发表，以飨读者。"

林先生为什么要翻译这篇文章呢？前言中也予以说明："六十年前，日本佛教学者常磐大定博士来华，考察佛教史迹到福州时，在踏查东禅、开元二寺之后，毫无所得。他曾感慨地说：表现福州佛教文化的是雕造两部《大藏经》的事。一部是东禅等觉院刻的，一部

※ 寺景

是开元寺刻的,两者同称为福州本。福州本是按照蜀本五千四十八卷,增加新译经论和此方撰述。这个大业,完成于民间之手,而且刻了两部,这是文化史上一大事业,可说是福州莫大的光荣。"

　　东禅寺为什么要刻这部大藏?李富华、何梅在《汉文佛教大藏经研究》中有这样的论述:"《崇宁藏》是继北宋《开宝藏》和辽《契丹藏》之后雕就的第三部大藏经。前两部大藏经都是奉皇帝敕命,由朝廷监造流通,属于官版大藏经。寺僧欲请得这种官版大藏经,需待朝廷颁赐,实非易事。况且宋、辽南北割据,宋地仅汴京一副刻板,远远不能满足各地,尤其是边远寺院的需求,这种状况成为重刊一部大藏经的起因。"他们认为,前两部大藏都是官刻,各个寺院要想得到此经就必须等朝廷的颁赐,但显然能够做到这一点的寺院并不多。这样一来,很多想得到《大藏经》的寺院就希望能独自刊刻一部。但是刊刻大藏必须要得到朝廷的批准,小川贯式的那段论述正好讲到《开宝藏》因为经费问题,使得朝廷同意由寺院自行刊刻,这就等于给私刻大藏开了一个口子。李、何两位先生在文中也同样注意到了这个变化:"宋神宗熙宁四年(1071),因朝廷之种种缘故,将印经院的《开宝藏》经板赐于显圣寺圣寿禅院印造,开始由寺院进行管理,这种变化又为由寺院组织刊板大藏经提供了机遇。"

　　那么,为什么首部私刻大藏是在福州呢?《汉文佛教大藏经研究》中做出了如下分析:"神宗元丰年间,东禅院集中了慧荣、慧空大师冲真和智华等一时名僧;加之福建省是东南各省中森林资源最丰富的一省,木材、造纸、雕板印刷业很发达,这些因素又使得在福州东禅院开板大藏经具备了主客观条件。因此在北宋神宗元丰三年(1080)以前,于福州东禅等觉院筹划开雕一部私刻版大藏经的时机已成熟,条件已俱备。"这段分析认为,东禅寺因为天时地利人和,才成就了这项伟大的佛教文化工程。

可是问题又来了,这部大藏刊刻于福州东禅寺,为什么却叫《崇宁藏》呢?这又跟该寺的名称变迁有关。关于东禅寺的历史,同治年间重修的《福建通志·寺观》中有这样一段记载:"东禅院在易俗里,梁大同五年(539)郡人郑昭勇捐宅为之,在白马山上,旧名净土。唐武宗废为白马庙。咸通间(860-873)僧惠筹居之,(僖宗赐号辨才大师)。及夜禅定,有戎服若拜而辞者,是夕或见乘白马去。观察使李景温因复为寺号东禅净土。钱氏号东禅应圣。宋大中祥符八年(1015)赐号东禅寺。崇宁二年(1103)进藏经,加号崇宁万岁,(有徽宗赐僧达杲御书及大藏经板)。绍兴十年(1140)改报恩广孝,十七年改广为光,(米芾书额)。明成化间改宝峰,今为东禅寺。"

原来东禅寺在历史上有这么多寺名。最终这部大藏定名为《崇宁万岁大藏》,是因为宋徽宗改元为崇宁,命天下寺院都称崇宁寺。

大藏中天字函《大般若波罗蜜多经》卷一前有《敕赐福州东禅等觉寺天宁万寿大藏》一文,前半段为:"旸窃见朝廷近降指挥,天宁节天下州军各许建寺,以'崇宁'为额,仍候了日,赐经一藏,有以见圣朝绍隆佛乘,祝延睿算,实宗庙无疆之福。然旸契勘大藏经,唯都下有板,尝患遐方圣教,鲜得流通。于是亲为都大劝首,于福州东禅院劝请僧慧荣、冲真、智华、智贤、普明等募众缘,雕造大藏经板及建立藏院一所,至崇宁二年冬,方始成就。旸欲乞敕赐东禅经藏'崇宁万寿大藏'为名,祝延圣寿,取钧旨。十一月日奉议郎守尚书礼部员外郎充讲议司参详官陈旸札子,十一月二十日进呈,三省同奉圣

※ 山门上的寺名

旨，依所乞已降敕命，讫二十二日午时付礼部施行，仍关合属去处。"

由这段话可知，这部大藏的正式名称是《崇宁万寿大藏》，这跟上文提到的"万岁"差了一个字。究竟哪个才是正确的呢？李际宁先生的《佛教大藏经研究论稿》中有《崇宁万岁寺或崇宁万寿寺考》一文，详细探讨了此问题，得出的结论是以"寿"字为准。故而这部大藏的正式名称应为《崇宁万寿大藏》，简称《崇宁藏》。

对于《崇宁藏》的地位，李、何两位先生说："《崇宁藏》的问世，不仅开创了我国私刻大藏经之先河，而且对宋、元两代及明初大藏经的刊板影响很大，因此在我国大藏经雕刻史上占有重要的地位。"虽然他们认为这是中国第一部私刻大藏，但两位先生在分析了《大般若》卷一的那段文字后，却又做出了如下的判断："《崇宁藏》刊板性质的转变。东禅经藏从赐名为《崇宁万寿大藏》时起，已由私刻版大藏经转变为准官版性质的一部大藏经了。这种特殊的性质，在《崇宁藏》以后的历代私刻版大藏经中是独一无二的。"

他们认为赐名之后，《崇宁藏》已由私刻变为官版性质，如果这样说的话，那《崇宁藏》还算不算是一部私刻大藏呢？文中没有说明。从《崇宁藏》的刊刻题款来看，主要集资地还是在福建省内。有的人刊刻一函，也有的人所出费用仅够刊刻一卷。元丰三年，前面提到的初期主要捐资人元绛去世，大藏的刊刻暂时陷入停顿，到了元丰八年，因为募集到了足够的资金，才又继续刊刻。大约用了三十余年，这部大藏才得以完成。而后刷板、补板，一直到元末，该寺失火，大板被毁。《崇宁藏》前后刷印有二百年之久，可是至今国内连一部完整的也没有留存下来，公藏私藏全部加在一起，只有几十卷零本而已，我手中也仅存一卷。

　　小川贯式在文中除了提到日本有三座寺院藏有《崇宁藏》之外，还说："这些比较古的印刷物，是京都东山三圣寺的藏经。它是福建路安抚司的王伯于南宋绍兴三十年（1160）五月印刷施入于明州（今宁波）瑞云山的参政太师王公祠堂的。由入宋僧圣一国师圆尔辨圆带回日本而成为三圣寺的藏经。但其多数已经散佚，今日作为全体的资料已失去研究上的价值。"这段话讲到三圣寺也藏有一部《崇宁藏》，并且讲述了此藏的来由，但称其已经散失太多，失去了研究价值。散失原因，小川贯式在文中却没有提到。有意思的是，我所藏的那册《崇宁藏》恰好钤有三圣寺的印记，说明这一册正是南宋年间被带到日本的。而后这册大藏在日本存了九百多年，又返回中国被我得到，这也算是一段小因缘吧。这些年来我在国内看到的几册《崇宁藏》零本，首页上都钤有"三圣寺"的藏印，以及日本藏书家寺田望南的两方著名藏书印章。难道三圣寺佛经的流传跟寺田望南有一定的关系？可惜无法找到相关的研究文章来印证我的猜测。

　　为什么即使是一册零本也要郑重著录呢？因为中国书籍的刊刻虽然始于唐代，但宋代才是书籍出版的真正主流。宋版书几乎被视为中国印刷史的源头，可惜将全世界的宋版书合在一起，估计也不会超过一千部，而这一千部中百分之九十五都是南宋本，真正的北宋本可谓稀若星凤，即使有也基本上是佛经的零本，这些零本又主要是《崇宁藏》——因其全部刊刻于北宋时期。虽然中国的藏书史并不看重佛经，但从印刷史的角度来说，能够得到北宋本是很难得的一件事。

　　那么，为什么会认定《崇宁藏》都是北宋本呢？除了历史资料的记载,还有一个特殊之处,就是《崇宁藏》基本上都有刊刻题款,题款上都有年款。虽然《崇宁藏》在中国流传稀见,但日本所藏比中国多许多,小川贯弌在文中谈及:"关于北宋福州东禅等觉院的大藏经本、高野山的劝学院、上醍醐寺及京都东寺所藏的三藏是很著名的。这些都是以东禅等觉院版为主体,仅以开元寺版而补其缺。"看来日本这三座寺院都藏有《崇宁藏》,但同时其中混入了开元寺版。

福州开元寺刊刻的大藏,正式名称为《毗卢藏》,为福州一地刊刻的第二部私刻大藏。因为这两部大藏刊刻时间首尾相连并同出一地,有些寺院便将二者混藏在一起。小川贯弌称:"那是因为传到日本的福州版的《大藏经》,现存的就有数藏,但都是由东禅等觉院版与开元禅寺版而形成的混合本,没有完整的纯一的版本。因此明治之初鹈饲彻定师认为该藏是东禅、开元二寺的主僧募缘共同雕造的。"看来最初日本佛寺内区分不出《崇宁藏》和《毗卢藏》,认为这是两寺共同刊刻的一部大藏。而后日本汉学家常磐大定经过仔细考证,才将二者区分开来:"大正(1912-1926)年间,常磐大定博士,从《古经题跋》与《图书寮本》考察,认为福州版是二寺各自独立出版的(见《大藏经雕印考》)。其次是小野玄妙博士,通过现存的福州版诸藏经的实地调查,终于证明东禅等觉院与开元寺各自出版了大藏经的事实。"

由此可知,福州东禅寺在《大藏经》史上有着何等重要的地位。虽然该寺在元代被毁,而后不久又被重建。建国后,东禅寺被借用为武器弹药库,一九五二年夏日的某天意外爆炸,东禅寺彻底被夷平。四年之后,福州市政府在东禅寺遗址上建起了一家锅炉厂。锅炉厂搬迁之后,这一带就搞起了房地产,建成的小区名为"福锅",这个名字实在是太贴切了。虽知如此,我还是想要前往遗址一探究竟。

　　福州这次寻访,第一站是鳌峰书院。很不幸,大门紧闭,打听后得知,这里始终未开放过。这个"始终"是多少年,对方也说不清楚。无奈,只能在门口拍了几张照片。

　　拍照时感觉到有个人一直在盯着我,瞥了瞥,是一位年轻的女士。拍完照,我坐在台阶上速记着细节。这位女士竟然走了过来,俯身看我在写什么,我抬头跟她讲:"你别急,等我写完了,会拿给你看。"我的话让她笑了起来,她说自己只是好奇,为什么会有人在这里拍书院的大门。不知道怎样向她解释,于是我把行程单递给她看,她只看了一眼,就惊呼起来:"原来你想把福州的古迹一网打尽。"我笑她太夸张,福州我来过多次,每次离开之后都会发现还有未探访之地。听了我的解释,这位女士指点着行程单上的不确定之处,说自己也有此好,也曾经在福州市内到处探寻历史遗迹。遇到同道,让我心生惊喜。寻访过程中,能够问到确切地址,已经是阿弥陀佛,而我此时正为如何找到东禅寺的遗址头痛。

　　闻言,她立即告诉我:"东禅寺就在桂香街,怎么不存在呢? 只是重建了,现在叫地藏寺。"我顿时精神一振,这太重要了,此前我查的所有资料里都没有提到重建。我再次向她确认:"你确定那是重建的东禅寺? "她十分肯定地说:"当然了。东禅寺没有了,后来重建了一个地藏寺,寺址就在原来东禅寺边上。比如说吧,"她顿了顿脚,以示站的地方,"以前在这里,"然后略微移一小步,"重建的在这里,只是名字改了而已。"

　　这个消息太让人高兴了,我马上起身准备奔去她所说的那个地

※ 碑刻有新有旧
※ 东岳泰山宫

点，她却拦住我，说要加我的微信，我抱歉地跟她讲自己没有微信，她又进一步跟我要手机号我不忍拂她的美意，于是将手机号告诉了她。而后她兴奋地让我翻看她的手机，里面果真有大量的福州古迹照片。我问她为什么对这些古迹感兴趣，她笑而不答，反而问我："那你为什么要拍呢？"

正聊着，斜对面的小学开了门，她的眼睛立刻被吸转过去，说话也期期艾艾起来，我注意到她的面颊飞红，她说要去接孩子，于是挥手作别，各奔自己的要事而去。

地藏寺在晋安区琯尾街195号，离桂香街极近，在一条小巷的中间。我来到时正值中午，僧人们大概都在午睡，寺内极其安静，不见游客，寺门口一位摆摊者也昏昏欲睡。正门虽然开着，却由两道木栅栏锁住，侧有小门，推开进入之后，见到一块写着"地藏寺"的石碑，碑侧有两张椅子供人休息。因为走的是侧门，看到的第一间开着门的殿堂是僧人们的饭堂，每个座位上都有一副碗筷，上面盖着毛巾，有的旁边放着杯子，看来每位僧人的座位是固定的，寺院的规矩我不是太懂。

我很想找一位僧人打问一下，地藏寺所在地是不是当年的东禅寺，但是前后走了几圈儿，都没见到一位僧人。好不容易在饭堂旁边见到一位正在洗手的女尼，向其打问，她一头雾水说不知道。我很失落，又不想无功而返，只好耐着性子在寺里继续游荡，希望遇到一位有缘人告诉我全部的始末。其间见到墙上有宣传板，用漫画和诗歌的形式做着关于佛教和修行的宣传，颇有新意，亦见趣味，与平时常见的说教式宣传截然不同，看来这座寺庙不仅管理上很是严格，在宣传上也与时并进，我对它好感大增，决定不妨多逗留一会。

※ 永怀亭内 "本寺第一代尼和尚骨塔"

在寺的后侧方见到一座墓亭,上面写着"永怀亭",亭中的墓塔碑上写着"重兴本寺第一代尼和尚明旭德淑法师骨塔",看了看碑记,时间并不久远,难道这是一座新寺?我仍不甘心,继续在寺内游逛,拍摄一些局部。有棵树颇为粗壮,看样子不像新种的,看来寺不完全是新建。终于又等到一位女尼经过,上前打问,可能是看到我这么一个大男人在尼寺内闲逛,令她没什么好感,只用不带感情色彩的口吻说了句:"跟东禅寺无关。始建于梁。"然后转身离去。

就算始建于梁,那也不足以说明它跟东禅寺无关,古寺大都几经改名,说不定这座地藏寺还是东禅寺的前身呢,我决定把这件事了解清楚。但在寺内打听,看来不会再有什么结果,于是我来到寺庙的门口,在这里遇到几位年长的香客,向他们请教东禅寺跟地藏寺的关系,其中一位和善的长者指着售卖香火的流通处,叫我到里面去打听,说那里有个人知道。来到流通处门口,看见一位中年妇女正准备趴在桌子上睡觉,我清了清嗓子,打断她的清梦,她说:"这里跟东禅寺无关的。东禅寺的遗址在塔头路那边,有间工商银行,银行门口有个公交站,那里是当年的东禅寺。附近有个楼盘,叫什么世欧澜山的。"我见她讲得如此具体,问她是怎么知道的,或是从哪本书上看到的。她笑着说,是看报纸和电视知道的。

谢过她,来到塔头路,果然见到她说的工商银行和银行门口的公交站。根据网上查来的资料以及她说的路线,我沿着世欧澜山、桂香街、香樟林城市花园走了一圈,再回到塔头路,算是围着当年的东禅寺绕行一周。从世欧澜山转到桂香街这段路颇为僻静,沿路景致猛然间回到上世纪八十年代,城市规划似乎遗忘了这里。右侧一段红砖墙似乎封着一个园子,园门上挂着简单的牌匾"(古迹)东岳

※ 《崇宁藏》内页

真善辯柏應辯解脫辯微細辯不共辯其深
巳得無邊辯無礙辯相續辯種種辯美妙辯
得光明得入菩薩法門菩薩摩訶薩解了知
切法若菩薩摩訶薩學是三昧一切法中悉
踊躍皆得稱心偏袒右肩右膝著地向佛合
掌恭敬作礼白佛言世尊有三昧名照耀一
樓羅乃至梵天等供養如來聞授記巳欣喜
尒時五十八千万光音諸天見諸阿脩羅伽
光音天等得受記品第二十
菩薩見寶會第十六之八
大寶積經卷第六十八　　高齊三藏那連提耶舍譯

泰山宫",落款为益龄堂,不知何许人也,门牌是"朝天桥39号"。我怀疑这里就是当年东禅寺的遗址,只是兴衰更替,各路神仙轮流坐庄。继续往前走,见到墙边有标志"桂香街133号",箭头指示为"福州福维锅炉配件有限公司"。到福州之前,我做过一些功课,有资料称,旧的锅炉厂内有石件残存,于是进入打听。里面尚有两户住房,主人说这里是锅炉厂的宿舍,并没有什么老石头,而下面封起来的地方以前是一座庙。这让我本能地认定所谓的东岳宫就是东禅寺遗址,可惜找不到相关材料来印证,而我也无法走进去一探究竟。

再往前走,就到了香樟林城市花园,小区门正对着康山路,行到这里,八十年代的感觉顿时消散,又回到了当代。上世纪人们在树荫下过着太平日子,一千余年前的东禅寺以及《大藏经》的经板,都成了消散在古书中的零散句子。

《鼓山大藏》收藏地：福州涌泉寺

——名经东际守龙威

鼓山大藏

我第一次听到《鼓山大藏》,是古籍版本专家魏广洲老先生说的。他兴奋地说这是自己的一大发现,他在一些《大藏经》零册上看到竖长方的朱记,均有"鼓山大藏"四字,为此进行了深入的研究,发现太原的崇善寺就藏有这部大藏。我问他,这是什么时候的事情,魏老说,当年他被有关部门聘请参与编纂《中华大藏经》,过程中有了这个发现。我又问老先生,为什么在研究《大藏经》的文本中,少有人提及这部《鼓山大藏》。闻我所言,魏老的热情瞬间降温,他说有人称《鼓山大藏》就是《崇宁藏》,但他对这个结论不敢苟同。

而后几年,我又在拍卖会上见到过钤有"鼓山大藏"印记的《崇宁藏》零本,想来这就是魏老所言的《鼓山大藏》。之后我在网上搜集相关资料,发现谈及《鼓山大藏》的文章极少。百度百科中倒是有"鼓山大藏"条目,上面的解释为:"此展品为宋代的书画,为福建鼓山永泉寺印,在东禅寺刻版,是我国第一部私刻《大藏经》。现收藏于山西博物院。"这个结论显然有问题,将东禅寺的《崇宁藏》解释成了《鼓山大藏》。还有一个问题,"永泉寺"应该为"涌泉寺"。不过这段话倒是间接说明了,《鼓山大藏》其实就是《崇宁藏》的一种,有可能是涌泉寺请印之后钤盖上了"鼓山大藏"的戳记。

即便如此,也至少说明,福州的涌泉寺曾经收藏过一部完整的《崇宁藏》,虽然我不能确认当年的这部大藏是不是涌泉寺请来经板,在本寺刷印的——如果是这样的话,曾经有一部《鼓山大藏》的说法倒是能够成立;如果不是,而仅是涌泉寺请来了一部大藏,那这里也是大藏的收藏地。

福州涌泉寺同时还是一部重要佛学著作——《华严经疏论纂要》的书板收藏地。《华严经》是佛学史上很重要的一部大经,注解者有澄观法师和李通玄，澄观所注的名为《华严经疏钞》，李通玄所注则为《华严经论》，两部都是佛学名著。因为这两部书的部头太大，不便于学习和诵读，于是清初有位名叫道霈的僧人，用了十年时间将两部书中的精华部分摘录出来，进行注解，合成一部新书，这就是前面提到的《华严经疏论纂要》。这部书成为后世研究《华严经》的重要著作。然而，这摘要本仍是大部头，有一百二十卷之多，不知什么原因没有被收入《龙藏》，世人极少见到。而这部书的书板就藏在福州鼓山的涌泉寺。

这么珍贵的书板藏在此地，很长时间里却几乎无人知道，直到一九二九年弘一法师来涌泉寺时，才被发现。佛教学者林子青所撰《弘一法师年谱》，一九二九年有这样一段记载：

"四月，由苏慧纯居士陪同，离厦取道泉州赴温州。道经福州，游鼓山涌泉寺，于藏经楼览彼所雕《法华》《楞严》方册，精妙绝伦；又发见清初道霈禅师所著《华严经疏论纂要》刻本，叹为近代所希见。因倡缘印布二十五部，并以十数部赠予扶桑诸古寺及佛教各大学。"

关于这段史实，弘一法师自己也曾谈到，《弘一法师全集·书信卷》有这样一段记载：

"(《华严经疏论纂要》)旧藏福州鼓山，久无人知。朽人前年无意中见之，乃劝苏居士印廿五部(以十二部赠与日邦)。按吾国江浙旧经板，经洪杨之乱，皆成灰烬，最古者惟有北京龙藏板，大约雍正时刻。今此《华严经疏论纂要》为康熙时板，或为吾国现存之最古之经板，亦未可知也(此意便中乞告内山居士)。"

弘一法师发现这重要经板之后，就请人印了二十五部，其中十二部赠送给日本十二个单位，有寺院也有大学，比如京都东福寺、

※ 鼓山山门前的牌坊

黄檗山万福寺、东京帝国大学、大正大学等。自此之后，这部重要著作始为人知，鼓山涌泉寺也因为收藏书板而受到业界的关注。来到福州，涌泉寺当然是必访之地。

我先去了福建省图书馆，善本部的朋友告诉我，涌泉寺藏有大量佛经，他们曾经想去做善本普查，但因寺院藏书不属于图书馆系统，所以想看到善本很不容易。本想托福建省图的朋友为我介绍涌泉寺的熟人，为看经带些便利，听朋友这么一说，便觉得不便张口，于是取消了原本的打算。然而回来细想，还是觉得看不到那些重要经板有些遗憾。从连江县返回福州的路上，我忍不住对出租车司机说，请他绕道涌泉寺，等我拜访完之后，再送我回福州。司机很好说话，答应了我这个额外的要求。

鼓山涌泉寺位于福建省福州市东郊闽江北岸，距市区两公里。从连江县城驶回福州，沿途看到高铁驶过，司机说因为福建多山，火车一直在山洞里穿行，当地管它叫地铁。他还告诉我，雪峰寺与涌泉寺地下相通，传说当年建涌泉寺的时候，木头是从雪峰寺砍伐的，工人们将木头放入泉水中，不久就从涌泉寺浮了出来。他不断地问我："你说神奇不神奇？"我只能夸张地配合他："神奇得不得了！"司机还告诉我，涌泉寺在鼓山的山顶。车到山下时，我已然感觉到这座山的巍峨，司机让我不用担心，鼓山有盘山路，车可以开到山顶上。盘旋而上，山间水汽很大，从车中向下望去，层层云海颇有仙境之感。这段盘山路至少有十几公里长，沿途看到许多人徒步前行，还有人努力地骑车上行，司机说，这里是福州著名的锻炼身体的场所。我觉得自己乘车前行似乎缺少了一些虔诚，但要寻访的地点实在太多，这个借口很可以原谅自己的懒惰。山上是成片的桃花树，

※ 涌泉寺山门

※ 喜庆的红灯笼

粉红色的花海单调而美丽地蔓延着。

　　涌泉寺门票四十元。进入山门的甬道有百十余米长,上面挂满了瘦长的红灯笼,我没有细数,数量至少在万只以上,这十足的喜庆我很少在寺庙中见到,但为什么会有这种装饰,入寺后却忘了打听。甬道的两侧还摆着许多舍利塔状的石幢,上面没有刻铭文,我在寺内没有找到神晏的舍利塔,问过多位僧人,指示的方向都不相同,并且说,对面山上也有很多祖师塔。没办法,我只好先到藏经楼去观看经书。门口的说明牌上写着:

　　"藏经楼

　　建于17世纪,清帝康熙及乾隆分别于1715年、1742年赐御书橱12个。佛教经典自明朝、清朝及日本数量两万册,还有历代高僧血书藏经657册,还有僧迦罗文、柬埔寨文经典。殿内正中为释迦佛灵牙舍利,此属镇山三宝之一。"

　　这段文字的最后一句说得似乎不太明确,上面列举了多种经书,还说是镇山三宝之一,哪几件是镇山三宝呢?回来后,我查资料得知,涌泉寺的三宝是血经、陶塔和雕板。如此来论,上面文字所说的应当是三宝之一血经。

　　查资料时还意外得到了另一个信息:二〇〇五年,鼓山遭遇了七百年一遇的山洪,这里藏的几千册经书被淹,虽着水仅三天的时间,二百册血经都发生了霉变。血经是镇山之宝,寺方当然很着急,马上想办法抢救,用了几种手段来恢复原状,据说最后是用抽湿机解决了这个问题。

　　藏经殿内不允许拍照,靠墙的位置有个舍利塔,里面藏有释迦牟尼的三颗舍利子和佛牙,这当然是佛教中的圣物。塔身上留着一个小孔,供人向内瞻仰,我也扒上去,对着小孔向内细细观瞧,只看到一个很小的水晶瓶,没能看到佛祖的舍利和佛牙。

藏经阁的三面墙上都矗立着高大的经橱,排在最外面的两个刻着"续藏"二字,有"叶恭绰"的落款,经橱前还有两组玻璃展柜,展览的经书除《慈容五十三现》为石印本外,其余皆木刻和手绘的真迹,其中有菩提叶彩绘的罗汉册页,裱工是清中晚期的苏州式样。在寺中展示这么多真迹极为罕见,我细细观看,有些确实极漂亮,我真想偷偷拍下来,但门口坐着一位五六十岁的和尚,不知道是不是大殿的管理者,他不错眼珠地盯着我,让我完全无法下手,只好耐着性子继续看下去,真希望他能有事离开。

这位和尚至少盯了我十几分钟,稳如泰山地坐在那里,待我离他较近时,向我打招呼,让我过去说话,没办法,我只好走到他跟前去聆听训导。他第一句话就问我为什么来涌泉寺,我跟他简明扼要地介绍了自己的寻访之旅,本以为他会夸奖我的虔诚,没想到他对此很不以为然,认为在家细读佛经才最有价值。可能是觉得在殿内说话打破了里面的庄严肃穆,于是他请我来到殿外,跟他坐在殿门口的长凳上聊天,这一聊就是半个多小时。他耐心地给我讲解读经的好处,但我惦记着殿内那些佛经,于是又回到这个话题。他问我那些经书是否珍贵,我说当然,只是有些版本标示不够精确,有几部书的介绍牌,至少有三处与实际不符。闻听此言,他"噌"的一下站了起来,马上让我进殿指出哪个说明牌有问题。他如此严肃认真,搞得我说话愈发小心起来,但既然已经说出了口,只能将说明牌文字的不确之处一一指出。

从他脸上的表情感觉出,他似乎对我的回答较为满意,对我说

※ 高僧画像
※ 漂亮的经柜

话的语气也和蔼了许多,我感觉机会来了,趁机向他提出拍照的要求,并且补充说,知道这里有规定不允许拍照,但我拍这些图片是为了比勘版本,言下之意,是为了搞研究。他没等我解释完,就瞥了我一眼说:"规定是不允许,但你可以。"听到这句话,我喜出望外,马上拿出相机来拍照。然而,又遇到了新问题:经书都放在玻璃橱内,因为阳光折射,很难拍摄清楚。我觉得,既然到了这个地步,有必要得寸进尺一番,于是提出可否把展柜内的经书拿出来让我拍照。这个得寸进尺的请求没能得到马上回应,他转而问我几部经书版本之间的差异。我心里明白,这是要考考我,更勾起了好胜心,这点问题算是自己的长项,于是开始滔滔不绝起来,他听到我的解释后有些吃惊,问我究竟是做什么的,我回答说:"什么都不是,只是个爱书人。"他瞥了我一眼说:"那你随便照吧。"

拍完照他又邀我坐下细聊,我只得不好意思地对他说:"外面还有出租车等我。"他让我把出租车放走,跟他继续聊,之后我再乘公交车下山,七块钱就能回到市里,又劝我不要读今人写的佛教史,非出家人写的尤其不可读。我感觉这样听下去,到天黑也不会结束,之后的行程恐怕会有所耽误。这时,突然意识到一直是他在发问,我一个问题也没有问过他,于是决定以攻为守,趁他说话的间隙,向他请教支娄迦谶的遗迹哪里可以寻到,他马上不悦,高声说:"你别反问我,我不研究这个!"我趁机向他道歉、道谢、道别,回到了车上。

涌泉寺藏有大量的佛经,回来后查资料,得到了几个不同的数字,有的文献记载这里藏有各种佛经九千部又两万七千九百多册,最难得者,寺里还藏有各种雕板两万多块,也有资料说是一万多块,

※《鼓山大藏》内页

福州東禪等覺院住持傳法賜紫慧華沙門　　輝等謹身奉鐫

今上皇帝　太皇太后　皇太后祝延　聖壽國泰民安闔籙

大藏經印板一副計五百餘函　元祐九年四月　日誌題

般若燈論卷第八　　　　　　　　　　　　陰

釋觀苦品第十二　唐天竺三藏法師波羅頗迦羅蜜多羅譯

復次苦無自性所對治空遮定執故有此品

起外人言第一義中有是諸陰何以故由苦

故此若無者則無彼苦如第二頭陰是苦者

如經偈曰

苦集亦世間　　見處及彼有

以是義故第一義中有是諸陰論者言虛妄

不管是哪个数字，能有这么多经板藏在这里，都不算少，尤其上面提到的血经更是珍贵难得之物。这里还曾经藏有元延祐二年刻的《元祐藏》762卷，据说在"文革"中被红卫兵烧毁。涌泉寺所藏的经板，当然还有上面提到的道霈法师《华严经疏论纂要》，板片共计2,425片，至今依然保存完整。就是因为藏有这些佛教经典及经板，该寺才在学界名气大振。涌泉寺的僧人们当然很看重这些镇山之宝，如此想来，那位僧人苦劝我认真读经，可能也是觉得该寺的藏经才是真正值得敬重之物。藏经殿门前有副对联："梵箧西来开象教；名经东际守龙威。"由此可见，该寺是如何以藏有这么多宝物为傲。

毗卢藏

《毗卢藏》刊刻地：福州开元寺

——原物难寻，影印亦足珍

宋代的福州总计刊刻了两部大藏，一部是《崇宁藏》，另一部是《毗卢藏》。这在中国《大藏经》历史上是前所未有的。刊刻大藏，历来是一个很难完成的巨大工程，不但需要巨额的资金支持，而且还要耗费很多时间与精力，在同一时代刊刻两部大藏几乎是不可能的事情。正因为如此，学者们才感到困惑，直到今天还有人在研究个中原因。

两部大藏中首先刊刻的是《崇宁藏》。此藏刊刻于福州东禅寺等觉院，被认为是中国第一部私刻《大藏经》——在此之前的《开宝藏》和《契丹藏》都是由朝廷监制雕造，而《崇宁藏》则是由寺院和居士筹资刊刻的。据说，刊刻这部大藏的原因是《开宝藏》的藏板地远在北方的开封，南方的寺院想请一部很不容易，于是僧俗就筹资雕刻了一部。《崇宁藏》开雕于哪年，现在还没有找到确切的依据，查到的最早刊刻年代是元丰三年，直到政和二年（1112）才刊刻完成。

《崇宁藏》流传至今，在国内仅余几十册残卷，查《中国古籍善本书目》，收藏的单位有国图、上图、天津、辽宁等十几家。将这些残卷全部加在一起，不足百卷，不到原经的几十分之一。近十几年来，《崇宁藏》的零本陆续从日本回流十余册，我仅买到其中的一册。即便在它的诞生地福州也没有原本了。两年前，福建省图书馆从拍卖会上拍得一册，还请我和其他专家鉴定过。其实，《崇宁藏》经板流传了二百多年，直到元至正二十二年（1362），才毁于兵火。这二百多年间，应该刊印了不少佛经，但不知是什么原因，在国内流传甚少。不过，《崇宁藏》跟后来同在福州刊刻的《毗卢藏》在日本流传较多。这里的"多"是相对于国内的存留情况而言，其实在日本也

※ 开元寺山门

只有六七部而已，这六七部都是由《崇宁藏》和《毗卢藏》混配在一起，即使如此，也没能配全。

《毗卢藏》的刊刻日期倒是有确切的记载，是宋徽宗政和二年，巧合的是，这一年正是《崇宁藏》刊刻完成的时间。为什么恰恰是在上一部经刊刻完成的当年，开始另一部经的刊刻？这个巧合使后世研究者产生猜测。我看过两位日本专家写的文章，大概的结论是说，同一座城中的两座寺院为此展开竞争，东禅寺刻经之后影响很大，开元寺便决定也刊刻一部，与之媲美。但我没能从这篇文章中找出确切的推测证据。李富华、何梅先生则从门派角度来解释，他们在《汉文佛教大藏经研究》一书中认为《崇宁藏》是在禅宗云门宗和临济宗僧人共同努力下完成的，而《毗卢藏》则是由云门宗僧人本明发起。两位先生详细列出了这两派僧人的传承谱系，这个谱系有点复杂，就不罗列于此了。总之，开元寺又用了四十年时间刊刻出了《毗卢藏》。

《毗卢藏》的刊刻地福州开元寺，建于南朝梁太清三年（549），虽几经更名，但从唐代开元年间始，一直叫开元寺。最难得的是它的匾额，是由唐代大书法家欧阳询所书。开元寺建寺已有一千五百多年的历史，面积占到福州城总面积的十分之一，曾是历史上规模最大的寺院。会昌五年（845），朝廷整肃全国佛寺，规定一个州只保留一座寺院，开元寺因为在当地规模最大，所以保留了下来，好在后来没有成为军火库，避免了如东禅寺的灭顶之灾。

资料显示，开元寺已然残破，如今面积已不到原有的十分之一，但毕竟还有迹可寻，来到福州，当然要来寻访。

开元寺位于福州市鼓楼区经院巷开元路 78 号，处于市中心老街区内,门前三四百平米大小的空场,成了不收费的停车场,横七竖八地停着几辆汽车。沿墙根儿放着两溜石雕佛教用品,进门即看到黄色的指示牌:"萧梁古刹欢迎参观(免费)"。我不知道把"免费"放在括弧里是什么意思,不过于今而言,寺庙不收费倒的确是不多见。院内的广场一侧堆放着一些还未拆封的石雕像和各种建筑构件,看来寺内正在大兴土木。院内的侧墙上立着巨大的"开元寺导游"介绍牌,第一段就是开元寺的联系方式,标明了具体地址、电话、传真以及咨询人姓名,如此的开放令我耳目一新。之后的一段用上千字讲解了开元寺的历史概况,第一句就说明此寺为福州现存最古老寺院,始建于梁太清三年,距今已有一千五百多年历史,曾经是皇家寺院。而我最感兴趣的是"宋代刊刻佛教经典大工程——《毗卢大藏经》全藏"的文字,这也是我来瞻仰此寺的主要目的。

如今开元寺的建筑格局很是特别,正前方走到底没有什么建筑,右侧第一进为药师殿,门口侧墙边立着一座铜制的雕像,铜像一侧地上立着一块石碑,上面刻着"空海入唐之地",墙上还钉着一块金属牌,介绍空海大师的生平,把他的身份定为"日本来华留学僧",说空海和尚于唐贞元二十年(804)随遣唐使入闽,曾驻锡开元寺,后来创立了日本的佛教真言宗,并且创制了平假名,还编撰完成日本第一部字典,创办日本史上最早的私人庶民学校。

空海在日本名气极大,他在唐贞元二十年跟随日本第十六次遣唐使来到中国。途中遇到大风,船在海上漂了几十天,漂到福建的一个渔村,就是今天的霞浦县。当地官员把他们护送到福州,空海就来到开元寺,这就是开元寺立此铜像的原因。后来,空海从福州出发,前往当时的首都长安,住在西宁寺,拜惠果为师,修炼密宗,也

※ 铁佛殿

就是真言宗。多年之后，他回到日本，主持京都的东寺，于此开创了真言宗。惠果在日本所传的密宗，被称为"东密"，由此，空海成为了日本真言宗的第一代祖师。

关于空海还有一个很有趣的故事，有人研究发现日本的国面——乌冬面，竟然是中国发明，由空海带到日本的。这位研究者名叫傅树华，他去日本学习时，发现日本的乌冬面跟福建尤溪的大条面，从外形到口感都极为相似，于是他用二十多年来考证这件事。据他研究，当年空海所乘的船因为台风漂到霞浦，他有可能在乌龙江尤溪州见过这种面，不知什么原因，产生了兴趣，就把它带回了日本。傅先生的依据是，乌冬在日语中的意思就是乌龙，而乌龙又是尤溪一条河的名称，恰好和空海登陆的地方很近。因此，很有可能是空海回国后，就用地名来命名，把在尤溪乌龙见到的面条叫作乌冬面。我觉得这个推论倒是很有趣，空海这样的大师竟然把面条传到了日本，听起来多少有点滑稽。

眼前的这座空海铜像，制作颇为现代，从外形看，空海一身行旅打扮，左手执禅杖，右手握念珠，一副坚定传神的姿态。后来得知，这座铜像是一九九三年做成的，制作单位是中国航天科工集团下属的南京晨光机器厂，而委托方则是日本真言宗。造铜像对这些科研工作者应该是很容易的一件事，至少在空海这座雕像上，科学跟宗教进行了有机的结合。

开元寺是著名的药师佛道场，空海雕像侧边的药师殿里香烟缭绕，许多信徒在祭拜。我知道这种场合拍照很不礼貌，于是继续前行，跨入第二进院落。这一进为铁佛殿，旁边的介绍牌上说："铁佛殿铸造于五代后梁贞明四年。"殿里的铁佛身高近六米，重达十万余斤,应该是开元寺的镇寺之宝。但也有资料说,这座铁佛是北宋元丰六年重新铸造的。究竟如何不好确定,但毕竟它是福建省最大的铁佛,据专家说它是蜡铸而成,在当时是极难的一件事。

第三进院落是毗卢藏经阁,建在寺的最后面,也是最高的地方,从外观看是两层建筑。这是我最感兴趣的地方,本想进去看个究竟,却在入口处看到通告写着:"寺内在建明旸大师图书馆!造成不便之处,请来宾多谅解!"无奈只好向旁边经过的一位僧人打听里面的藏经情况。他告知的结果令我很失望,原来里面所藏的经书没有什么好的版本,虽然有《毗卢藏》,却是用 B4 纸从日本影印的。不过听这位僧人的口吻,能够影印也是一件值得骄傲的事。

回来后,我查了一些资料,确认开元寺所藏《毗卢藏》果真是复印件。一九八五年,福建省的杨立居士在日本寻找《毗卢藏》底本,在日中友好协会的支持下,终于和宫内省图书寮谈妥影印该书的方案:一页复印件为原经的四个折页。如此想来,这是个缩印本,但即便如此,这部用复印机印出的《毗卢藏》也花了不少复印费,这些费用是由开元寺的住持提润法师捐献,台湾的两位居士也捐了一些。这样一部复印件竟然受到当地寺院的格外重视,还在一九九〇年举办了《毗卢大藏经》法会。近十几年来,市面上出现过几本宋版的《毗卢藏》,我仅得到其中一册,作为样品来收藏,而《毗卢藏》的刊刻地竟然连一册原件都没有。如此想来,自己应当知足。

《毗卢藏》流传至今虽然没有全本,但零本的数量比《崇宁藏》略多。按照《中国古籍善本书目》的统计,流传至今者约有四百六十余卷,美国的哈佛燕京图书馆和普林斯顿大学图书馆,以及纽约市立图书馆也藏有几卷,但所藏最多的地方还是日本。十余

※ 《毗卢藏》内页

福州管內□羅緣就開元禪寺雕造毗盧大藏經印板一副計五百餘函恭為
今上皇帝祝延聖壽內外臣僚同資祿位都會首頤陶毅張嗣林楠陳芝林昭
劉居中蔡康國謝俊俊臣劉漸陳靖忠前管句沙門本悟見管句沙門僧行
證會刊任持本明見任持淨慧天師法超常山三殿六夫聖四洲時宣和六年八月　日　謹題

佛說優填王經

西晉釋法炬譯

聞如是一時佛在拘深國國王號曰優填拘
深國有逝心名摩因提生女端正華色世間
少雙父覩女容一國希有名曰無比隣國諸
王群寮蒙姓靡不竦焉父咎曰若有君子容
與女齊吾其應之佛時行在其國逝心覩佛
三十二相八十種好身色紫金魏魏堂堂光
儀無上心喜而曰吾女護可歸語其妻曰吾

年前,《毗卢藏》的零本价格较为便宜,一册约在十万元人民币左右,而现在的成交价几乎全都超过了百万,即使如此,市面上也很难见到。如此想来,宋代于福州一地雕造两部大藏也有些道理,否则的话恐怕也跟《开宝藏》一样,全世界剩不下几种零本了。

《金粟山大藏经》抄写处：海盐金粟寺

——裁经求纸，哪管佛陀南无语

　　《金粟山大藏经》是否为一部完整的大藏，由于没有目录留存下来，难以确知。按照《海盐县图经》记载，金粟寺"有宋藏数千轴"，清张燕昌《金粟笺说》中称："董毅《续澉水志》：大悲阁内贮《大藏经》两函，万余卷也……"从这个数量来看，应该是一部大藏，但称万余卷仅为"两函"，似乎又跟今天的量词不是一个概念。如今的"一函"盛放十几册书已是不小的数量，这里却说万余卷放在两函里，我认为文中"函"应该指的是函楼，也就是大经柜。《金粟山大藏经》是手写本卷轴装，上万卷放在两个经柜里，体量想来很是壮观。

　　这部《大藏经》出自金粟寺，但不知什么原因，它不叫《金粟寺大藏经》，而被称为《金粟山大藏经》，想来当年山要比寺更有名。我猜测那座山应该十分巍峨壮观，并且有许多人文盛景，金粟寺只是其中之一。我跟这部大藏中的零卷有一点点因缘，一直盼望着能够前往一看，这次在浙江图书馆徐晓军馆长的安排下终于成行。

　　金粟寺位于浙江省海盐县澉浦镇茶院村。一路上，陪同前往的浙江省古籍保护中心的古籍修复师汪帆老师一直跟我探讨修复用纸的不同概念，我从她那里了解到，浙图为了对修复纸做整体的考察研究，竟然从全国各地收集到古籍修复用纸达上百种之多。这么大的数量，这么多的品种，可知浙图在这方面研究之深。我们先到海盐的张元济图书馆，而后在该馆特藏部王主任带领下直奔金粟寺。

　　从海盐到金粟寺，大概二十公里，一路上都是平原，还跨过了不少河渠。直至到金粟寺门前，我也没有看到想象中的金粟山。我问王主任金粟山在哪里，他疑惑地说："金粟寺并不在金粟山上啊。"这个回答让我大感意外，但既来之，则看之。金粟寺门前有个商店，

※ 塔与殿的结合

前面立着一块简易的牌子，上书"重建金粟寺碑"，然展眼四望，却未找到碑在哪里。牌子侧边还立着一个仿古橱窗，里面是海盐旅游导览图，走过橱窗，眼前是正在修建的寺院。

入口处堆放着许多石板，从规格及制作手法来看，应该是当时的旧物，它们被码放得颇为整齐，看来在复建时还能使用。当年太平军打到这里的时候，金粟寺被焚毁，而后重修起一进院落，抗战时又被毁坏。眼前堆放的建筑材料，不知是否是从遗址中挖掘出来的。山门还未建好，现场看不到僧人和工人，我们三人只好边走边探看。新建的钟楼和鼓楼分处在寺院两边，从体量和规模上看，这座寺院重建后会很庞大。正前方是一座已经建起的宝塔，从层数和径围上来看，应当是塔殿结合的形式。塔前有大片的空地，不知是要修建成广场还是另有他用。

沿着空地一直走到塔前，感觉地面和墙围上的铺装石条是当年旧物，而塔裙影壁上嵌着的一块高浮雕说法图却是新制。影壁背面应该是塔的第一层，门口嵌着"选佛场"的金属匾额，沿此进入，里面颇为敞亮，细看装饰，这里的工程已经结束。正前方的佛龛上有一尊卧佛，中心位置有金碧辉煌的藻顶，两侧全都是精美的木雕，细看之下，是黄杨雕。如此大面积使用黄杨木，足见建造者的不惜工本。

由此来到二层，塔的平台。走入塔内，正中有一尊观世音雕像，奇特之处是雕像下方还有一个喷水池，这种建造方式结合了当今园林造水景的手法，我在其他寺中均未见过。细细看着这些精美装饰，我们始终未遇到任何人，这里像一座空寺，长时间处在宁静之中，让人心里发虚。

从塔中转出,左侧还有一个独立的小院落,走进去看到一个小广场,正中竟然是道教八卦的图案,在佛寺内很难得见。王主任看到后墙上嵌着一块新刻的碑记,题目竟然是《释道儒三教会通》。细看上面的文字,提到了金粟寺的祖师康僧会:"其宽容大量,好学博览,通晓三藏、天文、谶纬之学,博览六经,尤娴经律,是释道儒三教会通的代表人物之一……金粟寺设道教太极八卦戒台一处,以追念释道儒三教会通的开山康僧会祖师……"但是文中没有提及康僧会还研究过道教。为什么要建这样一座道教戒台?我还是没弄明白。

康僧会当然是金粟寺的祖师,吴定中在其整理的《金粟寺史料之二》中称:"浙江海盐金粟寺,创建于三国吴赤乌年间。当时大江南北,向无佛寺,有康居国僧始建三寺,一为金陵的保宁寺(或作建初寺),一为太平的万寿寺,一即海盐的金粟寺。"康僧会本是康居国的高僧,当年他来到吴国,见到孙权,而后建造了这三座寺院。金粟寺始建距今已近一千八百年,虽然也是新修,但毕竟是在原址复建,而金陵和太平的两座寺院已无迹可寻,这么说来,金粟寺是江南留存至今的第一古寺。

站在八卦台前,我无意间望见山下的建筑,这才醒过味来:此寺果真是建在一座山上,只是山太矮了。以我的感觉,海拔不超过三十米。从前方走过来,很难感觉自己是在步步登高,只有站到寺的另一侧,才能看出这里确实高于四围的平地。我在《重印金粟寺志》一书中看到了金粟寺的复原图,将宏大的场面绘制在一座大山的阳面,依比例来看,图中的金粟山至少比我脚下的这座山要高很多倍。书内还绘有一张古金粟寺平面图,有上百个殿堂,显然我看到的这块平地难以容纳这么多,难道今日的金粟寺不是建在当年的

※ 露天建造的韦驮像

原址之上？王主任断然否定了我的猜测，他说这一带基本是平原，除了这座小山，不可能还有更大的山，而且有文保部门颁发的文物点铭牌，足可说明这里就是当年金粟寺的原址。然而我在《重印金粟寺志》中看到费隐容禅师所撰《金粟即事十首》，其中第一首是《金粟山》："屹立平原尺五天，螺青秀拔逼诸巅。谁知宛似云山窟，奕世真灯在此传。"

诗的第一句就称金粟山立于平原之中，"尺五天"我认为是形容山之高，离天只有一尺五，显然这太过艺术夸张。此山名气之大毋庸置疑，但山之高最好还是别称道了吧。

金粟山的大名并不是因为寺的壮观，也不是因为山的巍峨，而是因为这里出的一种纸。以纸而闻名天下者，从古至今唯有此寺，这倒是一个奇特的现象。这纸就是前文提到的《金粟山大藏经》用纸。从何时起人们开始关注这里的纸，明董毂《续澉水志》卷六《祠宇纪》中有记载："大悲阁内贮《大藏经》两函，万余卷也。其字卷卷相同，殆类一手所书。其纸幅幅有小红印曰'金粟山藏经纸'，间有元丰年号，五百年前物矣。其纸内外皆蜡，无纹理，与倭纸相类。造法今已不传，想即古所谓'白麻'者也。当时澉镇通番，或买自倭国而加蜡与？日渐被人盗去，四十年而殆尽，今无矣。计在当时糜费不知几何，谅非宋初盛时不能为也。"

这里提到的万卷手写佛经，各卷字迹相同，董毂猜测是一人所书。一个人写这么大量的佛经，可能性不大，何况我在各地图书馆见过几卷遗存的《金粟山大藏经》，字迹似乎并非完全一律，应该是多人所书。这段话中还讲到了这种纸的特性，称其"内外皆蜡，无纹理"，从所见实物来看，我感觉是一种研光，而非单纯的上蜡，看来董穀对纸还是有一些了解。他说这种造纸方式虽然已经失传，但从纸性上来说，跟日本纸有一些相似，并且认为这种纸有可能就是古代所说的白麻纸。但流传至今的宋版书用白麻纸刷印者不在少数，却跟金粟山藏经纸相去甚远。汪帆老师对纸很有研究，她猜测有可能当年的金粟山藏经纸所用不完全统一。这种猜测确实有些道理，因为从史料上看，金粟山藏经纸应当有黄、白两种，清张廷济《清仪阁杂咏》中有《金粟笺》一诗："万杵千硾蜡硬黄，人间玉版出空王。名家翠墨签头重，小印红泥纸背香。曾先御书藏宝阁(大中祥符初元改金粟为广惠禅院，绍兴廿五年七月降下御书法帖一千轴于本院)，腾听战鼓打空桑(寺中法鼓独桑刳成，传是孙吴时战鼓)。元丰年号难经见，争怪纷纷说李唐。"

　　这首诗明确说明，金粟笺是硬黄色，并且是经过多次捶打而成的。对于它的纸性，《海盐县图经》也有一段记载："寺有藏经千轴，用硬黄茧纸，内外皆蜡磨光莹，以红丝栏界之，书法端楷而肥，卷卷如出一手。墨尤黝泽，如鬃漆可鉴。纸背每幅有小红印，曰：金粟山藏经纸。"这里也说金粟笺是黄色，而明文震亨在《长物志》中却说宋"有黄、白经笺，可揭开用"，似乎这种纸还有白色的，倒是回应了董穀说他看到的金粟笺像古代的白麻纸，但至少到今天我还未曾见到过白色的金粟笺。科技史专家潘吉星在《中国造纸史》中说："唐代时著名的黄、白蜡笺'硬黄'和'硬白'，在宋代得到进一步发展，演变成黄、白经笺或黄、白蜡经笺。人们注意到这种黄色蜡笺，是从'金粟山藏经纸'的发现开始的。"由此可知，唐宋两代都有硬黄和硬白两种笺纸，而对于金粟山藏经纸，潘先生说只看到了黄色，看来金粟山藏经纸只有黄色一种的说法，问题不大。

※ 四合院式建筑
※ 精美的藻顶

纸色是说清楚了，那么金粟笺的纸性是怎样的呢？潘先生认为："关于这种纸的原料及形制，人们说法不一。有的说是麻纸，有的说是茧纸，甚而有人认为不是纸，而是所谓'树皮布'，真可谓众说纷纭。为探明究竟，笔者化验了金粟寺及法喜寺的北宋大藏经纸，检验结果表明这批纸用不同原料纸写成，其中有麻纸，也有桑皮纸，但以皮纸居多，绝不是什么'树皮布'，亦非茧纸。"看来金粟笺的纸性历史上有各种各样的说法，而潘吉星用科学的手段对遗留的金粟笺进行了检验，发现主要是桑皮纸，也有麻纸。如此说来，当年金粟山的写经用纸至少有两种。

既然是两种纸，恐怕就不是一地所产了，那这种纸究竟产于哪里？仅有清陆贯夫提到："金粟山藏经纸造于苏州承天寺，此故老相传之说，今承天寺造纸乃其遗制。"然而他没有讲出依据所在。尤为有意思的是，张燕昌在《金粟笺说》中引用了钱柞溪的说法："藏经纸味苦，试之良然，盖以黄檗染成耳。"这位钱柞溪很有意思，可能是听别人说金粟笺有苦味儿，竟然尝了尝，果真如此。为什么有苦味儿呢？钱柞溪认为，这种纸是用黄檗汁染成。如此说来，后世见到的硬黄色藏经笺不是本色，而是用黄檗汁染过色。这样想来，说不定未曾染色的藏经笺还真有可能是白色，也说不定有一些《金粟山大藏经》所用纸未曾染色，所以董穀才将其形容为像古代的白麻纸。

当年这部《金粟山大藏经》在千轴以上，元代时数量还不少，后来渐渐失散，元姚桐寿《乐郊私语》中称："金粟寺有康僧会身像，余于至正癸巳始得顶礼。明年春，余以伯兄见背，到寺礼忏。复与潘广文泽民检发唐代所书《三藏》。然零落过半，虽《华严》《法华》《楞严》《宝积》《维摩》《长阿含》及诸律论之半,犹完整不坏。翻阅逾旬……"元代时,《金粟山大藏经》还藏有一半,然而到明中后期基本被人偷光了,正如董毂所言:"日渐被人盗去,四十年而殆尽,今无矣。"而收藏家叶恭绰在《佛顶尊胜陀罗尼念诵仪轨》跋中称:"(《金粟山大藏经》)乃黄檗纸所书,当时广惠禅院专造以供写经者,世所传金粟笺即其遗卷……相传浙中士大夫以其纸之佳,宋时即镌取殆尽。"叶恭绰说因为当地文人喜欢这种纸,所以在宋代时就几乎被偷光了。这在时间上跟姚桐寿所说有点差异,姚在元代时看到还剩余一半。但叶也说金粟笺是黄檗纸,看来这种说法被普遍认可。

　　人们为什么要偷这部大藏呢?恰恰是因为其用纸的特殊性。清代画家沈宗骞在《芥舟学画编》中称:"纸之流传者愈古则愈佳,唐以上不可知矣,就金粟藏经纸一种而论,越今已几千载,不过其色稍改,而完好紧韧,几不可碎。以此作画,虽传之数千年无难也。今则盈尺数金,安得供我挥洒!下而宋元诸笺,虽不如藏经,犹堪经久,亦何可多得?惟前明宣德间最精研于造纸,而得留于今者,时或可遇,亦难多得。近时造纸泾县最盛,而宣城所造贡纸,细腻光洁,已属今时极品,但柔顺有余而刚健不足。"沈宗骞把金粟山藏经纸的出产时间认定为唐代,且不论所言对否,但他强调越古的纸,无论是书写还是绘画,都越好用,金粟笺坚韧耐用,能让书法与画作留存千年,这也正是它广受喜爱的原因。这种喜爱之情促使各色人等想尽办法盗取《金粟山大藏经》,没过多久经书就被偷光了,而需求者日众,供应则日少,价格自然高昂。沈宗骞感慨无法在这种极贵的纸上任意挥毫,他说后世也仿造过,但质量比藏经笺差远了。

※ 《重印金粟寺志》中所附"古金粟寺复原图"
※ 国家图书馆藏金粟山大藏经本《大般若波罗蜜多经》卷第五百五

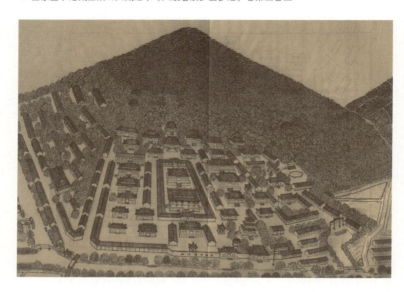

　　金粟山藏经笺的正面写有佛经,那后人怎样使用呢? 原来这种笺纸可以揭为几层。潘吉星称:"(金粟笺)每张纸都比较厚,确可分层揭开,纸呈黄色或浅黄色,表面施加蜡质,再经研光,因此帘纹不显,而表面平滑,制作精细,确实是唐代硬黄纸的延续。"但即使如此,还是不够用,因为这种纸除了作画,还能用来修书。清汪琬在《尧峰文钞》中有这样一句诗:"樗蒲锦背元人画,金粟笺装宋版书。"因为宋版书的珍贵,人们在整修装池之时,也会想到用同样珍贵的材料与之匹配,宋版书的书签有的就是裁用金粟笺。不仅如此,乾隆皇帝的《御制诗》中还说过这样一句:"裁彼金粟笺,制此清风扇。"看来还是皇帝有气派,把金粟笺裁了之后制作成扇面,有这样的使用方式,难怪《金粟山大藏经》极其难得。其实早在乾隆之前,清初时藏经笺就已经很难得到了,清徐珂在《清稗类钞》鉴赏类中称:"张艺堂尝于童时见古书面,多以金粟笺为之,间有作书画标签者,而吴上装潢家大半以伪者代之。明代名流书画,悉用藏经笺全幅。至国初,则查二瞻辈以零星条子装册,供善书者挥写,可知纸在彼时已不易得,宜今之绝迹于市肆,而仿造者且不佳也。"

　　看来早就有人想仿造金粟笺。按说皇帝应当不难得到,比如乾隆皇帝下江南时专门派手下搜集金粟笺,这件事张燕昌有记述:"乾隆中叶,海宇晏安,上留意文翰,凡以名纸进呈者,蒙睿藻嘉赏,由是金粟笺之名以著。"张燕昌认为,当时文人喜欢金粟笺跟乾隆皇帝有较大的关系,《清稗类钞》鉴赏类中也有类似说法,徐珂称,乾隆帝鼓励臣子们给他进贡好纸,凡是进贡者都会受到嘉赏。原来皇帝为了得到金粟笺还有这么一种巧妙的办法,可见他对金粟笺是何等的喜爱。乾隆还写过多首诗来夸赞金粟笺之美,录一首在这里:

"蔡左徒曾纪传闻,晋唐一片拟卿云。铺笺见此代犹宋,试笔惭他鹅换群。蒸粟只需夸玉色,青莲仍自隐经文。用之不竭非奇事,金粟如来善化云。"

乾隆竟然说金粟笺用之不竭,果真是皇帝,但从事实来看,这个说法有些夸张,因为张燕昌曾见过乾隆皇帝御笔所书《赐和沈德潜纪恩诗》,这首诗就写在藏经纸上,然而尺寸极小,仅高九寸,宽一尺七寸,不知道是不是尺幅最小的御笔,看来皇帝也知道省着用。

这种用法皇帝当然觉得不过瘾,于是下令臣工开展科研活动进行仿制,果真不负皇帝所望,终于仿制出了藏经纸。《清内府刻书档案》中收录有乾隆四十七年四月初三日的活计档:"奉旨:侧理纸交宁寿宫,藏经纸交懋勤殿,写经用其白纸边,抄做纸交铜板处刷印图用,再传与杭州织造,将有斑点藏经纸再抄做一万张,其颜色少为黄浅些,得时陆续呈进。钦此。"这里所说的斑点藏经纸,就是仿金粟山藏经纸,背面也同样钤着小印。乾隆皇帝命人仿制藏经纸当然不是为了制造假古董,而是想恢复这种古代的特殊工艺,因此在纸的背面钤盖"乾隆仿金粟山藏经纸"的印文,以正视听。话说回来,没有这方印也能看出,这种仿制品与真的金粟笺还是相差很远。二〇一五年泰和嘉成春拍古籍专场上拍了一部用乾隆仿金粟山藏经纸刷印的《御书大佛顶如来密因修正了义诸菩萨万行首楞严经》,最终竟然拍到了二百七十万元,但跟宋代的金粟笺一比就能看出两者之间的区别有多大。

其实古人也认为乾隆仿制的金粟笺难达原纸的效果,除了徐珂那句"而仿造者且不佳也",藏书家吴骞在《尖阳丛笔》中也说:"盖宋时尚能造此纸,故至百幅,犹云只求,今则金粟山宋藏经纸,且不

※ 《御书大佛顶如来密因修正了义诸菩萨万行首楞严经》（仿金粟山藏经纸）

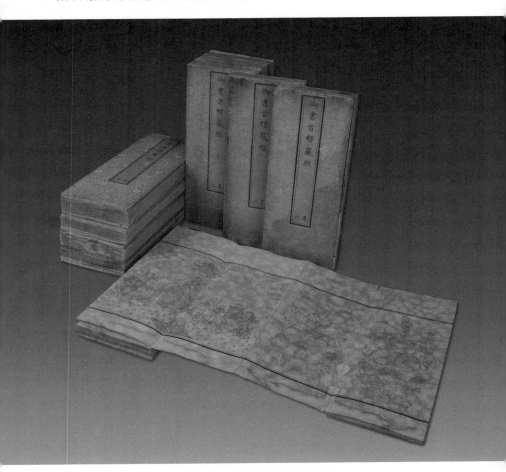

能仿。明宣德内库笺则略得其仿佛耳,按宋时所造已非藤法,其纸皆轻薄,质理顿减。然较诸宋末元初之纸尤高数倍。乾隆有仿金粟山藏经纸不是藤料,康熙淳化轩库蜡笺则胜宣德内库笺矣。"吴骞说,后世的仿造纸质量都不好,包括乾隆年间所仿。他认为原因是用料不对,但我觉得既然皇帝下令仿造,臣工们应该能够找到同样的原料,而今看到的结果却与原纸相去甚远,我推测其差异更多恐怕是因为制作工艺失传。

不管怎么说,我跟《金粟山大藏经》的缘分尚浅,一九九八年嘉德上拍过一卷,二〇〇九年德宝也上拍过一卷,两次均因一念之差而与之擦肩。每念及此,都后悔不已。

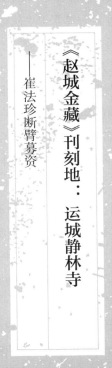

《赵城金藏》刊刻地：运城静林寺

——崔法珍断臂募资

赵城金藏

　　《赵城金藏》刊刻处静林寺（天宁寺）位于山西省运城市盐湖区席张乡柴家窑。开车经过席张卫生院对面的一条无名马路，路很窄，宽不过两米，越野车开在上面，司机一直担心车轮会陷入泥中。沿着这条路再向山上开约两公里，就到了尽头，下车沿石阶继续走百余米，来到一片约有五六亩大小的空地，其中正在修建寺庙的僧舍，建筑工艺也是因陋就简。空地靠山一侧似乎在建寺庙的大殿，仅起了一个轮廓，里面空无一物。沿着台阶继续上行五十余米，见到另一块台地，即是静林寺的主殿。从外观看，这座殿是新近建成，占地面积不足两百平米，大殿门楣上悬挂着的匾额未写寺名，只有小篆"觉海慈航"四个字，背面有一块新制的匾额，上面刻着"静林寺大智文殊真菩萨百求百应"，末尾是供奉者的落款，时间为二〇〇八年。门右侧悬挂着一口大钟，直径在半米以上，钟壁上布满文字，有"静林寺住持释大杰"的字样，铸造时间是"公元二〇一二年五月八日，佛历二五五六年"。

　　走进寺内，空无一人，正中供奉着文殊、观音和普贤三位菩萨。从寺内转出，站在台地上放眼四望，西侧的田地中有两座舍利塔，按照资料记载，这是静林寺当年的旧物，于是我踩着麦地向两座塔走去。看似很近，实际要跨过两道沟壑。在沟壑内，因为山坡的遮挡，看不到塔的具体位置，只能按照大概的方位向上爬，田野中安静至极，能够清晰地听到脚踏在松软土地上发出的声响。穿过第二道沟壑，走入一片高大的枣树林，树上的针刺刮在冲锋衣上沙沙作响，真担心刮出几个洞，就起不到防雨的作用了。细看这些枣树，非为种植之物，都是野酸枣。不久枣林中现出岔路，我两次都选错了方向，只好回转重新走另一条路。终于穿过枣林，眼前是几十亩的平整土地,异常开阔,正中央立着那一大一小两座砖舍利塔。

走到距塔五六米远时,猛然听到巨大的响声,两个物体从塔下腾空而起,把我吓了一跳,定神细看,原来是一对个头很大的雉鸡,它们一飞冲天,翅膀扇动的声音回响在山谷中,我想一定是我的脚步打扰了它们的清梦。这对雉鸡一大一小,雄鸟有着艳丽的雉尾,我只在公园里看到过这种鸟,当时即惊叹它们的美丽,但在野外这还是第一次遇到,我觉得是个吉兆。我突然又想到吕后名雉,据说这种雉鸡是山西独有的物种,而吕雉非山西人,何以其父给她起这个名字,得暇当细细查之。来到大塔的正前方,石刻的塔铭已不知去向,仅余一个正方形的空洞,相距不足二十米的另一座小塔情况也是如此,因此两座塔内存放着哪位高僧的舍利就不得而知。围着塔身拍摄后原路返回,这次没走冤枉路。前往舍利塔,正确的路径应当是:从大殿沿山坡东行,在田埂的羊肠小道上,遇到歧路一律选右侧的上行路,前行不到三百米即到塔前,而我之前走的冤枉路比这远一倍都不止。虽然两座舍利塔已无塔铭,它们的存在却证明了这里确实是古寺的旧址。

返回时,无意间看到寺后有三孔窑洞,走近细看,两间已经塌圮,另一间用红砖封堵着,门上挂着锁。不知这几孔窑洞是不是当年刊刻《赵城金藏》之处,我猜想有可能是藏经板的地方,可惜找不到证据。

《赵城金藏》的刊刻同样有着一段传奇,这部佛教史上极为重要的《大藏经》竟然是靠一位女子断臂化缘而来。这位女子叫崔法珍,是金代潞州小吏崔进之女,她为什么要刊刻这样一部浩大的佛经,历史上却没有记载。崔法珍出身卑微,家里没有什么钱,她知道要

※ 静林寺的主殿

刊刻这样一部大藏需要一笔巨资,于是决定以一种常人难以做出的举动来感动世人——砍断自己的左臂,以此来显示要做成此事的诚心。断臂后她开始四处化缘,《赵城金藏》的跋文中记载了她到过的几十个不同的地方,经过二十四年,终于筹齐了这笔巨资。

之后,崔法珍就来到静林寺开始刊刻这部大藏。崔法珍基本上用的是《开宝藏》的复刻本,但她是从哪里得来的这个底本,历史上没有记载。经过五年时间,终于把这部六千九百多卷的大藏刊刻出来。之后,她把其中的一部送到了北京。崔法珍的精神感动了当朝,金世宗召见了她,并且在圣安寺设坛为她授比丘尼戒。可能是发现佛经的刷印和流通在京城更为方便,她把刊刻好的经板也运到了北京,两年之后,因为弘法有功,崔法珍被赐封为"紫衣弘教大师"。

崔法珍断臂募资刊刻佛经的故事流传甚广,但我查得的史料中也有其他的说法。说法之一,宋徽宗时,有位僧人法号寔公,燃其左手,以表向佛之心,后来他到五台山,佛在冥冥中告诉他"汝于晋绛之地,大有缘法,雕造大藏经经板",寔公得到启示,就一路向南,在途中收了两位徒弟,其中之一就是崔法珍。他们来到静林寺,在这里住了下来,广招徒弟三千多人,共同化缘来印《大藏经》。金大定年间,寔公在静林寺圆寂,逝前嘱咐徒弟崔法珍继续刊刻《大藏经》,后来崔法珍果真完成了师父的遗愿。按照这个说法,崔法珍并非刊刻《赵城金藏》的发起人。

关于这个说法,山西绛县太阴寺前院西侧的一块碑上有详细记载。这块碑名为《雕藏经主重修太阴寺碑》,立于元大德元年,上面详细记载了刊刻《赵城金藏》的缘起和过程。根据碑文记载,《赵城

※ 小舍利塔

※ 其中一个窑洞安上了门

金藏》的劝缘发起人为尹矧乃，就是上面所说的寇公，崔法珍为尹矧乃的弟子之一。《赵城金藏》刊刻完成之后，又进行了补雕，补雕地就在太阴寺，负责人是住持慈云——也是尹矧乃的弟子。更为重要的是，此碑还记载了给金世宗献经的崔法珍曾经是广胜寺的住持。这个信息十分重要，因为流传至今的唯一一部《赵城金藏》就保存在广胜寺，很有可能是崔法珍当年留下来的。

无论怎样，崔法珍都跟这部大藏有着直接或间接的关系，把她视为《赵城金藏》的功臣应该没什么问题。后来的《永乐大典》和《金史纪事本末》都记载了崔法珍化缘刊刻佛经之事，明代刑部尚书陆光祖的《募刻大藏经疏》中也有这样的记载："昔有女子崔法珍，断臂募刻藏经，三十年始就绪，当时檀越有破产鬻儿应之者。"可见此故事流传之广。

来静林寺的路上，我一直想象着这座寺庙的宏大，因为之前已经看过珍藏《赵城金藏》的广胜寺，静林寺作为刊刻《金藏》之所，应当比广胜寺还要宏大，至少也应当跟广胜寺规模相当。而从查到的资料得知，静林寺原名妙觉寺，始建于后汉，宋太平兴国三年，改名为静林山天宁寺，历史上曾是"秦、晋、豫"三地的佛教中心之一。然而，眼前的情形却跟想象的反差巨大。

后来我了解到，静林寺如此残破，是因为战争和"文革"，庙宇尽毁，仅剩下我看到的那两座舍利塔。一九九四年，从甘肃来了一位比丘尼，就是上面提到的释大杰，她在静林寺的遗址上盖了间茅屋，四处化缘，终于筹到些资金，才建起现在那个简陋的庙宇和禅房。

静林寺刊刻的这部《赵城金藏》极为重要。《大藏经》刊刻始于《开宝藏》，宋代的几部大藏都是以《开宝藏》为底本，但大多已经残损，唯有《赵城金藏》成为了《开宝藏》复刻之孤本。

民国时期，《赵城金藏》的发现引起了文化界的轰动。之后几经周折，运到北平图书馆。但因为历史原因，曾经散佚流出几百卷，剩余的因为长期藏于煤窑之中，部分受潮，粘连在一起。运到北平图书馆之后，馆方决定修复这部珍贵的佛经，于是从琉璃厂文艺山房请来装裱高手韩魁占，之后又请来另外三位，这四人用了十六年的时间，才把残损受潮的经卷陆续修复完成。其间，北平图书馆又先后从民间收购到几百卷《赵城金藏》，才形成了今天的规模。

一九五二年，山西省赵城县的藏书家张筱衡把自己的藏书总计六十七箱捐献给国家，其中第十三箱竟然是一百五十二卷《赵城金藏》，这是战后最大一批《赵城金藏》的捐赠。之后也有其他藏家向北京图书馆（今国家图书馆）捐献，其中周叔弢先生捐献了两卷，周叔弢之子周一良先生捐献了两卷，徐森玉先生捐献了两卷，贾静言先生捐献了一卷。还有一些《赵城金藏》藏于其他图书馆，上海图书馆藏有十七卷，南京图书馆藏有六卷，另有七八家图书馆各藏有一卷到二卷，而与我相熟的藏书家中仅知道一位手里藏有一卷，这就是《赵城金藏》的大概收藏情况。

一九八二年，国家准备出版《中华大藏经》，经过专家探讨，决定以《赵城金藏》为底本，所缺部分再配以其他大藏。集国家和众人之力，终于影印出版，我也购得一套。我跟《赵城金藏》除了这部影印本之外，还有另外一些小因缘。前些年，有位出版界的朋友想影印部分《赵城金藏》送给寺庙做功德，我也参与了此事。为达到最好的影印效果，我找来四十多种不同的手工纸到印刷厂试制打样，试制的效果比想象的好许多，后来这些打样成了众多朋友索要的目

※ 《赵城金藏》

佛說彌勒下生成佛經

标，结果我自己手中一样也没能留下。落笔至此，却拿不出当年的一张打样图来向大家"炫耀"我为此经做出的贡献，也是个小遗憾。

　　《赵城金藏》影印出版后，国家图书馆特意供给静林寺一部，住持释大杰说，能够得到这部影印本，原因就是静林寺是《赵城金藏》的诞生之地。

赵城金藏

《赵城金藏》收藏地：临汾广胜寺

——夺宝护宝，飞虹塔下起烟云

国家图书馆有四件国宝级的镇馆之宝,它们是《永乐大典》《四库全书》《敦煌遗书》和《赵城金藏》,其中《赵城金藏》原藏于山西的广胜寺,故事有些传奇,请听我慢慢道来。

据说一九三〇年陕西大旱,有位叫朱庆澜的人来到陕西救济难民,用今天的话说,这位朱庆澜应当算是慈善家,但他同时还是居士,在陕西搞救济的时候,每过寺庙都要进去朝拜。偶然一次,他在西安的卧龙寺和开元寺发现了一批宋版的佛经,经过研究,知道这就是在中国流传不多的《碛砂藏》。朱先生认为这个发现很重大,回到上海之后就找到一些关心佛教的人士商议,他们认为,让这部《碛砂藏》保存下来的重要手段是将其影印出版,于是成立了"上海影印宋碛砂藏经会"。

协会成立之后,他们就开始筹集资金,到了第二年,协会里的范成法师带着二十多人前往西安,跟这两座寺庙商量影印之事。在影印之前,他们先将两寺所藏的《碛砂藏》清点了一遍,发现都不完全,经过相互补配,仍缺一百七十多卷。范成法师认为,将其配全才是功德圆满,说不要急着影印,首要之事是将所缺部分补配上,于是他到处寻找《碛砂藏》所缺的卷数。两年后,范成法师在西安遇到一位法号性空的僧人,这位僧人说他在山西广胜寺见过一批古旧的佛经,是什么版本不清楚,但形态是卷轴装。范成法师认为很有可能是古经,立即来到广胜寺,果真看到五千多卷佛经。回来后,范成法师将此事公布出来,引起轰动。

一九三四年底,著名居士欧阳渐派弟子蒋唯心从南京前往广胜寺,去弄清究竟是怎样一部古经。蒋唯心从陕西铜关渡黄河时,赶上大风浪,但他看书心切,冒险强渡,结果不慎落水,虽然被救上来,但却伤了眼睛。到达广胜寺后,他忍着眼疼,用四十天的时间把这批佛经细细地翻阅了一遍,写成《金藏雕印始末考》一文,后来在南京发表,引起社会的广泛关注。蒋唯心在文章中明确指出,这批佛经是金代所刻,也是流传至今的唯一一部。由于那时的广胜寺属于山西省赵城县,故这部经书就被定名为《赵城金藏》。

一九三五年,《赵城金藏》中的一部分被借到北京展览,之后又影印了其中的四十六种孤本,装为一百二十册,题名为《宋藏遗珍》。正是因为这部影印本,这"天壤间的孤本秘笈"才为人所知。

然而,引起世人关注的同时,也带来了麻烦,人们争先来广胜寺看经,个别人通过各种手段借出不还,有的经卷甚至被偷盗。寺里的力空法师认为有必要把这些经书藏起来,于是在一九三八年二月将《赵城金藏》从大殿内搬出,藏于广胜寺的飞虹塔内,并用砖砌封了起来。

人怕出名,宝藏也怕出名,广胜寺的孤本佛经突然不见了,当然没有人信,于是都在私下打听经书的去向。一九四二年四月,日本派东方文化考察团到山西,明确提出要看广胜寺的飞虹塔,力空法师觉得考察团肯定是冲着《赵城金藏》来的,马上通过关系向当地的八路军求助,军区政委得知后,认为事关重大,立即上报给太岳区军政领导陈赓,陈赓又将此事向延安的党中央做了汇报,中央电告陈赓,让他务必全力保护《赵城金藏》。于是,陈赓派出百十余人在某个夜晚秘密进入广胜寺,用四个多小时将五千多卷《赵城金藏》转移出来。这次行动极其危险,因为离广胜寺仅几里地就有五六个日军的据点。日本考察团来到飞虹塔时,发现里面的佛经一卷都不在了,日方大为恼怒,命令当时的山西省长前往赵城调查,最终也没

※ 广胜寺山门及文保牌

搞清这些佛经究竟去了哪里。其实,佛经被秘密转运到沁源县的一个废弃煤窑里,一藏就是四年多。此后,又几经转移,直到一九四九年四月三十日运到北京,交给当时的北平图书馆(今国家图书馆)收藏。这就是《赵城金藏》的一段传奇。

近十几年来,几乎国家图书馆的每次展览都会展出几卷《赵城金藏》,李际宁先生每次给我讲起《赵城金藏》,都会激动不已。有一天在国图跟几位老师吃饭,大家又聊到这个话题,陈红彦馆长说,应当组织一次《赵城金藏》之旅,以广胜寺为起点,沿当年八路军运送佛经颠沛流离的路线走下来,将是极有意义的一件事。我听了之后大受感染,恨不得立刻就能成行,可他们都公务缠身,想抽出时间进行这样一次文化之旅,并非一件容易的事。但这个提议确实勾起我想前往一览的冲动,于是趁某次到太原办事时,向朋友提出了这个想法,他马上安排车带我前往。

广胜寺位于山西省临汾市洪洞县以东十七公里的霍山南麓。当天从灵石上 G5 京昆高速,南行八十公里,从明姜出口下道,驶上108 国道。这时,司机说有点饿,我这才注意到已是下午两点,于是将车停在路边小饭馆,点了一碗刀削面想速吃速行,司机却点了猪头肉、豆腐等三个菜,我不便说什么,只好坐在那里陪他慢慢吃,有时候真恨人为什么要吃饭。饭后沿 X544 县道东行十七公里后驶上盘山道,沿途转弯处间或能看到广胜寺的指示牌,车可以一直开到山顶停车场。到了停车场,我正拍摄四周的景色,原本坐在车内休息的司机突然下车抢着去买门票,我这才意识到,我的举动被他误解为是等着买了票再上去,于是跑到售票处跟他争买门票,但最终还是没能争过他。

在盘山道上时，就看到了广胜寺的标志建筑——琉璃塔。木塔建在山顶上，远远望去真有高耸入云之感。进入山门，眼前的木塔高十余层，楼层面积层层递减，总体呈锥状。塔上的高浮雕琉璃完整而精美，是我所见过的古塔中最精美的。木塔的左前方有一座三米高的舍利砖塔，塔铭写着"传临济正宗报恩三十四世上广下修和尚宝塔"。塔前立着一块石碑，但碑上的铭文已磨泐不清。

穿过宝塔来到前殿，在门口遇见一位老僧人，我向他请教《赵城金藏》原藏于哪间大殿，老和尚不语，用手指了指旁边的说明牌，我走上前细看，上面写着：

"前殿

上寺前殿，又称弥陀殿，重修于明嘉靖十一年（1532），面阔五间，进深四间，单檐歇山式，前后檐明间开门，虽经重修，但大木结构和梁架结构均保留元代旧构。殿内供奉西方三圣像，中为明代铜铸阿弥陀佛，两侧为泥塑观世音菩萨和大势至菩萨。殿内四周陈列红色藏经橱，闻名中外的金版藏经《赵城金藏》原存放于此。"

此殿从外观看体量并不大，整个大殿近似正方形，殿内正中供着佛祖，佛祖前还有一尊青铜制的佛像。三面墙边排列着一些红漆木橱，就是当年存放《赵城金藏》的经柜，大概有十几只，比我想象的要小许多，式样也远没有我想象的精美，从外观看有点像上世纪七十年代的办公文件柜。经柜顶上还放着一些未刷漆的木抽屉，我细看了一下这些抽屉的长短，似乎放不进经柜之内，不知道是做何用。每个经柜上都挂着一把铜锁，无法看到里面。在墙的另一侧还见到一只样式古老的藏经柜，从高度上看，至少比那些红色的经柜要矮四十公分，因为年代久远，表面已变成黑色，难以辨出当年的原

※ 经柜

色；从制式看有点像明代的五斗橱，是山西柴木橱的式样。在进门处靠墙的一面，还有一种中号的藏经柜，也是红色，高度仅比那排大号的经柜矮二十公分。我猜想当年从下寺把《赵城金藏》运到本寺时，原有的经柜放不下，临时调来这些经柜，所以就有了这样大中小三个不同规格，当然这仅仅是我的猜想，在大殿内没有找到任何关于藏经柜的说明牌。

虽然藏经柜的式样普通，殿里的佛像却很精美，尤其一些细部的彩雕，可谓栩栩如生；两侧山墙上的壁画虽已模糊不清，但仍能看出当年美轮美奂的情形。最奇特的是没有看到任何禁止拍照的说明牌，这是近些年我在国内各大寺庙中仅见。不仅如此，也没有设置将游客与佛像隔开的安全线，人们可以直接走到佛像前，细看上面的精美细节。佛像触手可及，但没有发现任何一处"到此一游"的题款。

穿过前殿，继续向佛寺深处走去，大雄宝殿内的格局更是特别：佛像前都有精美的木隔板，远远看去佛像犹如坐在江南的架子床内，这又让我少见多怪了一番。主殿的侧墙后方架着一面鼓，旁边有个说明牌"严谨打鼓罚款伍佰"，将"禁"字错写为"谨"，如果按禁止打鼓来理解，罚款五百元似乎有点多。一般大雄宝殿的背面大多是滴水观音，此殿这个位置供的却是弥勒佛，右侧站着韦驮。从主殿转出，侧边紧连着一座小殿，里面供奉着五尊佛像，正中坐着韦驮，梁上横幅写着"护法韦驮菩萨"。

寺内的琉璃塔就是飞虹塔，是广胜寺最有名的建筑。据称木塔始建于汉代，后来因为地震损毁而多次重修，现在看到的是明嘉靖六年时重建。按照《大唐西域记》里的说法，广胜寺的飞虹塔是中

※ 广胜寺前殿内景
※ 主殿

※ 精美的壁画

国最重要的十九座佛塔之一,这座塔以精美著称于世,但我更看重它为保护《赵城金藏》所做的贡献。看完藏经柜我又重新进入塔内。塔的一层对外开放,沿塔一圈都用圆光的形制做成佛龛,每个圆光里供有一尊佛像,然而佛像前却拦着金属网,这跟后面几座大殿的情况完全相反——那些巨大精美的佛像未做任何防护,这种抓小放大的方式令我不解。后来细想,可能是大佛像不易被偷走,而小佛像则可顺手牵羊。

广胜寺分为上寺和下寺,山顶上的藏经之处被称为上寺,山脚下的寺庙则为下寺。《赵城金藏》原藏于下寺,上世纪三十年代,因为管理疏忽,经藏有些丢失,到一九三七年力空法师接任广胜寺住持,才把经藏全部运到上寺收藏。

从上寺出来,开车原路下山,来到下寺门口,需要出示在上寺购买的五十五元联票。在院内又向僧人打问原藏《赵城金藏》的大殿是哪一座,问过两位均称未听说过此事,便在大殿内四处寻找说明牌,试图找到一些相关的介绍文字,却没能如愿。这时我听到正殿的侧房传来诵经声,于是想推门进去打问,掀开侧房门口挂着的棉门帘,不知是不是门帘发出声响的缘故,里面的诵经语调频率忽然加快,这时我才听出是女声,气氛有点不对头,定神细听,虽然频率极快,然仍有内在的抑扬顿挫,正是"却坐促弦弦转急"。我把这解读为对我贸然进入的拒绝,于是知趣地放下门帘退出。

在下寺内四处转看,我注意到院内的水神殿很是奇特,门口立着两尊佛像,形式很像古墓前面的石仲翁,实际却是古代的木雕彩绘,身上还披着大红的斗篷。门前的解说牌称,水神殿建于元延祐六年(1319),是为霍泉神而建,内壁有近二百平方米的元代壁画,其中南壁东侧的戏剧壁画被誉为"广胜寺三绝"之一,一九九八年与西壁北上侧的《打球图》同时编入中国历史教科书。可惜大殿锁着门,无法看到这些精美的壁画。水神殿的正前方是一座古代的戏台,虽然经过维修,但上面的木雕是元代的原物,在后影壁墙上还有人物砖雕,保存基本完好。

当年《赵城金藏》被运到北京之后,引起了各界的关注,一九四九年五月二十二日的《人民日报》头版报道了这个消息,标题是《名经4000余卷运抵平市》(当时的首都是南京,北京改名为北平,"平"是其简称)。这篇文章还有一个副题:"卫护此珍贵遗产,八位战士为此付出了生命代价"。后来很多相关的文献都会引用这句话。近些年,我又看到有文章说,运送和保护《赵城金藏》过程中,并没有人为此付出生命。究竟事实如何,无从考证,不管怎样,八路军为保护这批佛经的确付出了很多努力。

直到今天,我的藏书中都没有一卷《赵城金藏》,每想到此事,都觉得后悔不已,这并非是说自己要从中分得一卷,而是因为曾有一卷《赵城金藏》真切地出现在我眼前,却阴差阳错与之擦身而过,这个至少要让我后悔一万年。故事的本末,还是留待日后慢慢向大家说吧。

思溪藏

《思溪藏》刊刻地：湖州思溪寺

——合家之力，独刊大藏

《思溪藏》为宋代刊刻,在中国《大藏经》刊刻史上,有较为重要的地位。然而其刊刻处思溪寺,却很难搜到。经过一番查找,我可以基本断定,思溪寺已荡然无存。此寺的旧址,在浙江湖州市菱湖镇的思溪村,这个地名至今仍保留着。我决定前往思溪村探访,虽已不抱什么希望,但潜意识里还是希望能找到一些相关的遗迹,证明当年刊刻大藏的思溪寺就在今天的思溪村。

飞到杭州,包下一辆出租车,直奔思溪村而去。临近目的地时,我在一座桥的桥堍,看到路边的校车停靠点指示牌上写着"思溪站","思溪"二字让我有些激动,更加坚信,这趟行程必有所获。车驶上一座悬索桥,一个村子竟然能够建造这样有技术含量的桥,可见是富裕的新农村,驶到桥中段,我请司机停车,因为看到桥下有一条宽阔的大河。虽不知道这条河的名称,却想到了"思溪"二字,既然寺叫思溪,它一定靠近水边。眼前的这条河是不是"思溪"?我却无人打问。展眼望去,两岸民居鳞次栉比,唯在左岸有一处涂着红墙的仿古建筑,看样子是一座寺庙。此寺不太可能是思溪寺,因为它早已消失在这宽阔的溪水边。

来之前我做过不少功课,知道村里还残留着一些古桥,其中一座似乎跟思溪寺有些关系。车驶入村中,可能是临近中午的缘故,整个村子静悄悄的,见不到人影。终于看到一间门脸儿很小的杂货店,我走进店内,想了解一些情况,老板听完我的问话,很认真地向我解释着什么,但从我一脸的茫然,他看出我没有听懂他说的方言,于是转身把老伴喊过来。阿姨的发音果真比她老公要清晰很多,她告诉我,原来村中确实有古桥,但大多数都被拆了,只余下一座,因为地方比较偏远。她指给我路线,但我实在记不住,于是试着向她

※ 这条溪足够宽阔

提出请求："能否带我前去一看？"阿姨答应得很爽快，出门时她老公却向我追加了一句："路上要小心，记得把她送回来啊。"这句话让我琢磨了好半天。

在阿姨的指引下，车又开回之前我看风景的桥头。阿姨说，我来的路上一定经过了村部，那里就有相关介绍。我说自己没有留意，于是请阿姨带我到村部一看。村部的大门口，有块立在花坛里的观赏石，上面刻着："美丽乡村——思溪"。旁边公路一块告示牌上写着"村级避难安置点"。这是在城市里才能见到的建制，村级的避难点，我还是第一次见到。

告示牌旁边建了一条长长的带有屋顶的走廊。沿墙挂着许多展板，起头写着："思溪村人文历史廊"。第一块展板上是两座现代化大桥的照片，上面有我两次经过的那座悬索桥，它名叫"思溪大桥"，重建于二〇〇六年。在此之前，这座桥名叫"种善桥"，为宋代单孔石拱桥，一九七三年因拓宽思溪港而被拆。看来这就是我要寻找的古桥之一，可惜今天再也不能看到它的痕迹。后面的一块展板，也是介绍几座古桥的历史，看来这里以桥出名。

走廊里面一块展板吸引了我，上面写着"宝箧印经式石塔"，说二〇〇五年八月二十二日，在达民村西村出土了该塔："此为宋代思溪圆觉禅院之物"。看到这句话，我大为欢喜。看来这个思溪村确实跟《思溪藏》有联系。展板上说，石塔现藏于湖州市博物馆。塔下面是"青石圆雕雄狮"，底下写着："二〇〇〇年十月一日在思溪方坛头（圆觉禅寺旧址）出土了当时圆觉禅院内大雄宝殿前的青石圆雕雄狮一尊，现存放在思溪纯阳宫。"我马上问阿姨思溪纯阳宫在哪里，她说等一下带我去看。

　　下面一块展板上的图案我更为熟悉，是两页《思溪藏》的书影，拍得很清晰，看来展板制作者确实下了功夫。上面的文字先是介绍王永从刊刻《思溪藏》的情况，然后介绍思溪寺的具体布局："圆觉禅院位于思溪东郊移步桥北塊方坛头，东接永安高桥，西连茶桥，北壤太平桥，占地十五亩。禅院坐北朝南，沿中轴线，有大雄宝殿，台阶两旁镇坐两尊青石圆雕雄狮，殿后有观音殿和禅堂，左侧有三官殿、地藏殿、藏经楼和镂经工房，右侧有钟楼、客堂、斋堂和寝堂等生活用房。这是一座院落重重，层层深入，回廊周匝，形制古朴，雕刻精细，具有宋代建筑风格的禅院。"

　　这段文字把思溪寺介绍得很清楚，然而展板上却没有此寺的图片。由此可知，这座寺已荡然无存。接下来的几块展板，则是后人对于思溪寺的题诗题字，其中一篇的题目就叫《圆觉藏》："弘扬佛法圆觉院，藏经印造工程伟，空前绝后世无双，佛学宝典传万年。"虽然这首诗怎么读都不押韵，但我还是心生欢喜，因为它歌咏的正是这部大藏。

　　接下来的一块展板，则详细介绍了现藏于国家图书馆的《思溪藏》，其中提到此藏从日本流入中国的经过，以及国家图书馆补入其中三百五十七册《大般若波罗蜜经》的事。此事就发生在几年前，跟我还能扯上一点关系，在思溪藏的家乡读到这段逸闻，瞬间涌上的亲切感难以形容。

　　我向阿姨了解思溪寺遗址的情况，她说这个寺一点儿痕迹也看不到了，但村里有一座思溪庙，离此不远。她又告诉我，圆觉禅寺也早就没了，但近几年做了一块关于此寺的小牌子，放在思溪庙里。看来这个思溪庙与此大有关系，于是我顾不上再提纯阳宫那石狮

※ 诸神联欢的纯阳宫

子,请阿姨马上带我去看思溪庙。

车又重新驶回悬索桥。在桥上,阿姨指着岸边一处红色建筑说,那就是思溪庙。这正是刚进村时看到的红墙,我竟然有眼不识泰山。车沿着岸边的小路来到庙前,阿姨指着上面的匾额说:"看,这就是思溪庙。"我顺着她的手势望过去,却看到门楣上大大地写着三个字:"纯阳宫"。这让我站在那里不知所措,小声地问阿姨:"这几个字是'纯阳宫'呀,我们不是说以后再来这里,我想先看思溪庙。"阿姨望了我一眼,用极其肯定的语气告诉我:"这就是思溪庙,我们村的人都这么叫它。"

原来如此,我也只能把这三个字读成"思溪庙"了。既然来了,那就去探个究竟。"纯阳宫"下面另悬挂着一块"土地庙"匾额,庙门却紧闭着,旁边的两间屋分别挂着"观音阁"和"祖师殿"的牌匾,另外还有"财神殿",这些一字排开的小殿,相处得很是和谐。从建筑的手法及木料的风化程度上看,此庙兴建的时间不长。但遗憾的是,虽然每间屋都是一座庙,其中却没有思溪庙。于是我忍不住问阿姨,是不是还有另外一间屋叫"思溪庙"。她肯定地告诉我没有,说整个大庙都叫"思溪庙",这个名称村民们已经用了很多年。我问她有没有一年,她说比这久多了,应该有好几百年了。阿姨又补充说,前些年还来过一个日本人,也是到村里来寻找思溪寺,她也把他带到了这里,我是她遇到的第二位到村里寻找思溪寺的人。

我又想起了展板上的石狮子,上面明确写着,狮子原摆在圆觉禅寺门口,而今存放在纯阳宫内。我问阿姨,可否进纯阳宫去看看那个石狮子。她说当然没问题,走上前用力拍了几下门,却完全听不到里面的动静。阿姨说:"我们来晚了,看庙的回家去了。"但她

※ 纯阳宫门前的烧纸塔

安慰我不要急，她知道谁拿着钥匙，让我等在这里，自己去找人。

我站在那里仔细察看纯阳宫。侧边望过去，纯阳宫不只正面看到的那一排，从屋檐可以数出，里面至少有三进院落。从一个侧门望过去，能看到院内摆放着一些运动器械。看来这个纯阳宫既是诸神的住所，同时也负责村民的身体健康。在侧门旁，还看到一块牌子，上写着"思溪村现代远程教育终端接收站点"。思索片刻，也没能明白这个站点是怎么回事，想来大概类似二十年前十分红火的电视大学吧。牌子上的箭头指向纯阳宫旁边的一处小楼，上面挂着的招牌却是"思溪村日间照料中心"，是托儿所或者托老所吧。

在我东张西望的时候，阿姨回来，遗憾地告诉我，那个有钥匙的人不在家，所以我无法进去看个究竟。但不知为何，我心里却没有什么遗憾，因为此行所获，已经超过我的预期。我最担心的是找到一个地方，当地人对我所找一无所知，也看不到相关的实物，而在思溪村，我不但看到了相关介绍，还通过这位阿姨，知道村里人对思溪寺有所了解，尽管他们跟我理解的有所不同，但这丝毫不妨碍我们确认，当年思溪寺就建在此地。

《思溪藏》的称呼最为复杂。李富华、何梅所著的《汉文佛教大藏经研究》一书中，关于这部大藏的第一句话就是："《圆觉藏》因刊板于南宋两浙道湖州（今浙江省湖州市）归安县松亭乡思溪的圆觉禅院而得名；《资福藏》的由来则是在圆觉禅院升格为资福禅寺后，曾对《圆觉藏》的残损经板进行补刻后并继续印刷流通而获名。《圆觉藏》和《资福藏》又分别称《前思溪藏》《后思溪藏》或统称《思溪藏》《湖州藏》《浙本大藏经》。"正因如此，此藏的称呼始终难以统一，因《圆觉藏》和《资福藏》在市面上流传极少，一般而言，人们就把这两部大藏统称为《思溪藏》，本书也以《思溪藏》称之。

《思溪藏》的刊刻，唯一有别于历代大藏之处，是它全部由一个家族出资刊刻，刊刻地圆觉禅寺也是由同一家族建造，这就是北宋末年的王永从家族。依据主要是日本南禅寺所藏该藏中《观所缘缘论》后面的尾题，我节录前半部分在这里：

"大宋国两浙道湖州归安县松亭乡思溪居住，左武大夫密州观察使致仕王永从，同妻恭人严氏，弟忠翊郎永锡，妻顾氏，侄武功郎冲允，妻卜氏，从义郎冲彦，妻陈氏，男迪功郎冲元，妻莫氏，保义郎冲和，妻吕氏并家眷等，捐舍家财，命工开镂大藏经板五百五十函，永远印造流通。所鸠善利，恭为祝延今上皇帝圣躬万岁，利及一切有情。绍兴二年四月 日谨题。"

这段话写明大藏的刊刻者都是王永从同族。那么，王永从是什么人呢？他为什么要靠家族的力量，建起一座寺庙，又出资刊刻一部大藏呢？这倒是个有趣的问题。然而，这位王永从算不上什么名人，资料留存下来的很少，也没有单独的传记，事迹多有不确之处。还好华喆先生写了篇《〈思溪藏〉刊行者王永从事迹略考》，把历史上的一些误记之处，总算理清楚了。

王永从这个人，以今天的市场眼光来看，其实很有头脑。北宋末年，他跟蔡攸走得很近。蔡攸就是大奸臣蔡京的长子。王永从能贴上蔡攸，自然也很发达。历史上有名的花石纲事件因为《水浒传》而广为人知，而王永从就是跟着蔡攸做花石纲生意的。花石纲事件搞得人怨天怒，到了靖康元年，宋徽宗之子赵桓登基，开始清算蔡京父子，这件事当然也牵涉到了王永从。《靖康要录》上有这样一段记载："十一日诏：'王永从、吴洧、杨邦直皆系骚扰东南之人，臣僚累有章疏。永从降授秉义郎致仕,吴浒、杨邦直并除名勒停,送诸州编管,日下押出门。'"

结果还算不错,只是让他退休回家,并未将其治罪,原因可能有两个:一是他给朝廷捐献了大笔的银两;二是这件事他只是从犯,并不算主角。被迫退休回到思溪的当年,就刊刻出这么一部大藏,推论起来,王永从应当从经营花石纲的生意上,捞到了大笔的钱。他做这门垄断生意将近二十年之久,又用赚来的钱建寺庙、刻大藏,不知道该怎样评价才好。

但是王永从究竟刊刻了一部还是两部大藏,历史上有不同的说法。《汉文佛教大藏经研究》中说:"此部大藏经与历代私版藏经的不同处,在于全藏五百余函经卷,乃独依王氏家族喜舍资财刊刻的,这在大藏经雕刻史上可谓空前绝后之壮举。"而日本京都增上寺藏的一部《大藏经》上印有"安吉州思溪法宝资福禅寺大藏经目录",有人觉得思溪法宝资福禅寺可能和思溪村的圆觉禅寺是两个寺,然而两部大藏的刊刻人却都刻着"王永从"的字样。一个家族能刊刻一部大藏,已经被视为壮举,刊刻两部大藏的可能性几乎没有。既然是推论,总要拿出证据来。

前几年,国家图书馆的佛经版本专家李际宁先生所写《新入藏思溪版〈大般若波罗蜜经〉的经过及其文物版本价值》一文,将国图原藏的思溪圆觉藏本卷一三一与本次购入的资福寺本卷一三一做了比较,除了国图原藏本有"圆觉藏司自纸版"的墨印外,其他行格字体,甚至细微之处都完全一样,于是李先生得出结论:"由此,也为我们说《思溪藏》两版的关系,提供了一个资料,即《思溪资福藏》应该是在《思溪圆觉藏》基础上补刊经板而成。"

　　《思溪藏》流传至今极为稀见。到目前为止,仅国家图书馆藏有一部,但也有残缺。尤为难得者,是市面上所见的零本,基本上都是国图所藏那一部所缺的卷数,推论起来,很有可能是同一部大藏,因为不可知的原因而分散,如此,国图所藏的那一部也极其珍贵。那么,国图所藏是从何而来? 版本目录学家冀淑英先生在《冀淑英古籍善本十五讲》一书中有相关的论述,此书第八讲为"快雪堂分馆与杨守敬藏书",前半部分讲述了快雪堂的历史沿革,其中有一段说:"松坡图书馆开始买了杨守敬的一批书作为基础,后来又添了一些新书,成立了松坡图书馆。松坡图书馆一直到抗日战争时还存在。后因没有经费,由北京图书馆接收了,叫快雪堂分馆。"

　　对于《思溪藏》,冀先生有这样的论述:"杨守敬卖给松坡图书馆的书,不是特别好的,好的成批的都卖给故宫了。但剩下这批里面也有好书。其中一部是《思溪藏》,全名应叫《安吉州思溪法宝资福禅寺大藏经》。传世的《思溪藏》有两部,一部是《安吉州思溪圆觉禅寺大藏经》,一部是《思溪资福禅寺大藏经》。这两部大藏经我们国内都有零本流传,没有全的。"冀先生认为,杨守敬旧藏的好书大多都卖给了故宫,而剩余部分最好的就是这部《思溪藏》。以冀先生的眼光看,并不认为这部大藏跟其他书比起来好到哪里去,但如果她知道,几十年后这部大藏所缺的部分竟然又配上了不少,估计就不会这样认定了吧。

　　杨守敬旧藏的这部大藏得自日本。他当时买到这部大藏应当是欣喜若狂,后来读到他的一篇文章,了解了他得书的经过。其中有个完整的故事,我把它抄录在这里:

　　"宋安吉州资福寺大藏经,全部缺六百余卷,间有钞补,亦据宋

※ 宋版《思溪藏》

第十布施波羅蜜多分之三

三藏法師　玄奘奉　詔譯

介時滿慈子白佛言世尊若一切法皆非實
有諸菩薩眾行布施時為何所捨當證無上菩薩
行布施時都無所捨時滿慈子復白佛言若

諸菩薩行布施時都無所捨是諸菩薩當證
無上正等覺時為何所得佛言諸菩薩如布施
時於一切法都無所得當證無上正等覺時
於一切法亦無所得如菩薩眾行布施時於
一切法都無所損如是菩薩當證無上正等
覺時於一切法亦無所益損益二門相待立

故又滿慈子如諸菩薩行布施時知一切法
皆如幻化無實可捨如是菩薩當證無上正
等覺時知一切法亦如幻化無實可得若諸
菩薩行布施時於一切法實有所捨是諸菩
薩當證無上正等覺時亦應於法實有所得
然諸菩薩行布施時於一切法實無所捨是
故菩薩當證無上正等覺時於一切法實無
所得又滿慈子如二幻師戲為交易一幻價
直一化美園此中二事俱非實有如是菩薩
行布施時捨如幻化非實有物當證無上正
等覺時得如幻化非實有法是諸菩薩如布

拓本。旧藏日本山城国天安寺。余在日本，有书估为言，欲求售之。
状适黎星使，方购佛书，即嘱余与议之。价三千元，以七百元作定
金，立约期三月付书。及逾期而书不至，星使不能待，以千元购定日
本翻明本。久之书至，星使以过期不受，欲索还定金。书估不肯退
书，难以口舌争。星使又不欲以购书事起公牍，嘱余受之，而先支薪
俸以偿。余以此书宋刻，中土久无传本，明刊南、北藏本，兵燹后亦
十不存一，况明本鲁鱼豕亥不可枚举，得此以订讹铟谬，不可谓非鸿
宝，乃忍痛受之。缺卷非无别本钞补，以费繁而止，且此书之可贵，
以宋刻故也。书至六七千卷，时至六七百年，安能保其毫无残阙。
此在真知笃好者，固不必狗俗人之见，以不全为恨也。光绪癸未二
月宜都杨守敬记。"

　　读完这段文字，我才知道这部大藏原本是黎庶昌所买，付了定
金，日本书商却没在约定期限将书送来，黎庶昌因为急用，就另外
买了一部翻刻本。买过之后，书商又把那部宋刻本送来，这样就引
起纠纷。书商执意不退定金，而黎庶昌是驻日公使，不好意思为买
书之事对簿公堂，于是说服杨守敬买下。黎是杨的领导，领导让他
买，他只能接受。后来转念一想，这种难得之物虽有残缺，但经过了
六七百年，也就用不着计较了。

　　正因为这个偶然事件，才使得又一部大藏回归中国，这其中有
两册现在我的书斋中。

《碛砂藏》刊刻地：苏州碛砂寺

——一经离开，墙颓屋倾

碛砂藏

　　发现《碛砂藏》是民国以后的事,我认为第一个发现者是康有为。我查阅了一堆资料,好像没有人把这个发现权冠在"康圣人"的头上。资料大多说,一九三一年朱庆澜居士到西安赈灾,在开元寺和卧龙寺发现了《碛砂藏》,他认为很有价值,回到上海之后将此事告诉了一些关心佛教的人士。然而,我知道早在朱庆澜之前的六七年,康有为就发现了这部大藏,为此还产生了很大的纠纷,也因如此,世人才知道有这么一部珍贵的大藏存世。这样说来,《碛砂藏》的第一个发现者应是康有为。但我还是不放心,在某年大年初三一早,去电李际宁先生,以证实自己的判断。李先生沉吟了一下,说我的判断没有问题。既然如此,那为什么人们把《碛砂藏》的发现者说成是朱庆澜? 李先生说,康有为的确在这两座寺里发现了大藏,但他只知道这是宋元间的古刻本,可能是因为他藏有二百多册《普宁藏》,而《碛砂藏》一些印本字体跟《普宁藏》很像,所以他判断出这部大藏很有价值,但并不知道究竟是哪部大藏。到了一九三一年,朱庆澜看到这部大藏,几经周折,在上海将其影印出版,在整理出版的过程中,人们从后面的题记里找到许多线索,根据这些线索,才将之定名为《碛砂藏》。

　　既然如此,那么断定康有为是《碛砂藏》的发现者,不是没有问题吗? 比如有人在野外捡了一大块金子,但他并不知道这块金子的名称,后来专家告诉他,这叫狗头金,那么发现这块狗头金的人因为不知道名称,就不是发现者了吗? 李先生笑答:"确实没有问题。"于是,我趁机追了一句:"这可是得到了您的证实,别人再骂我,我就说是您说的。"

　　但从文献价值而言,真正让世人得见此藏者,是朱庆澜。朱庆澜等人为了影印这部大藏，费时良久。一九三一年他看到此经后就开始在上海筹资，再忙于跟陕西商议，用了四年时间，才商议出结果。影印过程中，也发生了很多周折。他原本准备请上海的商务印书馆或中华书局做出版方，但因为各种原因均未谈妥，最终决定亲自操办此事。他想出的办法是，在西安当地拍照和冲洗，到上海印刷，又找了很多地方对残缺的部分进行补配。其实，康有为也为补配做出了贡献，影印本中就用了一些康有为收藏的《普宁藏》本。最终影印出版，定名为《影印宋碛砂藏经》，装订为五百九十一册，总计印了五百部。从此之后，世人才知道有《碛砂藏》。

当年影印此藏的原因，是认为这是一部未被人知的孤本。虽然后来陆续又有发现，但都是影印之后的事情了。比如在山西崇善寺发现了一部，一九六六年又在北京柏林寺发现残本，其他地方也陆续有所发现，日本有流传收藏者，美国普林斯顿大学图书馆也藏有一部。美国的这部，发现时间在一九二六年到一九二七年间，发现者叫吉礼士。一九二九年，吉礼士把这部大藏运到加拿大的麦吉尔大学，最终转卖给葛思德东方书库，后来经藏随书库一并归入普林斯顿大学。近二十余年国内也发现了一些零本，我自己也收得其中的两册，算是我跟这部大藏的一点因缘。

《碛砂藏》以刊刻地命名，它刊刻于宋代的平江府陈湖碛砂延圣院。清康熙版的《姑苏志》中记载："碛砂禅寺，旧名延圣禅院，在长洲县二十六都陈湖之北。宋乾道间僧道原建，元僧圆至记，寺有大藏经板。永乐十五年，僧智端重修。"

碛砂寺为什么要刊刻大藏我没有查到新的资料——官刻大藏由皇家和官府出钱，容易得多，而碛砂寺是自己募资私刻，自然很不

※ 正门的背面还能看到"延圣寺"的字样

容易。关于这部大藏是什么时候开始刊刻,上海影印本中有欧阳渐写的序言,对最早刊刻时间做了详细推论,他的结论是,此藏始刻于宋宝庆初年(1225)至五年之间。之后的学者大部分以此为依据来推定《碛砂藏》的刊刻时间。但二十年前,日本奈良西大寺发现了《碛砂藏》本的《大般若经》卷一,后面有宋嘉定九年(1216)的刊记,学界便将这一年定为《碛砂藏》的初始刊刻时间。

这部大藏时刻时停,遇到大善主捐资,就刊刻一些,没钱时便停下来,其间还发生过火灾,最晚的刷印时间已经是明宣德七年(1432)。这样一部大藏,历经宋元明三朝,跨越二百多年,康有为称他在陕西看到的是"明残本",看来也不是没有道理。虽然现今藏在陕西省图书馆的《碛砂藏》我还没有见到,但如此推论起来,里面应该也有明代的刷印本和刊记。

因为这部大藏,碛砂寺当然是我的必访之地。我在常熟寻访时,一直用一辆固定的出租车,司机大姐人很好,在车里听到她跟几个车友商量捐助的事情,这样的车当然用着很放心。她一边开车一边给我讲爱心小组的故事。来到碛砂村,碛砂寺就在甪直镇澄北村与碛砂村之间。一路上,我想象着碛砂寺当时的宏伟壮观——虽经几修几建,但能够刊刻一部大藏,绝非一般小寺庙所能做到。然而,我没想到碛砂村这么小,更没想到碛砂寺比想象中要小得多。进入村中,穿过一条窄窄的水泥路,远远就看到涂成黄色的寺院。从外面望过去,寺里仅有一座大殿,看不到其他建筑。走到门口更觉诧异,门旁摆着两个石狮子,雕造异常粗糙的狮脖上,还挂着红绸绣球,经过风吹日晒,已经掉了颜色。门两侧的对联和门楣都贴着白色塑料布,门上看不到任何匾额和字迹。细看之下,才发现是我走了眼,塑料布经过日晒,已掉了颜色,瞪大眼睛仔细辨认,还是能够隐约地看到门楣上"碛砂延圣寺"的字迹,两侧的对联却实在难以辨识了。

寺门无人看守,我随意走了进去,距其三米远的地方,盖了个仿古小亭,这回门楣上的匾额倒是能够看清,写着"天王殿"三个字,细看之下,却是电脑喷绘出来的现代作品——因为处在屋檐下,所以没有像大门口的匾额那样,受到紫外线照射而完全掉色。天王殿不算高,我伸手就能够到房顶,中间供奉着一尊被罩在玻璃罩内的弥勒佛,旁边放着一个金属牌,写明是由三家人捐款供养。最让我诧异的是,两侧的四大天王居然是招贴画,形象也跟惯常所见完全不同,不知道绘画的人请了什么神仙来此充当四大天王。寺庙中的定式,天王殿两侧供奉彩塑四大天王,这里却变成了招贴画,简陋到这种程度,我还是头一次见到。我开始怀疑自己是否走错了门,这跟我的想象形成了巨大反差,也跟那部著名的《大藏经》太不匹配。

穿过天王殿,即进入了号称是碛砂古寺所在的院落。院落很小,我估计整个寺院的占地不超过两亩。正殿里有几位信众在做朝拜,我不便拍照,于是在院内四处观看。院子当中摆着个铸铁的香炉,炉身上铸着"吴中区碛砂延圣寺"的字样,看来这里确实就是碛砂寺。炉身上还有年款,写明是佛历二五五二年,公元二〇〇八年。院子中间有一座简陋的铁皮公棚,右边有几间僧房,我决定找住持去了解一下情况,问问这里是否仅是碛砂寺的一个分院。

一位居士把我领到了方丈室。方丈之年轻也超乎我想象,估计也就三十出头,戴着眼镜,言谈举止很是斯文。我向他提出了自己的疑问,方丈很有耐心,搬出两把座椅放在院内,请我喝茶,然后告诉我,自己的法名叫礼敬,是寺中的住持,不敢称方丈。他说,这里

※ 延圣寺正门
※ 正殿

※ 碛砂藏本《法苑珠林》
※《碛砂藏》尾题

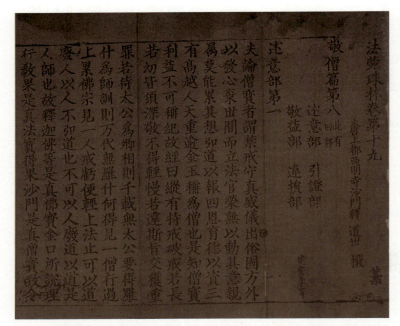

就是宋代碛砂寺的原址,被彻底毁坏之后,近几年才刚刚恢复起来,所以一切因陋就简。如此讲来,我倒是能够理解,但我说,至少门楣上的匾额要重新喷绘一张,否则,走到门前都会怀疑自己找错了地方。礼敬并不以我的直率为失礼,他平静地告诉我,自己也知道这种情况,没有重新换匾的原因是寺院不久就要被拆了。

这句话着实吓了我一跳,这么有名的古寺为什么说拆就拆呢?礼敬告诉我,因为常熟到嘉兴的高速公路要经过此处,原本是要经过寺旁的一片别墅区,据说开发商后台很硬,几经活动,最终让高速公路改了线,那片别墅区保住了,碛砂寺却有了被拆之虞。礼敬为此给相关部门打了多次报告,声明此寺的重要地位,可是始终得不到回应,他还给国家级的一些部门写材料说明情况,虽然有人帮忙从中协调,可最终还是没有结果。他问我有没有办法找到当地省级领导,我直言自己是外地人,只是来寻访此寺,虽然听到这个消息也很不平,但确实爱莫能助。

相对叹息一番,礼敬才想起来问我来这里的原因,于是我讲起自己的《大藏经》之旅,也讲到碛砂寺在《大藏经》史上的重要地位。听到我这番话,礼敬马上兴奋起来,说自己也一直在搜集这方面的资料。说话间,他转身进了方丈室,很快拿出一个文件夹递到我手上,里面竟然是一些《碛砂藏》扉画的复印件。我看了一眼,告诉他,这些扉画不是从宋元版的佛经上影印下来的,而是用石印本做底本影印的。礼敬闻言,看了我一眼,说确实如此,因为宋刻本的原物他从来没有见过,这些民国的石印本也是他托关系才在上海买到的。

看到礼敬用欣慰的目光盯着自己那些复印件,我心中顿时有些不忍,《碛砂藏》就出自此寺,可这里的住持却从来没有见过原物。

礼敬说,《碛砂藏》前面的扉画他已找到了八种不同的图案,问我是否已经找全,我告诉他,常见的是这八种,另外崇善寺有一种就跟这八种不同,国图也有一种不同的,听说日本也有,就我所知,这种扉画至少在十二种以上。礼敬很希望能得到我所说的另外几种,我告诉他自己手中也没有,但答应帮他想办法。

随后,礼敬带我在寺内参观,他告诉我,寺里的古井是宋代碛砂寺的原物,除此之外,就没有什么遗迹留存了。我又想起那四大天王,问他为什么跟常见的形象不同。礼敬很认真地告诉我,他查了许多史料才知道,真正的四大天王就是他喷绘的这个模样,还兴奋地跟我解释这四大天王跟其他殿不同的原因。我能看得出来,他对自己的寺院特别有感情。回来后,我查资料知道,如今的碛砂寺,是二〇〇六年碛砂村的村民给苏州市吴中区宗教事务局打报告批准建立的,二〇〇七年建成,二〇〇九年区宗教局和佛教协会派礼敬法师来此做住持,礼敬毕业于中国佛学院灵岩山分院。

回来不久,就收到礼敬的电话及短信,问我佛画的搜集情况。去年通话时,他告诉我,碛砂寺还是被拆掉了,但是相关部门在不远处给他们安排了一处临时住所,并且答应在旁边再建新的碛砂寺。他说,计划已经批下来,再过两三年,新的碛砂寺就能建好,欢迎我届时再去。

我也期待着那一天。

碛砂藏

《碛砂藏》收藏地：西安卧龙寺

——康圣人盗经，一场冤案

西安的卧龙寺本是座不大的寺院，以前少有人知道。民国年间一场风波由此而起，无意间让它广为人知，这就是康有为盗经事件。

以前我也认为，康有为偶然在卧龙寺看到了宋元明递修的《碛砂藏》，发现寺里的僧人并不了解其价值，就想捡个便宜，跟住持提出用新经换古经。糊涂住持觉得新经好，于是就同意交换。但这件事很快被当地的有识之士发现，于是通过各种办法阻止，有人甚至画了一幅《康圣人盗经图》在报纸上发表。强大的舆论压力，加上当地司法部门的干预，最终让康有为的如意算盘落空，只好把《大藏经》归还给寺院，灰头土脸地离开了西安。

这个故事出现在不同的文本之中，都是一面倒地谴责康有为的盗经行为。不知从什么时候开始，我对这种一面倒的定论产生了本能的怀疑。万物的参差，才是造物主呈现给这个世界的美好，当某件事情群情愤激地一面倒，会令人怀疑事情本身的动机——我不过是本能地在不疑之处冒出一个疑问：真是这样吗？在查找关于卧龙寺盗经风波的资料时，我渐渐地感觉到，这种怀疑确实有理。

故事要从吴佩孚的五十大寿讲起。吴大帅当年算是一方诸侯，康有为虽是"圣人"，但也须朝拜这位有实力的军阀，他当然不能像那些非富即贵者一样上金上银，秀才人情历来是半张纸，他给吴佩孚写了一副对联："牧野鹰扬，百岁勋名才半纪；洛阳虎视，八方风雨会中州。"对联写得极有气势，把吴佩孚形容成"天下英雄谁敌手"的孙仲谋。吴佩孚是武夫中的文人，书法也极有气势，当然能够读懂这副对联的暗喻，自然是"大喜"，于是"康圣人"与吴大帅情好日密。后来康有为想去西安，吴佩孚就给陕西督军兼省长刘镇华写了封信，把他介绍到那里，刘当然热情接待，康有为在陕西机场讲演，

※ 卧龙寺廊额

刘镇华亲自到现场主持,可见是何等的风光。但这种风光也会引起某些人的不满。正如《三国志》里"(刘备)于是与亮情好日密,关羽张飞等不悦",刘关张是何等亲密的兄弟,但刘备听了诸葛亮的宏论,跟诸葛亮的关系越来越亲密,都会让关羽张飞不高兴,而今督军兼省长给康有为做主持人,那让当地的文化名流情何以堪。以我的私见,那场风波一定跟这件事有着或明或暗的联系。

康有为在西安主要是讲学,讲座之余,也时不时到一些名寺去参观,比如我此前不久去拜访的大兴善寺,他在九十多年前就去转过一圈,还写了一首诗,感慨这座历史上名气极大的寺院大部分遭到毁坏。我也有同感,寺院的残余规模,实在与它的名气不相符。

某日,康有为来到卧龙寺,住持定慧因为"康圣人"的名声,当然会对他热情接待,还在寺里请他吃了素餐。可能就是在等开宴的过程中,康有为无意间发现了卧龙寺藏有一部《碛砂藏》,那时人们对《碛砂藏》毫无认识,自然也就没有研究。康有为是饱学之士,知道宋代曾经刊刻过这么一部大藏,而那时无人知道《碛砂藏》一直到元代和明代还有续修,因此断定这是一部宋代的大藏。而且,康有为也是一位著名藏书家,早年在广东讲学时,就搜集了很多善本,对版本有一定的鉴别能力,他认为这部大藏极其珍贵。

爱书人有一种通性,那就是见到一部珍本,无论自己能否得到,看到别人毁坏它们或不珍视它们,心中都会有一种刺痛。康有为在卧龙寺看到有人竟然用这部大藏去裁剪鞋垫,又发现有些经册因长期未动,已经生了蠹鱼。如此珍本,被人随意践踏,痛惜之情可想而知。因此他认为:"此经已如断玉,若不即刻抢救,将成齑粉。"

康有为向住持定慧(有的资料上写为"静慧")讲明了看经的情

况。这位住持还是想有所作为，就跟康有为讲，自己早就打算把这部大藏整修出来，但一直找不到合适人选，也没有这么多的费用。"康圣人"闻听此言，就提出了自己的建议，说想以几部新印的大藏来交换。他的条件是"以北京内府全藏全部、哈同园缩印佛经全藏一部、商务印书馆印续藏经一部"来交换，并且承担往返的运费，同时他还承诺，将《碛砂藏》运走之后，会在上海影印出版，届时也会送给卧龙寺一部。

定慧感觉康有为的条件不错，为了慎重起见，请来佛教会的二十多人共同商议，大家都感觉这个交换条件比较优惠。因为康有为提出的内府全藏就是乾隆版《大藏经》，也就是《龙藏》，哈同园缩印本应该是《频伽藏》，是这样的三部大藏，加上原有那部的影印本。为郑重起见，双方还签了换经合同。

据说签约的当晚，康有为就让他的学生张扶万带了刘镇华手下的军人，开着十七辆军车前往卧龙寺换经。我对十七这个数字表示怀疑，因为一部大藏仅六千余卷，如果用大卡车来装运，两辆足够，何以用得到十七辆？前一段时间我在陕西省图书馆的善本库里看到了卧龙寺的《碛砂藏》，目测其规模，果真印证了我以往的判断没错。但这数量真假不是关键，姑且以十七辆称之。这些人将书装车时，并不知道哪些是《碛砂藏》，哪些是卧龙寺所藏的其他经书，把一些非《碛砂藏》的经书一同装上了车，为此跟卧龙寺的僧人争吵起来。而巧合的是，这时住持定慧不在寺内，康有为也没有亲自到现场，两个当事人不在，混乱的场面越搞越大。还有一种说法是，这些军人前往卧龙寺时还带着枪，强行把经书拉走，在途中竟然有散落，散落的经书被懂行人捡到之后，事情才传扬开来。

　　据说还有一个原因,是经书拉走的当晚,恰好有《新秦日报》的记者在场,这段纠纷第二天就见诸报端,陕西的文人看到报道之后,前往卧龙寺了解情况,那些僧人向他们描述了当时的场面,这让他们极其愤怒,于是决定想办法阻止康有为把经书运出西安。此事的参与者有省议员陈松生,陈本身是律师,另外还有水利专家李仪祉和西安红十字会会长杨叔吉。这些人首先成立了陕西古学保存会,这样阻止文物出省就有了名义和正式的组织,接着通过议员陈松生见到省议会议长马凌甫,请他予以制止;之后陈松生以律师身份和古学保存会的名义,向当地法院正式起诉康有为,诉状内容如下:

　　"为告诉强盗嫌疑刑事罪犯,恳请依法迅予侦查,并速检索行李追还赃物事。缘来陕西游历之康有为,串通卧龙寺住持定慧于十二年十二月三十日晚间擅派仆徒,以强暴胁迫手段,将卧龙寺所藏明代钦赐龙藏佛经二藏,尽数用车拉去。将各经分藏行囊内,预备潜运出境。昨被杨鹤庆、李协、高树藩等将犯罪事实发见。查康有为等此种行为,系构成新刑律三百七十条之强盗罪,理合依法告诉,恳请迅予侦查,以免罪犯逃逸。并速派警检索行李,追还赃物,实为公便。谨呈地方检察厅公鉴。"

　　这份诉状说康有为跟定慧是"串通",又说是"以强暴胁迫手段",确实有点罔顾事实,因为在此后的交涉中,康有为出示了他跟卧龙寺签的换经合同,是"换"而非"盗",并且这个阶段尚处在交换的过程中,并没有完成交换,如果康有为最终没有按照合同执行,卧龙寺去起诉,当然合理合法,但此时却是在交换过程中,没有任何违约证据。法院立案之后,就派法警拿着传票前往康有为住的中州会馆可园进行逮捕,因可园有省长派的卫兵保护而未遂。

※《碛砂藏》贮藏此殿中
※ 第二进阡落

※ 法堂
※ 这座古碑从哪个角度拍都反光

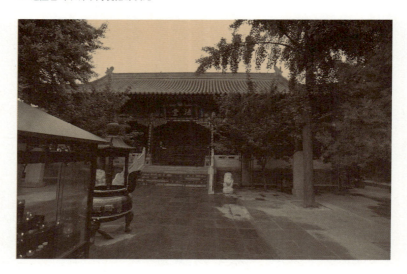

这更激起了当地人的愤怒,愈发认定康有为是仗着省长撑腰,有恃无恐地盗经,于是有人发动群众把可园围了起来,以此来防备康有为带着《碛砂藏》逃跑。同时各路人马在各种媒体上大肆报道此事,以舆论的方式把事情搞大。有人写藏头诗来咒骂康有为,还有人直接写对联"圣人不死,大盗不止",以此对康有为的保护人刘镇华施压,同时省议长马凌甫和副议长侯国藩联名致信康有为,要求他不要把《碛砂藏》拉走,信中有这样的话:"保管多年,殊非易易,虽为该寺所有,实为敝省古物,不特外人不能轻易挪去,即该寺和尚亦不能圣易赠人。用特缄请先生俯念关系典存,准将拉去藏经全数赐还。"

事青到了这种地步,是定慧事先没有预料到的,他后悔当时签了合同 于是就在一九二四年一月三日,前往中州会馆,希望康有为能同意变止合同,把《碛砂藏》归还给卧龙寺。康有为当然不愿意,定慧看劝说无望,就在离开中州会馆之后,把提前写好的一份请愿书递到了省署和省议会。请愿书中有如下词句:"康氏见寺内藏有明版藏经全部,稀世珍奇,即生涎羡,始则欲强携以去……继则以重价相炫……卒则巧词讳言。"总之,康有为被说成是用威逼利诱手段拉走了经书,请愿书中还写明,如果经书追讨不回来,他无颜面对同教,将去自杀。

这样的宣传果真起到了作用,人们最喜欢看名人出大事、倒大霉,全国各地的报纸纷纷转载这个消息,同时还报道康有为在陕西其他一些寺庙盗走珍贵文物的消息。

事情搞得很大,康有为虽然生气,但并不担心。他认为,自己是正常交换,并且签订了合同,盗经是对他的诬蔑,因此坚决不归还

《碛砂藏》。

时在西安的宋伯鲁也专门给康有为写信,要他归还拉走的佛经。这位宋先生原本也是康有为的追随者之一,曾任山东道监察御史,有给皇帝直接递奏折的权力。他经常将康有为的奏章一并上奏,力保康有为得到重用,后来康有为密谋策划在颐和园除掉慈禧太后,宋还为此受到通缉。

在给宋伯鲁的回信中,康有为辩解自己并没有盗经,而是不忍看到寺里的经书残损下去,担心对佛祖不敬,才想买三大部全藏与之交换:

"此经为明本残本,仆亦有此残本,故睹斯秽状大以为不敬,再观之而不忍,乃令人与僧商。僧与佛教会公议,请仆购北京内府全藏全部(原注:连运费须四五千金)一部,哈同园缩印佛经全藏一部,商务印书馆印续藏经一部(原注:二部亦连运费亦须千金),合三大部施舍以易之。仆不忍此残经之蒙秽,而思璧合之,亦允之,即电北京内务府绍越千大臣,得复购经事为据,然后僧及佛教会人许交易运来。今将北京绍公电呈览。试问仆于此经如何? 闻僧定慧于交易此经,不止佛教会曾公开二十余人会议,即各寺方丈亦经遍告,允肯而后敢交易,岂能责以私卖也? 抑僧岂能遍告全陕人而后为公耶? ……不意诸公为此交易之明本残经,若兴大狱与仆为此蒿也……仆西湖有别墅已捐舍归公有,所藏古董亦同归公有。仆奉此残经,得藏之西湖一天园中,以为全国公有,秦人亦预有分可观焉……"

事情闹到这种程度,刘镇华也觉得不好收场,于是派手下的政务厅长郭伍芳前往调停。郭先向那些包围中州会馆的人解释这是

※ 古老的石构件
※ 康有为白题额

换经,而非盗经的具体情况,但围馆群众根本不听解释,郭于是转而去劝说康有为。他把群众的激愤告诉了康,说想把《碛砂藏》运出陕西已经不可能,于是康有为听从了郭的劝告,派人把《碛砂藏》拉回卧龙寺。

以上就是康有为盗经风波的大致经过。从中我看不出这部《碛砂藏》是"盗",但人们就是这样说,当时的法院竟然也支持这种没有根据的捕风捉影。

这次来西安,我当然想到卧龙寺一看当年《碛砂藏》的藏经处。其实我也一直好奇这座寺何以名"卧龙",是否跟诸葛亮有关系,如果是那样的话,历史也太悠久了。后来查了一些资料,才知道卧龙寺跟诸葛亮毫无关系,一种说法是,这里本名观音寺,北宋初年,有位叫惠果的高僧做了住持,惠果特别喜欢躺着,被时人称为卧龙和尚,到宋太宗时,这里便更名为卧龙寺。然而刊刻于同治七年(1868)的《卧龙寺重修碑记》却有另一种说法:"宋初有禅师,法名卧龙,太祖曾幸此寺与谈佛法,机缘相契,以为先兆,遂改为卧龙寺。"

卧龙寺在晚清一度名声很响,这跟庚子事变有些关系。一九○○年,八国联军打进北京的时候,慈禧太后和光绪皇帝跑到了西安,前往陪驾的有一位虚云大和尚。某次,虚云陪太后和皇帝来卧龙寺礼佛,太后布施了千两白银,立石牌坊一座,还和皇帝给寺院赐了几方匾额,使得该寺声名远播。

这天,李欣宇先生陪我来到卧龙寺的山门前,我立即就有一种熟识之感。他也想起来,七年前曾经陪我到过这里,这次来得较晚,已经过了参观时间。欣宇向看门的僧人解释一番,但对方不为所动,于是给他的一位朋友打电话,那位朋友向僧人解释之后,对方仍然

※ 《碛砂藏》，现藏陕西省图书馆

不肯让我等入院,我只好对欣宇说,明天早些时候再来。

欣宇比我有耐性,不疾不徐地站在原地想办法,他无意间看到旁边有位女子带着一个看上去不超过五岁的小女孩,女孩正扒着寺院外的栏杆,玩得起劲儿。欣宇夸她聪明,于是那位妈妈说,我帮你们试着叫开门吧。欣宇马上表示感谢。女子隔着铁栏杆门,冲里面的看门僧人说:"让他们进去拍张照片吧。"那位僧人迟疑了一下,没有言语,欣宇直接走上前,打开了铁门。

寺里已经没有游客,感觉比我上次来时要清静很多,考虑到门口那位僧人正等着我们离去,于是加快速度拍摄院中的情形。在入口处的侧边,我看到了康有为给卧龙寺所题匾额的刻石,既然有过盗经换经的龃龉,应该对康有为抱有怨恨才对,然而却能将"仇人"的题字刻在石头上摆在这里,足见卧龙寺僧人的胸怀。

当年收藏《碛砂藏》的大殿,在卧龙寺最后一进院落,可能是到了闭殿时间,锁着门,我向里张望,也没能看到是否还藏有其他佛经。欣宇告诉我,以往殿里会免费发放佛经,有一些还是金陵刻经处的木板刷印品,他自己当年也要到过几部。后来因为要的人太多,寺里就改为捐钱才可以索要。再后来,西安的一位藏书人来此捐了一百元,轻易拿走七八函线装书,放到孔夫子旧书网上销售,一函就卖出两三千元,此事被卧龙寺得知,就不再发放佛经了。

碛砂藏

《碛砂藏》收藏地：太原崇善寺

——两顾古寺，无缘目睹

　　崇善寺在太原市的老城区内，上一次我乘出租车来这里，驶进一条小巷，停在上官巷与狄梁公街交口处，然而下车走近那座巨大的牌坊细看，却是文庙而非崇善寺，向旁边的老者打听，原来崇善寺在文庙的背面。好在两者相距不远，于是步行前往。崇善寺的前面有一条近百米的小巷，两边有乞讨的残疾人盖的窝棚，看来是长期驻扎于此，走过时这些"常住人员"不断向我招揽生意，主要是算卦相面者，其中一位大声夸赞我的面相不俗。我心无旁骛地径直向前走，来到崇善寺的大门前。两旁是一对铁铸的狮子，从锈色上看像是古物，一张嘴一闭嘴，尤其闭嘴的那只更为憨态可掬。门旁挂着牌子，写明"门票二元"，却未见有售票及管理者。径直走入院中，正堂内几十位和尚正在做法事，吟唱的佛乐也还悦耳。门口坐着位老和尚，示意我不要拍照，我随即问他藏经楼在何处，他犹豫了一番说，寺中没有，这让我很是奇怪。早就听说崇善寺最不喜欢外人来看他们的佛经珍宝，今日一试，所言非虚。不死心转到寺后，却发现这里仅此一进院落。崇善寺名气如此之大，寺却如此之小，这很让我意外，也许它有着不为人知的故事。回来后细查资料才知，今日格局原来有一番缘故。

　　崇善寺创建于唐代，原名白马寺，后来又改作其他名称，到了明代才叫崇善寺。还有一种说法，崇善寺本是隋炀帝巡幸太原时所建的行宫，也有人说崇善寺是武则天出家时的寺庙，总之极具传奇色彩。可惜到清同治三年，此寺发生火灾，主要建筑大部分被烧毁，只有大悲殿遗留下来。到光绪七年，当时的山西巡抚张之洞就在这些废墟上建起了文庙，现在看到的崇善寺只是原有规模的四十分之一。

崇善寺现存的院落从结构上看分成两个单元，在旁院却看到了
韦驮和韦力的塑像。院子另有一座大门，可能是崇善寺原来的正门。
奇特的是此门正对的地面挖了一个水池，池中有以较差的太湖石叠
成的假山，像二十多年前某些政府机关的做法。当今的江南园林也
常在新盖的住房项目中叠石成山，手法却比这高明许多。正殿旁又
新盖一寺，里面正在做木工活儿，台子上端坐者却是关云长。将关
帝庙建在佛寺内，这种格局也太过新鲜。此次未能看到佛经是意料
之中的事，但多少还是有些许失望。

十几年前，魏广洲老先生告诉我，八十年代他在《中华大藏经》
编委会任职时，曾专门到崇善寺来看这里所藏的宋版佛经——《鼓
山大藏》零本。老先生讲到此事时很兴奋，说这是自己的一大发现，
并且拿出一些自己所藏的复印件让我欣赏。我感觉那些佛经像是
宋版的《崇宁藏》，只是在这些零本上钤盖了"鼓山大藏"的竖式戳
记。当然我没能见到原物，只是猜测而已。正因如此，我也就多了
几分想目睹原经的欲望。这次行前，我给佛教文献出版家李阳泉兄
去过电话，也聊到《鼓山大藏》的事。他说，前几年来此寺也想看经，
并且找了熟人，但最终也没能看到。闻听此言，我对看经泄了气。
但想到像李阳泉这样的著名居士都未能看到藏经，我的遗憾之情由
此稍减。

关于崇善寺所藏的《鼓山大藏》，我始终没有找到相关的研究
文章，直到不久前读到中国社会科学院世界宗教研究所何梅研究员
的一篇文章，读后对崇善寺藏经有了重新的认识。何梅这篇文章所
谈都是关于崇善寺所藏《碛砂藏》，很多段落于我极有价值，她在文
中提到自己来此看到《碛砂藏》的情况：

※ 崇善寺山门

　　"崇善寺大悲殿内三尊菩萨像的西侧,有两个高大的经橱,内装白麻纸包裹,上书千字文函号及卷数的整部《碛砂藏》本。因地处黄土高原,气候干燥,橱内经卷极少虫蛀,保存完好。据寺内整理的《宋藏目录》(按:《碛砂藏》实际存经记录)及笔者考查的情况统计,现存经本约 551 函 1249 部 5418 卷。除某册经本内因某版残而以手抄补足外,整卷经抄补者很少见,更无整函抄补或以其它刻本配补之情况。崇善寺存本的这一特点,将成为鉴别它处藏本是否碛藏本的标准。"

　　关于崇善寺所藏《碛砂藏》的价值,何梅在文章中举了三个例子,比如今天看到的影印本《碛砂藏》,最后三函收录的是《天目中峰和尚广录》三十卷,因为底本有残缺,所缺部分在影印时是用明永乐南藏本所补,因此关于这部《广录》的具体刊刻时间就成了悬案,而崇善寺所藏恰好有此经的刊刻落款。

　　还有一个有意思的话题是关于《碛砂藏》主要刊刻者之一的管主八。我第一次听说这位管主八是从李际宁先生处,李先生向我讲述了管主八在佛经刊刻史上的作用和地位。后来我得知,此人刊刻和刷印了许多佛经,比如元大德六年他奉皇帝之命在杭州大万寿寺刊印了三十多部西夏文的《大藏经》,还在大德十年补刻了《碛砂藏》一千多卷——这就是他跟《碛砂藏》之间的关系。藏学家于道泉先生认为,管主八是藏文"三藏法师"的汉译,应当不是补刻《碛砂藏》之人的名称。有人根据他刊刻过西夏文经,推论他可能是西夏人,但究竟如何,我也没能查到有定论的文章。但无论如何,这位管主八是佛经刊刻史上很值得研究的人物。

　　可是关于管主八的生平资料流传下来的极少,很多学者谈到他时都会提到《碛砂藏》中《大藏圣教法宝标目》卷九后面的《管主八愿文》,另外陕西法门寺所藏该经的"宁"字函也有一段相同的题记,虽然有些残缺,何梅在崇善寺本《大宗地玄文本论》卷三也找得一段题记,她将这些题记进行比较,发现崇善寺本的刊刻时间要早于法门寺本。这个发现让她很是高兴:

"法门寺本题记中有管主八施经补足五台大藏教典的记载,我此次在崇善寺意外地发现了一函经本,竟然就是管主八装印并施入五台山的那部经典中的一函,它是丁字函《佛说如来不思议秘密大乘经》一卷,内缺卷一、六。在卷二卷末经题前的空白处有一印章,印文二行,云:'前松江府僧录管主八装印,舍入五台山菩萨院,求充常住流通。'印章墨色较经文略淡,是后加盖上的,无边框,长约0.6寸(2公分),宽约3寸(10公分),除卷九外,各卷卷末均见印记。此函装帧同《毗卢藏》,翻开帙衣是经本的封底,需向下翻至经本卷首方可看读。帙衣、封底呈深陀色。帙衣上的题记是木板印制,竖行是经名卷次,横行是千字文函号及册次,唯卷、册之数字,系墨书填入。崇善寺藏此丁字一函,是迄今为止有明确印记为管主八装印并舍入某处之佛典的首次发现,从而使管主八施舍大藏教典的记载,终于二得以经本实物的存在,成为相互印证的一个整体。"

读了这篇文章,我愈加想亲眼目睹崇善寺所藏的这些珍贵佛经。时隔三年,我再到太原办事,偶然跟朋友提到崇善寺,这位朋友对佛教极其笃信,每年都要去五台山很多次,他说自己虽然跟崇善寺方丈不认识,但可帮我找到与之相熟者。他马上电话帮我联系好引荐之人,当天下午我就乘上这位中间人的车再次前往崇善寺。在车上,我知道这位中间人姓郝,他让我称他郝居士,说自己的师父在

※ 新起的大殿
※ 寺内院景

五台山，属于黄教格鲁派，他也是找另外一个人联系了崇善寺的方
丈法海。我问，历史上的法海那么有名，为什么这位方丈的法名也
叫法海。郝居士告诉我，佛教自有排字体系，并不介意这种重名。
他说，法海方丈现为山西省佛教协会副会长兼秘书长，同时还是政
协常委。我听着他一路介绍，感觉今天看经的愿望有可能会实现。

从文庙门口路过，郝居士将车停在了崇善寺的门前，上次来时
看到的那些乞讨者的帐篷都不见了，但仍有残疾人在索要钱财。走
入院内，里面景色依旧，我随郝居士向大殿后面走去，遇到一位五十
多岁的男二，他告诉郝居士，方丈出去了，为了证实所言不虚，他带
我们到院后的方丈室，里面果真没人。他问我找方丈有何事，我说
自己想拍些《碛砂藏》的照片，他的语调立即提高了八度："你是什
么人？那些国宝你想拍就拍，你有哪一级的介绍信？"好在我这些
年跑了很多的地方，对这种连环套式的质问已经锻炼得处变不惊，
我停顿了一会儿，待他语调降下来，才跟他讲自己为什么要看那些
佛经。

这个过程中，此人谈到《碛砂藏》全国仅此一部，又讲到其他几
部佛经上似是而非的认定，好在关于佛经的常识我比他知道的要多
一些，于是针对他的话一句一句进行更正补充，并且请郝居士拿手
机搜索一下，以此来证实我并非随口杜撰。这一套"组合拳"很快
让此人安静下来，终于心平气和地和我说话。其实在此之前我也听
说过，早就有人打崇善寺佛经的主意，多年前就有不同的部门想将
这些佛经取走，寺中的僧人为了保护佛经想尽办法。佛经藏在此寺
已有几百年，依然完好，这足以说明保存在这里确有道理。

此人告诉我，殿里所藏佛经几百年来都无人动过，他们连上面的

尘土都未做清理,因为觉得这些尘土也是佛经得以完好保存的原因之一,如果清理了它们,佛经就有可能风化。我不想跟他争辩这类问题,也不想跟他说,你为了保护这些佛经,不想让外人看,心情我可以理解,但推辞总要专业一点,这让人接受起来心里会比较舒服。

我想起何梅文章中提到看到过经柜,觉得拍经柜总不会有问题,但此人说,经柜都用布幔罩了起来,我说即使罩了布幔也想亲眼看下,这个要求终于得到了他的同意,把我带入大殿。这座大殿就是失火之后仅存的大悲殿,里面没有灯光,过了大约半分钟我的眼睛才适应。在大殿的左侧我看到了经柜,那个大柜果真厚实,其余的部分也确实如他所言,全部用布幔围了起来。在这些布幔之前还有一排玻璃展柜,在展柜的最前端我看到了《碛砂藏》的说明牌,光线很暗,但仍能隐隐地看到里面有展开的《碛砂藏》书页,此人告诉我那只是彩色影印件。

崇善寺有三宝,第一宝就是《鼓山大藏》和《碛砂藏》,另外还有元代刻的《普宁藏》,可惜我没能看到这些珍贵的版本。崇善寺还藏有从其他寺院移到此处的《大藏经》,比如有从太原其他寺院运来的明《永乐南藏》,有从大同某寺院运来的《永乐北藏》,我想那些用布幔围起来的经柜里面应当就有这几部大藏。崇善寺的第二宝是《释迦如来应化事迹》和《善财童子五十三参》,这两套明代的壁画墓碑,照今日的情形,我就是提出要看,也一定看不到。

第三宝是大悲殿里的三尊菩萨塑像,乃明代泥塑贴金,制作得确实精美,三年前来此拍照时就被殿内的工作人员制止过。今天本以为能够看到佛经,却没能实现,总觉得无法向自己乘兴而来的心情交代,于是直截了当地对那人说,我要拍照。他瞥了我一眼,张了

※ 菩萨塑像
※ 古碑

张嘴，转身跟郝居士出了大殿。我把他这个神态理解为默许，于是赶紧拍照，可惜布幔对拍摄全景有些阻碍。拍完侧面转到正面时，刚举起相机就被一位僧人制止了，他示意我不能拍照，指了指那个禁止拍照的告示牌。我向他道歉说自己没看到，在佛前说谎，我也深知这是罪过，在心里向三位菩萨分别道了歉。

从大悲殿出来，郝居士正跟那人聊天，可能是因为我的言谈让他觉得我并无非分企图，于是向我讲述了这里的藏经情况。我问他为什么崇善寺藏有这么多佛经，他的解释没有给我增加太多新的信息，但有一点让我感到意外，他说崇善寺还藏有一部明代的《道藏》——佛寺里藏有《道藏》，这还真是比较新鲜，可惜我没有看到这部《道藏》是什么版本。跟他边聊天边拍摄院内的情形，一位僧人走过，示意我拍钟楼，并且说了一句："那是山西最大的一口钟。"

跟此人道别后，我问郝居士，他是做什么的，郝居士告诉我，他在省佛教协会是副秘书长，在崇善寺工作了三十多年，对此寺极有感情，所以特别不喜欢有外人来这里看佛经。

普寧藏

《普宁藏》刊刻地：湖州普宁寺

——施主大恶大功德

　　元至元十三年(1276),湖州普宁寺的住持道安前往大都去见忽必烈,他向忽必烈提出两个请求:第一,希望得到忽必烈的同意承认白云宗是正规的法门;第二,刊刻一部新的大藏。经过一番活动,这两个愿望都得到了批准:忽必烈同意设立白云宗僧录司,由道安任僧录,同时可以在普宁寺刊刻大藏。道安回来后,就把普宁寺原有的刊经局改名为"大藏经局",开始了刻经活动。至元十八年,道安又前往北京进行上层活动,此次的目的是什么,历史上没有记载,但他却圆寂于大都大报恩延寿寺。道安的弟子如一接任了普宁寺住持,继续刊刻大藏。之后,又经历了如志和如贤两任住持,到至元二十六年十月,整部大藏558函刻完。刊刻时间前后加在一起有十二年左右,是历代私刻大藏中,刊刻速度最快的一部。因刊刻于普宁寺,故被称为《普宁藏》。

　　道安为什么专门跑到大都去见忽必烈,并提出那两个要求呢?首先,普宁寺算是白云宗的发源地,而白云宗的特殊理念一直被统治者打压,甚至在佛教体系内部也受到排挤。为什么会出现这种情况?这要从白云宗的创始人孔清觉讲起。

　　说到孔清觉,当然要提及他的出身,他是孔圣人的第五十二世孙。曾祖父在五代后唐时,曾任节度使,还当过太子太师;父亲孔诉也是进士出身。因此说,孔清觉出生在传统的士大夫家庭,受过良好的儒学教育。也许是先天有其他的基因在,宋神宗熙宁二年,二十七岁的孔清觉在读《妙法莲华经》时,突然有所悟,于是在龙门山宝应寺出家,由海慧禅师为他剃度。出家后,他遵照师父的指令,到南方的几处寺院游历。宋哲宗元祐七年(1092),孔清觉来到杭州灵隐寺,因为口才很好,来向他求法的人很多。可能怕搅扰灵隐寺的清静,他挺了出来,住到灵隐寺后面的白云庵,这时已经是宋徽宗大观年间。

孔清觉的宗教理念很是特别,他主张儒、佛、道三教合一,缘由是:"儒素明乎仁义礼智信,忠孝君父;佛教慈悲救苦,化诱群迷;道教则寂默恬淡,无贪无爱。"他觉得三教各有长处,如果合三教之长为一,岂等于是强强联合,优中取优了。这个主张很容易为当地人接受,于是迅速广泛地传播开来。因为孔清觉被称为白云和尚,他的信徒就自称"白云菜",这一派也就被称为"白云宗"。

其实白云宗的教义还是以佛教的《华严经》为宗,但里面掺杂了太多世俗观念,尤为其他佛教派别不接受者,是他贬低和攻击禅宗。要知道在宋代,禅宗经过多年发展,已经成为佛教最大一宗。禅宗中人当然不能忍受白云宗的攻击,于是彼此之间的矛盾逐渐加深。到了宋徽宗政和六年(1116),孔清觉写了部《证宗论》,此书中仍然有排斥禅宗之语。以往孔清觉对禅宗的非议只是口口相传,而今他公然写书出来,这当然让禅宗中人忍无可忍,于是有人把孔清觉告到了朝廷。朝廷也认为孔清觉的这种做法太过分,判他有罪,将他流放到了恩州(今广东省境内)。四年之后,有十个他的弟子上京投诉,请求给师父平反。几经活动,最终蒙旨释放。

宣和二年(1120),孔清觉圆寂,三年之后,他的弟子慧能在余杭县的南山建起一座塔,以此来安放孔清觉的舍利,此塔被命名为"白云塔"。后来在塔的周围建了塔院,名叫"白云塔院"。南宋绍兴年间,塔院改名"传灯院"。后来规模继续扩大,更名为"普安寺"。到淳熙七年,改名为"普宁寺",此后白云宗就以普宁寺为祖庭。为什么孔清觉要葬在余杭的南山呢?《释氏稽古略》中有这样的记载:"弟子慧能禀遗训,奉灵骨舍利归葬杭州余杭之南山。"也就是说,将遗骸葬于南山是孔清觉生前的遗训。看来,他认为南山这一带能够把自己一手创建的白云宗做大做强。后来事实证明,他果真很有预见力。

讲到这里,似乎白云宗也没有受到多大的冲击,但后来发生的两件事,却让这个宗派逐渐衰落下来。其中之一,是在南宋嘉泰二年(1202),南山白云庵的道民沈智元为了提高白云宗的地位,竟给皇帝上书,请求皇帝给白云庵赐个匾额。这位沈智元想得很简单,他认为只要有皇帝所赐的匾额在,其他人就不敢再排挤白云宗。宋宁宗让大臣们讨论此事,没想到不少大臣对白云宗很反感,说这个宗派"游堕不逞,吃菜事魔","挟持妖教,聋瞽愚俗"。还有一点让宋宁宗不能容忍的,就是白云宗开始创置私产,这样发展下去,容易动摇社会的安定团结,于是下令把这位沈智元流放,拆除白云庵,将其僧徒解散,没收其院产。这是白云宗受到的第一次重大打击。自此之后,白云宗就改为在民间秘密传教。

可能是因为很有群众基础,白云宗在民间流传过程中逐渐又壮大起来,但仍然难以取得合法的地位。谋取合法地位,估计是这一派的宗主最迫切需要解决的问题,但在南宋,这种非佛非道的组织很难取得官方的认可。然而机会总是有的——蒙古人打来了。在元军占领杭州的第二年,就有了前面提到的那一幕:普宁寺住持道安抓住机会,前往大都活动上层。他的心血没有白费,自此,白云宗得到朝廷的认可,成为了合法的宗教组织,并且有了正式的编制。这使白云宗又迅速发展起来。白云宗的扩张方式有点像今天商业上的定向收购,他们在浙江西部地区重建和收购寺庙,不久竟达到

※ 沿此台阶二山
※ 在山里找到了第二块文保牌

了四十座。

但是道安想得更远,取得合法地位只是其中一步,下一步还要在宗教界扩大影响。刊刻大藏在历代都是一个巨大的工程,能够刊刻大藏不但显示了住持的实力,大藏在流传过程中还能扩大本宗的影响,于是就有了《普宁藏》。如前所说,普宁寺在短短十二年间就刊刻出一部大藏,这除了需要组织大量人员,更为重要者,是必须有强大的资金做后盾,但普宁寺刚刚取得合法地位不久,应该没有太多的原始积累,那么是从哪里搞到这么大一笔资金呢?

白云宗得到元朝官方承认之后,就变成了体制内,自此所有加入该宗的教民,一律可以不纳税,再加上迅速扩张,便筹集到了一些自有资金。但要在短期内刊刻一部大藏,仍然不够。

如上所说,白云宗的迅速发展是因为走对了路线,把朝廷搞定了,其他就好办许多。道安乘胜追击,继续搞定了当时在佛教界最有影响力的藏传佛教高僧胆巴国师和江淮诸路释教都总统杨琏真珈。有这两位的支持,道安刊刻《大藏经》的经费问题迅速得以解决。于是,这两位就以"功德主"和"都功德主"具名出现在《普宁藏》的尾题中。

在历史上,杨琏真珈绝对算得上是臭名远扬,他做的最伤天害理的一件事,就是挖掘了南宋各位皇帝和皇后的陵墓。这件事记录于《元史·世祖本纪》:"凡发冢一百有一所,戕人命四。"杨琏真珈本是吐蕃高僧八思巴的弟子,见宠于忽必烈,至元二十二年当上了江南释教总摄,掌管整个江南的佛教事物。任职的第二年,他在宰相桑哥的支持下,开始挖掘钱塘、绍兴两地的宋陵,将挖出的尸体扔得遍地都是,只要其中陪葬的珍宝。这使他备受后人唾弃。

※ 在文保牌之后，终于看到了普宁寺的造像

　　明代张岱的《西湖梦寻》中,有这样一段记载:"杨髡沿溪所刻罗汉,皆貌己像,骑狮骑象,侍女皆裸体献花,不一而足。田公汝成锥碎其一;余少年读书岣嵝,亦碎其一。闻杨髡当日住德藏寺,专发古冢,喜与僵尸淫媾。"张岱提到的杨琏真珈在水边刻的罗汉,就是杭州灵隐寺山门对面山体上的那些摩崖造像。如今这些造像都是国家级的文保对象,李阳泉兄曾专门带我去一尊尊地看过,其中有些已经残破损坏。张岱说,这些造像的形态是按杨琏真珈自己的模样雕造而成,因为对他的痛恨,田汝成曾经专门去砸烂过一个,张岱自己小时候读书时,也曾去砸烂过其中之一。看来在明代,人们就开始毁坏灵隐寺对面山上的造像。张岱又说,这些造像有的骑着狮子和大象,旁边的侍女都是裸体举着花,而我却没有看到这种形态。看来这一类的造像,已经全被恨杨琏真珈的人砸烂了。

　　张岱的后一句话更为怪异,他说杨琏真珈当年住在德藏寺,专门挖古墓,挖出来之后,喜欢奸淫僵尸。这个爱好真是太过重口味,我还没有听说历史上有第二个人跟他是同好。张岱在文后还详细说明了,正因此事,杨琏真珈被寺中一位烧火僧用韦驮木杵击伤,这位僧人的神力加上他手里拿的家伙,让杨琏真珈以为是韦驮显圣,大为恐惧,于是率领手下赶快逃离。

　　这样一个人,按理应当是人闻人唾,然而很多事情细究下去,往往会发现另一面。杨琏真珈挖了一百多座墓,抢了那么多陪葬品,他到底想干什么呢?原来他是将这些珍宝换成现金后,去建造寺院、刊刻大藏。这让我大跌眼镜。为什么要干出这等伤天害理之事,然后再以此来做功德呢?这确实让我不能想透其中因缘。也许不合理才是这个世界的本真。总之,道安能跟这位炙手可热的杨琏真珈搭上线，当然得到了不少好处，这也促成了《普宁藏》的迅速刊刻。这部大藏我也藏有两册零本，如此想来，其中里面也有杨琏真珈挖掘宋陵而得的不义之财。想一想，不知道怎样才能平复自己纠结的心理。

但普宁寺总要去寻找，它是我寻访《大藏经》之旅的其中一站，虽然我早已从资料得知，普宁寺被毁得没有了痕迹。

对白云宗支持还是限制，一直是元朝政府很纠结的一件事。白云宗的教义受广大民众追捧，还有一个现实问题，就是加入就可以免税。这对老百姓很有吸引力，白云宗最壮大的时候，发展到几十万的信众。一些有钱人也把自己的财产托名到寺院，以此来规避税负。比如仁宗时，浙西有位土豪沈明仁，强占了民田两万多顷，手下有十万之众，名义上是白云宗的教民，却蓄发娶妻。这种做法当然在社会上造成了不良影响。于是，在元大德十年，朝廷取消了白云宗都僧录司。这对白云宗是个很大的打击。然而，此教派活动能力很强，两年之后，朝廷又允准其在杭州复立"白云宗摄"，可第二年又被撤销。原因是延祐二年沈明仁当上了荣禄大夫、司空，这个职位为从一品，官儿当得确实够大。沈明仁利用这个身份，迅速扩大自己的势力，但因为扩张太快而被人告发。关于此事，《续资治通鉴》卷第二百《元纪十八》中有如下一段记载："冬，十月，乙卯，中书省言：'白云宗统摄沈明仁，强夺民田二万顷，诳诱愚俗十万人，私赂近侍，妄受名爵，已奉旨追夺，请汰其徒，还所夺民田。其诸不法事，宜令核问。'"皇帝闻此言，命有司查证，后来把沈明仁治罪，将信徒遣散，把白云宗的田产全部没收。自此，白云宗就彻底衰落了。

普宁寺所在的位置，嘉庆年间所修的《余杭县志》中，有如下记

※ 总觉得这里应当是古代的采石厂

载："在宁慧乡瓶窑镇西，宋白云通教大师创庵以居，绍兴明改庵为院，曰传灯，又改普安。淳熙七年改今额，元末毁。明洪武三年重建。"但我却始终查不到瓶窑镇有这样一座普宁寺，反而是在杭州的仁和镇有一个普宁村，村内有普宁寺，寺里还有于谦所植的牡丹三株。对这名人所种的牡丹，当地颇重视宣传，让我有一种错误的判断，会认为普宁寺在仁和镇。可是资料上面明确写着在瓶窑镇。经查得知，瓶窑镇的窑山还有一些摩崖造像，正是此寺所刻。如此想来，普宁寺确实就在瓶窑镇。于是我到杭州时，包了一辆出租车前往一访。

司机是三十多岁的年轻人，对我包车去山上寻找历史遗迹很有兴趣，他自己也很喜好历史。闻此言，我马上向他请教这个镇为什么叫"瓶窑"。我觉得这里一定是当年烧制瓷器的地方，但没有听说有瓶窑这么个窑口。他说，这里当年只烧青瓷，余外就不知道了。接着他反问我："你懂瓷器，那周杰伦唱的《青花瓷》是哪个窑口的？"这……这……还真让我语噎。

司机是河南信阳人，他说，当地的出租车司机大多数都是乡亲，他对我要去的路线并不熟悉。好在有导航，输入"南山村"，按指示路线停在了村口，而村口的牌子上却写着"东山"。仔细看过导航仪，路线确实没有错，于是下车向村民打问。村民告知，南山面积很大，这个东山只是南山村的一个组。我接着问，普宁寺在哪里。问过几个村民都说不知道，我想起了那摩崖造像，于是问他们造像在哪里，他们听到"造像"二字，马上告诉我怎样走，看来这些摩崖造像在当地有些名气。

按照村民所指的路线，一路走去，时有岔路出现。江南的山满目青翠，景色可人，唯一遗憾的是每遇岔路都找不着人问路，只好闭

着眼凭直觉选择。好在得到上天的关照，在无人的山中，看到了像
栈道一样的栏杆。这种栏杆必定是为便于游客前行而修造，于是
我沿着栏杆走了过去，果真看到"南山造像"的文保牌，这才放下心
来：至少证明我所选择的路线是正确的。

顺着栏杆向前走，眼前所见是壁立的山崖，但这些山崖不像是
天然形成者，怎么看都有人工的凿痕，我怀疑这是古代的采石厂。
想到这里，刚刚兴起的喜悦之情，瞬间又凉了下来。转念思之，既然
来了，总要一探究竟，于是沿着栏杆继续向前走。这一带整体让人
感觉，似乎有人在此做过投资，能明显地看出来，有些工程是仅做到
一半就停工的。如此想来，大概有人曾想把这里打造成景区，也许
是产权纠纷，也许是后续资金不到位，总之，搞了一半，就荒废掉了。

向山里又前进了一段，在路边又看到了一块文保牌，然而我始
终没有看到文保牌所说的南山造像在哪里。可既然文保牌立在这
里，应当就在不远的地方，于是我站在原地观望了一番。无意间看
到山崖上刻着几尊造像，然而其体量之小，几乎让人忽略。多年的
寻访，看过云岗，看过龙门，那样宏大的气势跟眼前所见，简直不像
是在一个时空里。可是，这么小的造像也至于立文保牌？中国文物
古迹多如牛毛，我觉得文保部门不会专门为这等小的造像立两个文
保牌，应该有更多的造像在。

于是继续向山内寻找。我注意到旁边有条小路，于是沿此路向
上，边走边四处张望，一路上却没有寻找到自己希望看到的造像。
快走到一座小山峰的顶点时，突然听到前方草丛里传出奇怪的响
动，定神细听，似乎是某种哺乳动物从喉咙里发出的声音。在这静
静的大山里，声音听着十分清晰，我却看不到是什么动物，但能确认

※《普宁藏》卷前扉画

这不是猫或狗的声音。想到这一层,感觉头发都立了起来。我立即掉头返回,猛然想到脚步声可能会把那不知名的动物引过来,于是放轻脚步,缓缓地向山下走去,直到听不到那奇怪的响动,才向山下飞奔而去。

跑回那几尊造像处之前,无意间看到个人影。而我上山之时,没有遇到任何人,司机则在山下车里等候,这个身影又让我一惊。我的飞奔而下,让那个人也吓了一跳,这时我才看清楚,原来是那位司机。他急切地问我发生了什么,我告诉他刚才的遭遇。闻我所言,司机马上显出胆大如卵的豪气,一定要我带他去看看。在他的催促下,我只好硬着头皮再次向山上走去。胆怯让我没有按刚才的路线走,而是插入了另一条小路。司机被自己的勇气感染,兴奋地用微信向他的朋友们直播着他的英雄壮举:"我要去冒险了!"可是前行的路渐渐没有了痕迹,荒草把小路全部遮盖,说明这里久已无人进入。这种情形让司机也担忧起来,他说,看情形不会有造像了,建议我到村里去问问,不要再这样漫无目的地寻找。我马上赞同他的提议,几经折腾,我的体力已经渐渐不支。

跟司机来到山脚下,在路边看到一间正在修建的小屋,两个工人正忙活着。我问他们山上是否还有造像,其中一位告诉我:"听说里面还有好多的菩萨,要一直往里走,走到很深的地方,但也不好找,必须找当地的老农带路才能行。"他用了"听说"二字,这让我怀疑他说话的准确性,再一番打问,那人承认自己没有进去看过,因为要赶工程,用他的话来说——"没有时间出去玩儿"。他建议我如果要进一步了解细节,可到山下村里去打问。

几经周折,我不想再原路返回,于是站在路边,等待过路的老

※《普寧藏》內頁

初分難信解品第三十四之九

三藏法師　玄奘奉　詔譯

復次善現我清淨即色清淨色清淨即我清
淨何以故是我清淨與色清淨無二無二分
無別無斷故我清淨即受想行識清淨受想
行識清淨即我清淨何以故是我清淨與受
想行識清淨無二無二分無別無斷故善現
我清淨即眼處清淨眼處清淨即我清淨何
以故是我清淨與眼處清淨無二無二分無
別無斷故我清淨即耳鼻舌身意處清淨耳
鼻舌身意處清淨即我清淨何以故是我清
淨與耳鼻舌身意處清淨無二無二分無別
無斷故善現我清淨即色處清淨色處清淨
即我清淨何以故是我清淨與色處清淨無
二無二分無別無斷故我清淨即聲香味觸
法處清淨聲香味觸法處清淨即我清淨何
以故是我清淨與聲香味觸法處清淨無二
無二分無別無斷故善現我清淨即眼界清
淨眼界清淨即我清淨何以故是我清淨與
眼界清淨無二無二分無別無斷故我清淨
即色界眼識界及眼觸眼觸為緣所生諸受
清淨色界乃至眼觸為緣所生諸受清淨即

乡。不知什么原因，这一带人和车都很少，我站了一会儿，竟然一个人都没有遇到。正当意志动摇之时，一辆农用车远远地开了过来。这个机会当然不能错过，我担心对方把我当成蹭车者而不停，于是站在路的正中，很匪气地把车拦了下来。开车者是一位看上去六七十岁的老农，我向他打听普宁寺。老人家的方言，不但我听不懂，跟我来的司机也同样呆呆地看着我，一脸茫然。我努力发挥自己的语言天赋，大约听懂了老人的话。他说，当地有红莲寺，而没有普宁寺，历史上传说那里有妖精等。老人看出我对他的话一知半解，于是说带我们去查看，让我们跟着他走。

跟着农用车来到村口，老人把车停了下来，指着眼前的一片庄稼地说，这里就是以前的红莲寺。说完之后，他又把我带到村边的小棚子旁，说这就是当年寺里留下来的古井。说话间，棚子里走出一位年纪更大的老人。我向老人请教这口井是什么时候建造的，老人伸出了五指，我理解为五百年，然而他却说："至少一千年了！"我不知道是应当信他的手势还是言语。老人告诉我，这口井就是原来红莲寺的僧人所用，但是不知为什么，这几年总有人来寻找红莲寺遗址，来的人都会说，这里应该叫普宁寺，把村民们都搞糊涂了。说话间，老人带着我往前走了几步，指着前面地埂上的一些碎石块说，这就是以前红莲寺的建筑材料，说地埂前面一带，就是红莲寺山门前的台阶。然而，我眼前见到，却是村里新建的一处楼房。我问老人何以知道这就是红莲寺的台阶所在，老人理直气壮地告诉我，那房子是他舅舅家的，当年盖房的时候，从地里挖出了不少台阶的条石。

看来，普宁寺的遗迹只有那口古井了。于是我又回到古井旁仔细观看。只见井口上覆盖着一块圆形石板，有一条水管伸进井内，另一头通向旁边砌的一个小水塔。小水塔下面安装着两个水龙头，旁边搭建的小棚子就是那位老人的住所。老人说，自己占下了这口井，现在对外卖水，因为井水很甜，瓶窑镇的人都专门来这里购买。听他说话的兴奋劲儿，看来生意做得挺红火。因为我赞叹他的生意不错，并且掏了一块钱，用这里的水灌满我的矿泉水瓶，老人很高兴，用手向我比比划划，然而他的话我很难听懂，只隐约听出，古井对面的小树林原来是个坟场，埋葬的是什么人，我却没有听懂，不知道是不是历史上那位白云宗祖师孔清觉。

　　回来后查资料终于得知，明代初年，因为战争而离散的僧人们又回到了普宁寺，他们重新建起被战争破坏的寺院，可能是不愿意受到朝廷取缔白云宗的牵累，于是给重建的寺院起名为"红莲寺"，又在旁边的山崖上刻制了那些造像。当年刻制的造像有几十尊之多，后来大多被损坏，据说还有十三尊完璧的，然而因为运气不佳，或者说是被动物的喘息声吓了回来，我仅见到了其中最小的几尊。但这也印证了这里就是普宁寺旧址所在。

　　还有一种说法，新建的红莲寺是在普宁寺遗址旁边，距普宁寺有三四百米的距离，但究竟如何，我没有查到相关的定论。据说因为失火，红莲寺曾被烧掉了，后来又渐渐恢复，到抗日战争前夕，还剩八间僧房。后来日本人把这八间僧房也给烧了，自此普宁寺就没有了痕迹。

　　好在有一部大藏留传下来，可以证明曾经有过这样一座寺院、一段历史，足见有著作传世是何等重要。至于刊刻大藏是出于什么动机，资金来源是否合法，那是另外一个层面的问题，总之这部大藏最终刻了出来。但是经板在元末跟普宁寺一同被烧毁了。明洪武二十年，云居庵重刻的《天目中峰和尚广录》中有徐一夔的序言，其中有关于此事的记载："镂板于杭之南山大普宁寺，未及广布而数遭小劫，板与寺俱毁。"

《普宁藏》流传较广，今天还时常能见到零本，然而完整者，近几十年再未出现在市面上。当年康有为曾藏有一部，虽然有残缺，也属难得。叶恭绰在《历代藏经考略》中说："康有为旧藏一千二百余册，现售与浙王寿山。"其实"王寿山"应当写作"王寿珊"，是民国年间著名的大藏书家，堂号"九峰旧庐"。王寿珊当年买书豪气万丈，很多书都被他成批地收到藏书楼中，可惜意外去世，否则绝对是南方一流的藏书大家。近二十余年来，九峰旧庐的旧藏，陆续出现在拍场中，我也得到了其中的十余部，而他当年买下的康有为旧藏《普宁藏》，却没能出现在市面上，这部大藏现藏于苏州的灵岩寺。

《初刻南藏》刊刻地：南京灵谷寺

——不与皇家争风水

初刻南藏

　　杜强兄毕业于南京体育学院,他本是摔跤运动员,那硕壮的体魄,跟他出门让人感觉很放心。杜兄的车开得很稳,一路上我向他请教自己所不熟悉的体育事业。听他的讲述,又让我感慨:看上去很美的体育,原来背后有外人难知其详的艰辛,然而杜兄却是天生的乐观者。前往灵谷寺,路过他引以为傲的母校南京体育学院,他告诉我,这里绝对能够称得上中国最美的院校。为此,他特意开车围着学校转了大半圈,以便让我能够全面地欣赏校园里的美景。学校果真占地面积很大,里面绿树如荫,但我跟杜兄讲,学校所在的区域原本是灵谷寺的庙产。这个说法让他略感吃惊,他说学校距灵谷寺还有几公里的路程,如果把校区都包括在灵谷寺的范围之内,那么这座寺庙的面积也太大了。

　　从天王殿走到山门前,大概有五里多的路程。灵谷寺历史很悠久,宋代的张敦颐在《六朝事迹编类》中有这样的记载:"梁武帝天监十三年(514),以钱二十万,易定林寺前冈独龙阜,以葬志公。永定公主以汤沐之资,造浮图五级于其上。十四年即塔前建开善寺。"寺里原有一位高僧宝志和尚,他圆寂后,梁武帝将他葬在了钟山独龙阜,因此到唐代,开善寺便改成"宝公院",此后又几经变化,明初改名为"蒋山寺"。

　　此寺所处之地,乃是南京有名的钟山。三国时,孙权为了避其祖父孙钟之讳,借汉秫陵尉蒋子文死难于此的由头,将钟山改名为"蒋山"。可能是因为这个历史原因,到了明初,此寺被称为"蒋山寺"。蒋山寺后来改名为"灵谷寺",跟朱元璋有很大关系。中国古代的皇帝大多在登基后不久,就开始给自己选陵地。朱元璋看上了蒋山寺所在的独龙阜,于是动用五万多禁卫军,把蒋山寺搬到了紫

※ 无梁殿外观

霞湖的南面。朱元璋做事还算讲理，他将寺迁走，并不是把僧人赶走就完事，而是用太庙的材料，在紫霞湖附近另建一座蒋山寺。但新寺在快建成的时候，有人不知出于什么目的散出风来，说新的寺址对孝陵有碍。虽然朱元璋对此没说什么，蒋山寺的住持却坐不住了。他主动再次择地迁寺，所选之地即是现在灵谷寺所在地。朱元璋很满意，就给新寺题写了匾额——"灵谷禅寺"。据说改名的出处是"诸佛念生灵，慈佑于民，如呼谷谷应"。之后，朱元璋又给此寺题了"第一禅林"。据此可见灵谷寺在明代初年的地位。

新建的灵谷寺，占地五百多亩，据说寺里的放生池十分巨大，是朱元璋动用万人挖掘而成，因而又称"万工池"。为了保证灵谷寺的日常开支，朱元璋又赐了三万四千多亩土地，所占范围涉及今天南京所属的好几个县。当时南京地区的栖霞寺等十二座名寺，也统归灵谷寺管理，僧人达千人以上。正因为有如此规模地位，明代第一部大藏的刊刻，就定在了灵谷寺。

我每次来南京，最喜爱这里满街的高大梧桐树。杜强告诉我，在南京只要看到路两边有成排的梧桐树，就说明是主街。然而，一直开到钟山的灵谷寺景区入口处，还有成排的梧桐树，难道这么远的地方也是主街？我下车去打问具体的走法，竟忘了向杜强求证此事。

入口在一个较大的环岛旁边，边上停着一些游览车，司机在卖力地招呼游客买票乘车。我不知道自己所找的灵谷寺，乘此车是否能到达，于是走上前去问司机。他完全不回应，只是一味地催促我上车。这让我有些疑虑，于是转身到路边的奶茶甜品站询问。售货员告诉我，进入景区既不用乘车也不用买票。于是我请杜强兄等在停车场，独自沿着林荫大道向山里走去。

　　前行不到百米，就看到一个巨大的池塘，我觉得这个池塘就是明初的"万工池"。池塘旁边有位出租自行车的，见我即说："二十元。"我觉得骑车上山恐怕不是件容易事，于是谢过他的提醒，问他灵谷寺怎样走。他的热情马上降到了冰点，好在还是告诉我："走右边的路。"说完，他马上又意识到了什么，跟我说："花二十元，租我的自行车，就可免票入寺，门票还要三十五元呢！"我觉得省这十五元，还要推一辆自行车上山，所费的气力与流下的汗水应该不等量，于是谢过他之后继续前行。

　　南方的天气变化快，早晨出门时还有零星的小雨，而今到了景区却变成骄阳似火。因为有雨的熏蒸，在这种天气里行走，每走一步，都感觉身上在淌汗，这时候能够坚持下去的唯一支撑力，就是信念的自欺。确如自行车主所言，门票是三十五元。如此说来，景区的免票之地是所有游览景点的剩余部分，而进每一个具体的景点，都要分别买不同的门票，这是当今中国旅游景点的通行做法，不值得少见多怪。

　　进入景区，前行不远，看到一个五开间的琉璃顶石牌坊，制作得颇有气势，正中写着"大仁大义"，两侧还有两只造型奇特的石虎，旁边的介绍牌上写着"阵亡将士公墓牌坊"。门额上的"大仁大义"是国民党元老张静江所书，而那对石虎则是由陆军第十七军赠送。牌坊建造在高高的台阶之上，从台阶下望，即是无梁殿。沿此前行，走到一半，路边有一个小牌子，上写"石龟趺"。沿此右转，在一块空地上见到一只巨大的赑屃。旁边的介绍牌说这个赑屃跟明代的灵谷寺有关，我想也应该如此：这位置是当初灵谷寺的核心所在，而灵谷寺是朱元璋命名的第一禅林，这个巨大的赑屃也就是"第一"的

※ 琉琉顶石牌坊
※ 巨大的赑屃

象征之物。

继续前行，就是著名的无梁殿。殿门口立着国家级的文保牌。进入大殿，正前方看到了"国民革命烈士之灵位"。左右两侧的墙上，做了一组彩塑，用图画的形式演绎着国民革命史。从里面看，大殿高大敞阔，国内有好几座无梁殿，但灵谷寺的这一座体量最大。此殿建于明洪武十四年，里面供奉着无量寿佛，正式名称应当叫"无量殿"，但因为整座建筑里没有一根梁柱，便被人们称为"无梁殿"。殿里原本供奉着三大佛，旁边还立着二十四诸天像。更重要者，因为没有木梁，所以藏经都放在这里。太平天国战争中灵谷寺里其他庙宇全被烧光，唯有无梁殿保存下来，就是因为它是砖结构，不用木梁。

一九二八年，国民政府在灵谷寺的旧址上建起了国民革命军阵亡将士公墓，无梁殿作为墓前的享殿，改名为"正气堂"。此殿墙体甚厚，前后殿墙均达四米，并且设计极其巧妙，历经六百年的风风雨雨，至今完好地屹立在那里。当年乾隆皇帝南巡来到灵谷寺，专门赐了一部《无量寿经》，可能就是感慨这座无梁殿建造之精美吧。

而今的灵谷寺位于无梁殿的右方，从无梁殿走到山门前不到十分钟。曾国藩平定太平天国之乱后，于同治六年在无梁殿东侧建起了龙神庙。国民政府建造阵亡将士公墓时，把无梁殿里的佛像全部搬进了龙神庙，于是这座庙就成了今天的灵谷寺。

从外观看，现在的灵谷寺基本是重建的。从山门进入，院中的主殿即是大雄宝殿。由此可知，重建的灵谷寺面积不大。在祖堂的门口，同样立着许愿树，用水泥制作成树干状，上面挂满了彩带。我觉得正因为是假树，才体现了佛教的慈悲为怀。有些寺庙在真树上缀满彩带，枝条几乎被压到了地面，每看到此景，我都会想到龚自珍的《病梅馆记》，而今这种做法很好，既满足了心中的愿望，也解决了植物的负累。

灵谷寺的侧边有一组独立的建筑，上面写着"玄奘院"。院门两侧的影壁墙很有特色：每面墙上都有八个高浮雕彩色人物。这种制作方法，我在其他寺庙中未曾见过。旁边的说明牌上写着："为了彰表'千古一人''民族脊梁'唐玄奘法师之丰功伟绩，供奉佛教圣物玄奘法师顶骨舍利，我寺于公元二〇〇三年十月修建了一座仿唐建筑的玄奘院，时至二〇〇五年二月底，工程竣工。前为门房，在东西两面墙壁上，是用青石雕刻的十六善神（即四大天王加十二生肖神）。"原来四大天王加上十二生肖，还有一个专有名词，叫作"十六善神"，以往我未曾耳闻过。

进入玄奘院的正堂，看到正中端坐着玄奘大师的铸像，右侧供台上用玻璃罩保护着一座纯金色的宝塔，塔前的说明牌上写明"玄奘法师顶骨舍利塔"。我向塔内张望，中心位置供奉着玻璃瓶，瓶内放着几块灰白色的骨块，每块大小还不到小拇指盖的一半，这就是玄奘大师的顶骨。

公元六六四年，玄奘大师圆寂后，灵骨葬在了陕西的白鹿原。因为名气太大，此后千年他的灵骨辗转供奉于多处。一九四三年十二月，占领南京的日军在施工时，于三藏塔发现了玄奘大师灵骨的石函。这在当时是个轰动事件。在社会各界的要求下，汪伪政府跟日方几经交涉，最后日方答应将灵骨分为三份：一份在一九四四年十月十日供奉到南京玄武湖畔的小九华山，四五年前我曾去朝拜过；一份由当时的北平佛教界迎奉到北平供奉，后来被送到了日

※ 天王殿
※ 玄奘法师顶骨舍利塔

本；还有一份存于南京的鸡鸣寺，之后又几经辗转来到了灵谷寺。即此可知灵谷寺在佛教界的地位和影响。

而今的灵谷寺，虽然占地面积不大，建筑规格倒是紧凑精整。我唯一觉得遗憾的是没有看到藏经阁里的情形，虽然我知道这里不太可能藏有《初刻南藏》。

《初刻南藏》又称《洪武南藏》。在一九三四年之前，无论佛教界还是佛学研究界，都认为明代只刊刻过两部大藏：一部刊刻于南京，被称为"南藏"；一部刊刻于北京，被称为"北藏"。然而民国二十三年，在成都附近的上古寺又发现了一部明代刊刻的大藏。后来经过吕澂先生研究，这部大藏跟寻常所见的《南藏》不同。吕澂先生认为，此藏刊刻于明初洪武年间的南京，故此定名为《洪武南藏》。自此之后，中国的大藏体系中，又增加了极其重要的一部。一九五一年，上古寺的灯宽法师将《洪武南藏》作为减租退押，由几十个人抬下山交给了崇庆县政府。县政府认为不好保管，于是上交给四川省图书馆。自那之后，保留到了今天。

此藏流传极其稀见，迄今为止，仅有四川省图书馆所藏的这一部，总计五千多卷。其他图书馆只发现了一些零本。二十年来，仅有两册出现在拍场上，其中一册被我得到。仅仅一册，也让我感到十分难得。而《洪武南藏》最初的编藏地点就在灵谷寺，这正是我前来一访的主要原因。

关于《洪武南藏》出于灵谷寺，吕澂先生有这样的说法："《初刻南藏》开雕的年代很早，洪武五年（一三七二）四方名僧集合于蒋山点校藏经，就已做刻版准备（参照《释氏稽古略传续集》卷二）。刻事进行到洪武二十四年（一三九一）全藏大体完成，又续将各宗乘

※ 天王

※ 玄奘大师在译经

的要籍编入(见居顶《续传灯录序》)。最后有禅籍数种,都是洪武二十七年(一三九四)以后由净戒重校。"这个观点的原始出处,是明南京祠部郎钱塘葛寅亮所撰的《金陵梵刹志》。此书卷二有如下一句话:"洪武五年壬子春,即蒋山寺建广荐法会。命四方名德沙门先点校藏经。"

但是李富华与何梅两位教授却认为,《洪武南藏》只是在蒋山寺点校,刊刻地点不一定在这里,他们在《汉文佛教大藏经研究》一书中说:"正是因为有洪武五年春,钦命四方名德沙门先点校藏经的记载,所以后世才有关于《南藏》始刊于洪武五年的传统说法,以及《洪武南藏》的称谓。一般来讲,点校藏经是在刊板大藏之前,但是若仅有点校藏经之命,而无雕造大藏的诏令或其它明确的历史记载,以及未见经本实物,是不能确定明太祖洪武年间有刊板大藏经之史实的。"

李、何两位教授认为,刊刻时间不是洪武,而是建文年间。依据是一九九九年,何教授曾看到该藏中的《古尊宿语录》卷八末尾,有如下跋文:"大明　　改元己卯春,佛心天子重刻大藏经板,诸宗有关传道之书制许收入。"而末尾的落款则为:"越三年壬午春,僧录司左讲经兼鸡鸣禅寺住持沙门幻居净戒谨识。"即此,何梅得出了四个结论。其中的前两个结论为:一、"大明　　改元己卯春",在明代改元的年号里,只有建文元年是己卯年,因此推论出"大明"后面所空年号应当是"建文"二字。因永乐皇帝朱棣坚决不承认"建文"这个年号,于是将此款"建文"二字挖掉,所以何梅认为,这部大藏不是刊刻于洪武年间,而是建文元年。二、"佛心天子重刻大藏经板"的"天子",指的就是明惠帝朱允炆。由此,何梅认定这部大藏是由朱允炆下令刊刻的一部官版《大藏经》。

而吕澂先生则认为，该藏刊刻于洪武年间。他在《南藏初刻考》中有这样一段话："明南藏始刻于洪武间，版成旋毁，后世未尝见其本也。南藏有两刻，居顶《续传灯录序》云：洪武二十四年辛未冬，朝廷刊大藏经律论将毕，敕僧录司凡宗乘诸书其切要者，各依宗系编入。"而何梅认为，吕澂引用的《续传灯录序》里的"辛未"二字应当是"辛巳"，辛巳是建文三年，这样就将这部大藏刊刻的结束时间推到了十年后。

何梅所辑出的证据，确实有道理。然而这么一部体量巨大的大藏，在短短的建文一朝，仅四年的时间就刊刻完成，实在有些不可思议。而吕澂先生在《明初刻南藏》一文中称，《初刻南藏》点校于蒋山寺，一直刻到洪武二十四年，直到洪武末年才基本完成。这样算起来，前后有二十多年的时间，这跟其他大藏的刊刻周期基本相符。可是何梅曾专门到上海图书馆查阅居顶的《圆庵集·续传灯录序》，此书的落款确实是"洪武辛巳冬"，这样的证据又让人无话可说。因此，这部大藏究竟是刊刻于洪武还是建文，我也无法判别，只能等待专家们最终得出结论。但无论怎样，这部大藏跟蒋山寺，也就是灵谷寺有关，这足以说明我的寻访没有错。

从历史的流传来看，《初刻南藏》或者说《洪武南藏》，要比《永乐南藏》稀见得多，《永乐南藏》经过不同时代的修板与递传，基本成为了今日得见最多的古版佛经。这其中的缘由是什么呢？原来这部大藏刊刻完毕之后，经板运到了天禧寺，然运去不久，一僧人就放火将寺烧毁，经板也荡然无存。这段历史记载于《金陵梵刹志·重修报恩寺敕》一文："天禧寺，旧名长干寺，建于吴赤乌年间。缘及

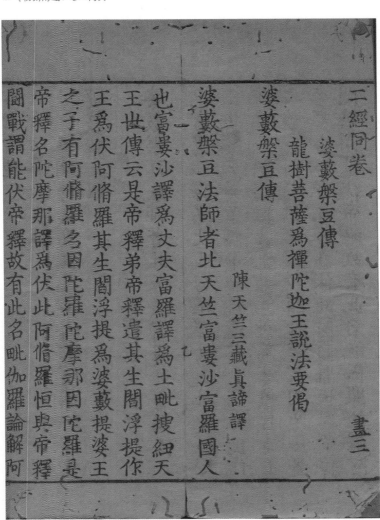

二經同卷　　　畫三

婆藪槃豆傳

龍樹菩薩爲襌陀迦王說法要偈

婆藪槃豆傳

陳天竺三藏眞諦譯

婆藪槃豆法師者北天竺富婁沙富羅國人
也富婁沙譯爲丈夫富羅譯爲土毗搜紐天
王世傳云是帝釋弟帝釋遣其生閻浮提作
王爲伏阿脩羅其生閻浮提爲婆藪提婆王
之子有阿脩羅名因陀羅陀摩那因陀羅是
帝釋名陀摩那譯爲伏此阿脩羅恒與帝釋
閻戰謂能伏帝釋故有此名毗伽羅論解阿

历代，屡兴屡废。宋真宗天禧年间尝经修建……工部侍郎黄立恭奏请募众财，略为修葺。朕即位之初，遂敕工部修理，比旧加新。比年有无藉僧本性，以其私愤，怀杀人之心，潜于僧室放火，将寺焚毁。崇殿修廊，寸木不存。黄金之地，悉为瓦砾。浮屠煨烬，颓烈倾欹，周览顾望，丘墟草野。"

此段话乃是永乐皇帝朱棣所说，他说本性放火烧寺是为了泄私愤，但怎样的私愤才能干出这等伤天害理之事，却未见历史上记载。总之，这部《大藏经》经板随之变为了灰烬。在被毁之前，《初刻南藏》究竟刷印了多少部，也少有提及者。我仅查得加拿大卡加利大学教师龙达瑞写过的一篇《再谈明〈洪武南藏〉》，此文的第一句话说："藏于四川省图书馆的明刻《洪武南藏》，也称《初刻南藏》。该藏刻成后，据说只印过十几部就因火灾而刻板毁灭。"

看来这部大藏真是刷印得很少，如此想来，我能得到其中的一册，也算是一种幸运了。

初刻南藏

《初刻南藏》收藏地：光严禅院

——古寺幽幽，歌声悠悠

《初刻南藏》流传至今，仅存一部。李富华、何梅所著的《汉文佛教大藏经研究》讲到了此藏的发现："民国二十三年（1934），在四川省成都市附近的崇庆县街子乡（今崇州市街子镇）凤栖山上古寺，保存着一部完整的明刻本大藏经的消息流传开来。"看来当时并不知道这部大藏是什么版本。发现的当年，于右任来访，给藏经处题了"藏经楼"三个大字。对于该藏的研究，《汉文佛教大藏经研究》接着说："二十七年春，南京支那内学院分建于蜀，设访经科。释德潜遵师嘱，将古寺经本抄目摹样，寄归勘之。经过吕澂先生研究后发现，这是一部已隐沉五百载的《初刻南藏》。这是二十世纪三十年代继陕西开元、卧龙二寺发现宋元刻本《碛砂藏》、山西赵城县广胜寺发现金刻本《赵城藏》后的又一重要发现，而且与《赵城金藏》一样，同为海内外仅存之孤本。"

童玮在其编著的《二十二种大藏经通检》中则做了如下概述："《洪武南藏》——又名《初刻南藏》，为明代刻造的三个官版中的最初版本。明太祖朱元璋洪武五年（1372）敕令于金陵蒋山寺开始点校，至洪武三十一年（1398）刻毕。刻完后不久，永乐六年（1408）即遭火灾焚毁，印本几乎没有流传下来，所以都把后来在永乐年间于南京的再刻本称为《南藏》，而不知曾有两次于南京刻藏的事。《洪武南藏》唯一保留下来的印本，直到1934年才在四川省崇庆县上古寺中发现，它同《赵城藏》一样，也是仅存的孤本。"

这部大藏为何如此稀少，赖永海主编的《中国佛教通史》中称："《初刻南藏》千字文函号自'天'字至'鱼'字，共678函。现藏于四川省图书馆。《初刻南藏》经板因永乐五年（1407）五月，毁于寺火，故其印本流行甚少。"而李际宁在《佛教大藏经研究论稿》中也说：

※ "西川胜竟" 行石牌坊

"《洪武南藏》刊板于天禧寺,无奈尔后被'无藉僧人本性'放火烧毁,时间是在永乐六年,这就是学术界公认为什么《洪武南藏》至今传世那么少的原因。"看来,大家都认为经板被僧人本性放火烧毁是该藏流传稀少的原因。

对于收藏《初刻南藏》的上古寺,据嘉庆十八年丁荣表、顾尧峰所修的《崇庆州志》称:"古寺在味江西山,唐善思和尚开创。洪武初,悟空禅师焚修于斯。永乐十四年,蜀献王奏请,敕赐'光严禅院',盖琉璃瓦。赐经文一大藏,计六百八十四箧。中竖藏经车轮,额曰'飞轮宝藏'。"由此可知,上古寺和下古寺被当地人统称为"古寺"。《州志》中称,此寺初创于唐代,然而有一篇介绍崇州光严禅院的文章,却称该寺始建于晋代,是晋文帝所赐青城三十六庵中规模最大的一座,当时名叫常乐庵,隋文帝曾御赐"光大严明"匾,到唐代,善思和尚才将其改名为常乐寺,到明代时又改为光严禅院。

可惜的是,这篇文章没有列出文献依据,也许《崇庆州志》的记载更为准确,但即便如此,该寺最晚到唐代已经建成,这是不争的事实。而《州志》中说永乐十四年蜀献王奏请朝廷获赐"光严禅院"的匾额,同时还被赏赐了一部大藏,应当就是《初刻南藏》。但是,皇帝为什么要赏一部大藏给光严禅院,《州志》上却未记载。清光绪三年,沈恩培等修的《增修崇庆州志》中录有《上古寺悟空祖师碑记》,原文如下:"原悟空祖师是明太祖洪武之叔。在元末英雄各出时出家,在藏得道后,洪武太祖登基时,悟空祖师已于宋始所建之圆觉山开建殿宇,宏兴法会。太祖访之,久未得人。及蜀王游江,访知悟空祖师所在,上奏洪武太祖。太祖因敕赐寺名曰'光严',又赐三藏金经,修藏经车一座,两旁殿宇,修有藏经屋楼。其悟空祖师肉身,

※ 景区山门
※ 魂兮归来

今犹坐塔中，上有'悟空宝塔'四字，每年藏人时时朝礼。寺中尚存明末所铸铜钟一口。入后甲申大变，余殿无存，惟藏经车、藏经楼未遭灰烬外，琉璃瓦犹多存积，悟空法像犹如故也。是用谨志。"

　　明代的悟空当然不可能是孙悟空，但这位悟空来头也不小，他竟然是朱元璋的叔叔，在元末战乱期间出家为僧，而后得道于西藏。朱元璋当上皇帝后，试图寻找这位叔叔，却未能找到。再后来，蜀王无意中访得悟空的隐居之地，就把这个消息报告给朱元璋，于是朱元璋将悟空主持的寺院赐名为"光严"，同时又赐下一部大藏。悟空圆寂后，肉身入塔，木塔一直完好地保留到了"文革"之前。明末战乱时，禅院被毁，藏经楼以及大藏却保存了下来。

　　民国十四年，解汝霖等修的《崇庆县志》中录有释丈雪所作的《常乐寺记》，其中有这样一段话："洪武壬子，有悟空法仁禅师，从绵竹来，静隐于斯，日居月诸，俊声蔼著。蜀藩过江，闻风敬信。朝廷特降紫泥，奉之常乐，光严之名由兹伊始。又获高僧庆澄、万峰侍其左右，而禅学遂宗天下，衲子动成千百，故躯不火，留与四众作福田焉。甲乙之厄，仅存藏经楼及林泉双釜，余悉化为瓦砾。劫灰成毁，梦幻有若戏剧。大清定鼎，旧衲玄明见经楼严肃，咨诸护法，迎大如禅师铸颜、寂果住持。果嗣法于昭觉，一入兹席，百废具举。又得徒众普应、普智，欢然协从，宗风大振。"这段话提到，悟空禅师隐于常乐寺，是洪武五年的事情。

　　该版本的县志中又录有释丈雪所作的《藏经楼记》："自唐逮宋，而有斯楼。明蜀献王，远聆悟空禅师之风，仰瞻法席。先是宋祖敕造大藏经板，刊于益都。太宗太平兴国八年工藏，藏板正因寺，即今之万福也。王于是发帑刷印，牙签缥帙……虽劫风纵炬，终始无恙，抑有神灵为之呵护也。"

　　初读这段话，我大为兴奋。关于《开宝藏》究竟刊刻于四川何处，一直是学界探究的问题，至今没有定论，而丈雪说其大部在成都刊刻完毕后，将板片藏于正因寺，这是我读到唯一一处明确说出《开宝藏》板片收藏的寺院。我本以为自己找到了《开宝藏》寻访的落脚点，然而遗憾的是，以李富华、何梅的谨严，他们在《汉文佛教大藏经研究》中对此做出了否定的结论："不过，释丈雪《藏经楼记》所云：宋太祖敕令于益都雕造大藏经，板成遂藏正因寺，及今之万福，蜀献王于是施资刷印等等，则与史实不符。因为在益都（今四川省成都市）雕造的《开宝藏》，板成遂运抵汴京（今河南省开封市），安置在太平兴国寺内译经院西侧的印经院内，供刷印流通。但这部经板至明代已不存，所以蜀献王施资刷印的不是宋刻《开宝藏》，而是明《初刻南藏》。"

　　这个结论不仅是针对宋代《开宝藏》的刊刻，同时也纠正了释丈雪《藏经楼记》中的记述。释丈雪说蜀王用《开宝藏》的板片刷印了一部大藏，然而《开宝藏》的经板到明代早已无存，故而其言显然不准确。这是李、何两位先生的依据。其实不仅如此，《开宝藏》虽然稀见，也有十几卷传世，而光严禅院所存的这部大藏如今基本完好地保留在四川省图书馆，将其与《开宝藏》比较，两者的版式完全不同，释丈雪的说法显然不是事实。

　　光严禅院所存的这部大藏究竟是怎么来的呢？可惜尚未找到准确记载。但它能够历经劫难保留下来，光严禅院可谓功莫大焉。仅凭这一点，我也应当去朝拜。

　　光严禅院位于四川省崇州市街子镇凤栖山风景区内。在四川

※ 终于看到了真正的山门

的那几日，每天都在下雨，这种天气可能是这里的常态，我也只能努力适应，但行进的速度还是慢了下来。为了能按计划拍完寻访地点，我在前一天晚上赶到了街子镇。资料上说，街子镇有晚唐诗人唐求的故居，想来这段历史略感遥远，晚上在镇上打问故居所在，果真没有人知道。

在打听的过程中得知，当地人称之为"古寺"的光严禅院，分为上古寺和下古寺。上古寺在"文革"中被彻底砸毁，下古寺尚存。为什么两座古寺在同样的位置，经历了同样的风雨，结果却不同呢，个中缘由尚未寻到。但这里的环境给我留下了很好的印象。

一早起来，我先在街子镇上转了一圈，可能不是旅游旺季，再加上天气不好，商铺看不到什么游人光顾，店主们闲在那里，三三两两地聚在一起聊天，一副心不在焉的样子。前一天晚上赶到这里时，发现古镇上酒店很少，后来在某个小巷里找到了几家客栈，是私人将民居改造而成，其实就是近年颇为流行的民宿。我不明白人们为什么喜欢住在这样的民宿里，至少我没能体验出其中的妙处。尽管如此，我还是住进了民宿，也算赶了一回时髦吧。

前晚查了地图，古寺距街子镇大约有七公里的路程。一早店主告知，不远处就有公交车可以直达古寺。按其所说，我来到一个小小的没有名字的公交车站，等了一会儿，果然有辆巴士缓缓开来。上车后，沿着清幽的山路以"之"字形行驶了七公里，到达一个写着"西川圣境"的仿古牌坊前，司机告诉我，往上走就是古寺。

前夜镇子上可谓是狂风暴雨，一整晚都听着窗外呼呼的风声和雨声，好在天亮后终于停歇了，只飘着些细雨，微微的凉，走在山上，令人想起"空山新雨后"。从新牌坊走上去，眼前所见是崭新的仿古建筑，一个人影都没有，不知道是不是因为下雨的缘故。走过几进新式仿古建筑，穿过最后一进，眼前居然是一片树林，其中一棵树上挂着一块纸板，上写"古寺往里 300 米"。到此时，我才有了些感觉——像是进入时空隧道一样调换场景，走入寻古探幽的心境中。

前行的路是用木板拼成的栈道，雨水浇在上面，很湿滑，我小心翼翼地走着。栈道尽头是一段盘山公路，在浓雾中若隐若现。沿着公路继续向前走，感觉走了远远不止三百米，终于在雾的尽头看见了古寺的山门。之前，我先是看到贴着路边依山体而建的一个建筑，看上去颇为古老，上着锁的门上刻着"即为是塔"，后来我在寺里打听到，这里是过去僧人们的骨塔，集中供在里面，现在去世的僧人骨塔已经不再往里放了。

古寺的门口一如天下的寺院，摆着一些小摊，不同的是，这些小摊卖的并不是常见的纪念品，而是药材和食材。山门之外立着好几块牌子，其中一块介绍牌上印着黑白老照片——在景点介绍牌上印老照片，似乎是成都地区的特点，我在好几个地方都看见过。其中一块上写的是"下古寺（含上古寺遗址）"，入口处立着售票处的告示牌，下面注释着"清洁费 2 元"。我老老实实地掏出两元钱递给坐在牌子边玩手机的男子，他撕了一张小票给我。我不知道清洁费跟门票之间有什么关系，但无论什么名目，这个价格在当今而言，都足够低廉。

下古寺的大雄宝殿是一座两层楼，门口坐着一位做义工的居士，看他心不在焉的样子，不知心中惦记着哪一桩。雨中的寺院格外清幽，我想，他是在这清幽之中，体味着上天赐予的良辰吧。连日的疲累也让我瞬间有了倦怠感，很想跟这位居士一样，坐在这里不

※ 层层递进的仿古建筑

思过去，不想未来，静静地体验一下万事皆空，但我还惦记着《初刻南藏》所藏之地，于是继续探寻的步伐。

很快，我在一个过道的宣传牌上找到了有关《初刻南藏》的介绍，意外地看到上面写着，善无思的墓塔就在寺内。几年前，我专门去拜访过他的哥哥善无畏的墓塔遗址，他还有一个弟弟在这里，我却未曾料到。看完宣传牌我才知道，善无思就是善思，也就是当地文献中说的古寺开创人。但我对这件事多少有点疑问，介绍牌上说："天宝十四年发生安禄山之乱，善无思随唐玄宗入川避祸，平乱后善无思不愿再回长安，于是来到凤栖山常乐寺修行并任住持。"说明善无思来到这里时，这座寺院已然存在。而又让我疑惑的是，其兄善无畏是开元三大士、唐密三大师之一，为什么善无思开创的却是禅宗的寺院呢？也许当年的古寺是密宗道场，而后才转为禅宗？可惜我没有查到相关的史料。

但无论善无思是哪一宗，既然是一位得道高僧，我来到这里，总要向他一拜。于是，我向路过的僧人打问，善无思的墓塔在哪里。僧人说沿着台阶上去就是。果然，大雄宝殿侧边台阶之上有座墓亭，亭内就是善无思墓塔。旁边的介绍牌上说，善无思跟着哥哥来到长安，在西明寺菩提院内翻译了不少佛经，如此说来，也是一位大师级的人物，可惜关于他的资料我读到的不多。我在墓前注目良久，以此来表达对他辛苦译经的敬意。

瞻仰完善无思的墓塔，我沿着墓前的台阶继续上行，打算去看看上古寺。然而就在这转身之间，我看到大雄宝殿的二楼背面于右任写的"藏经楼"三字，原来大殿之上就是藏经楼。因为地势的原因，我所站的位置正好与"藏经楼"三字齐平。于右任手书龙飞凤舞，

※ 近在咫尺。无法入内的藏经楼
※ 塔亭

※ 上古寺大殿

将其狂草的特点表现得十分充分,看来他在写这几个字时,心境颇佳。我不知道当年那部《洪武南藏》是不是就藏在里面,即使知道也无法进内看个究竟,这就是所谓的"咫尺天涯"吧。站在这里向下望,能看到藏经楼外墙的后墙根下,堆放着很多陶制的小人儿,应该是建造寺院用的建筑构件。

其实上古寺和下古寺之间,仅隔着一段几十步的台阶,从外观看,原本就连在一起,不明白为什么分为两寺。从当地人统称"古寺"来看,两座寺院原本也应为一体,而遭遇如此不同,又让我思索了一番。而今的上古寺因为被毁而重生,应该是在原址重新建起的,虽然建造得完美无缺,我却还是执拗地认为新不如老。

正想着,我隐隐听到响彻大江南北的流行歌曲《小苹果》。《小苹果》能够唱到这等深幽的寺院,多少还是让我觉得有些时空错乱。沿着声响走过去,竟然来到上古寺大雄宝殿的门口,殿内的僧人向我走来,劝我上香,随即报上点灯祈福的价码,同时告诉我,祈福能保家平安、升官发财。但我对这两者都没有特别的向往,来此的目的,只是为探访《洪武南藏》的藏经地。于是我问僧人,寺中是否还有《洪武南藏》的劫余。僧人一愣,告诉我自己不管此事,只负责在这里点灯祈福。于是,我继续在《小苹果》的歌声中探寻。

光严禅院虽然还是建在原址之上,幽深宁静,但我总觉得有所缺失,因为这里的各种介绍都将《洪武南藏》一带而过,我甚至没在寺内见到《洪武南藏》的照片,似乎这部重要的大藏并非这里的最高荣耀。也许藏经楼内有此类资料,但那里不对游客开放,因此大多数游客都不知这里之所以在近代名扬海外,是因为曾经藏了一部绝无仅有的《洪武南藏》。

※ 不知这靠不寡内山门

　　这种遗憾伴着我到下一个寻访之地。当天下午,我回到崇州市去探访存古书局(杨遇春故居),当地将其改建为崇州市博物馆。馆里摆放着一些当地的出土文物,在展板的最后端,竟然有《洪武南藏》的照片,这让我大为惊喜,看来当地人还未曾忘记当年的这个重大发现。我原本那替古人担忧的心态也顿时缓解了一大半。

永樂南藏

《永乐南藏》刷印地：南京大报恩寺

——佛光明灭琉璃碎

前文说到,永乐或建文年间所刻的那部《初刻南藏》,经板刻好之后,被存放在天禧寺内,没过几年,一个恶僧为了泄私愤,一把火将寺庙烧光,《初刻南藏》的经板也随之化为灰烬。几年后,永乐皇帝朱棣在废墟之上又建起一座更大的寺庙,直到永乐十一年才建成。朱棣为此写了一篇《重修报恩寺敕》,其中有一段讲明了重建的缘由:"朕念皇考皇妣罔极之恩,无以报称,况此灵迹,岂可终废?乃用军民人等,勤劳其力,趋事赴工者,如水之流下,其势莫御。一新创建,充扩殿宇,重作浮图,比之于旧,工力万倍。以此胜因,上荐父皇母后在天之灵,下为天下生民祈福;使雨阳时若,百谷丰登,家给人足,妖孽不兴,灾沴不作,乃名曰'大报恩寺'。表兹胜刹,垂耀无穷,告于有众,咸使知之。"

这段话表达了两层意思,朱棣首先说建造这样一座大寺,目的是为了报答父母之恩。他说的父母指的是皇帝朱元璋和那位著名的马皇后。第二层意思跟第一层意思有关联,此寺原名天禧寺,重建之后,朱棣没有沿用旧称,因为是报答父母之恩,所以改名为"大报恩寺"。这果真是对朱元璋和马皇后的"报恩"吗?我们后面再谈。

大报恩寺规模极其宏大,因为朱棣下令按照"准宫阙规制"建造,也就是说,可以按照皇宫的标准来建造。在等级森严的封建社会,如果没有皇帝的批准,绝对无人敢按照皇宫的标准来造房盖屋,即此可见,大报恩寺在朱棣眼中是等同皇宫来看待的。

因为有皇帝的命令,所以寺庙在建造上不惜工本。此寺占地四百多亩,开工之初,建造者就达十多万人。按照明朝的规定,各地的工匠三年一轮换,每次来建造三个月,但是因为工程浩大,工人轮换不过来,于是就从外地征来更多的人。最终用了十七年的时间,总计耗资二百四十八万多两白银，才基本建成。要知道，北京的紫禁城也是在永乐年间建造的，从永乐十五年起，到永乐十八年底就基本完二了——建造辉煌的紫禁城，也不过用了三年半的时间，而建这座大报恩寺，竟然用了十七年。

大报恩寺建造之难，除了规模宏大、质量严格之外，也有地理环境上的原因。因为其地处秦淮河附近，这一带土层松软，为了解决这个问题，建造者将地下土层全部用木炭来衬垫。具体做法是先将粗大的木桩钉入地下，然后放火焚烧，把木桩烧成木炭，再用滚石压实，此后再在木炭之上加铺一层朱砂，以此来防潮和杀虫。这样不惜工本的建造方式，在其他地方闻所未闻。

宋元明清时期的寺庙，从布局上讲，基本是以大雄宝殿为主体，其余的建筑以此为中心依次展开。然而奇怪的是，建成后的大报恩寺没有"大雄宝殿"，虽然也是按传统的布局，在主要位置设有正殿，却只含糊地称其为"大殿"。更为奇怪的是，该殿自落成后，始终处于封闭状态，严禁外人进入，只有朝中礼部负责祭祀的官员，才定期来祭拜。这种神秘异常的做法在古代的寺庙中极其少见，到底这里供奉着什么神秘之物呢？

这件事要从朱棣的身世说起。朱棣在不同场合写过不少告示，都是说他十分怀念父亲朱元璋及生母马皇后，但有些事情说得过多，反而让人起疑，这件事也同样如此。于是，后世学者开始研究，朱棣为什么不断地强调他的父母，尤其强调他是马皇后所生呢。虽然最终也没有定论，但观点大约有以下四种：

第一种当然就是朱棣自己的说法，他是马皇后生的第四个儿子，这也是正史所记载。第二种是朱棣为达妃所生。第三种则称，朱棣的生母其实是蒙古人洪吉喇氏。洪吉喇氏是元顺帝的第三福晋，明灭元后，她成了战利品，朱元璋见她长得漂亮，就把她收为妃子，但洪吉喇氏入宫之前即已怀孕，生出来的孩子就是朱棣。如此说来，朱棣是元顺帝的遗腹子。第四种说法则认为朱棣为碩妃所生。这种说法渐渐成为今日的主流。但是不知什么原因，碩妃生下朱棣后不久，因为某事引得朱元璋大怒，于是赐她"铁裙之刑"而惨死。

为什么学界认定碩妃更可能是朱棣的生母呢？因为在明孝陵的享殿里，朱元璋和马皇后的灵位放在正中间，其左侧摆放的是朱元璋各个妃子的牌位，而右侧仅摆放碩妃一人的灵牌。这种摆放方式完全不合常规。孝陵有专门的官员负责记录，这样的摆放方式当然也被记录下来。人们正是通过这种超乎寻常的摆放方式，推论出碩妃是朱棣的母亲。朱棣成了永乐皇帝，当然要把自己生母的牌位单独放在显著的位置。

由此推论，大报恩寺里这个没有名称的大雄宝殿，里面供奉的正是朱棣的母亲——碩妃。在明代，人们私下里就将此殿称为"碩妃殿"。朱棣建造这么宏大的寺庙，说是报答生身父母之恩，然而他的生母不是马皇后，而是碩妃。但朱棣不能把此事和盘托出，只能把名头安在马皇后身上。因为这种难以言说的心理，使得大报恩寺中的大雄宝殿被搞得异常神秘，这也就可以解释，朱棣本来要迁都北京，为何还要在南京花巨资建造这座大报恩寺。

大报恩寺里最著名的建筑是琉璃塔，塔高将近八十米，这是当时的最高建筑，在明代被称之为"天下第一塔"，也被西方人称为中世纪世界七大奇迹之一。从外形看，这座琉璃塔分为九层。按照当时的记载，塔的构件制作精美，每一个琉璃件的尺寸都不同，在建塔

※ 中国书店小拍上出现的大报恩寺铜版画
※ 建造中的大报恩寺

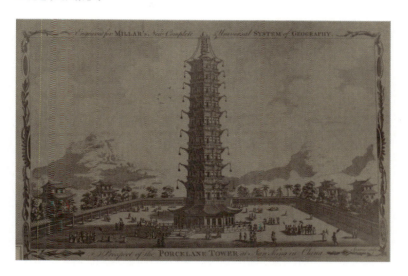

的时候，设计者就考虑到将来的维修问题，于是把每一个构件都同样制作了三套，一套用作安装，另外两套埋藏于地下。并且每个构件背后都有编号，这样在维修过程中可以很容易地将各个构件准确地替换下来。

　　更特殊的地方是，塔的每层设计有十六扇窗，整座塔有一百四十四扇窗。这些窗户全部用磨制得很薄的蚌壳来做封闭，这就等于今天的玻璃，能够透光而不透风。木塔建成之后，在每扇窗的玻璃后面点起油灯，使得整座塔在夜晚变得十分明亮。为了保证木塔每夜点亮，大报恩寺安排了一百位僧人轮流值守，负责给灯添油，擦拭蚌壳。如此精心呵护，使得该塔的名声在世界广为流传，尤其是西方传教士来到南京之后，将木塔绘制成图，在欧洲引起了轰动。大报恩寺琉璃塔的铜版画在第七十期中国书店小拍上出现了一件，我很想买下留作纪念，并将之作为书里的插图。好在拍品底价标为无底价。各个拍卖公司对于无底价的拍品，其实仍然有心理价位，并且各不相同，大概幅度在五十元至一千元之间。中国书店十几年前的无底价，就是五十元起拍，而今涨到了一百元。我去看预展的时候，这件西方制作的铜版画《大报恩寺图》，跟中国的一张《长城图》为同一个标的，这两张画都装在西式的旧框中，看上去有些年份，图录上说，两幅画均是一七八二年在英国伦敦制作，这一年相当于清乾隆四十七年。尽管我并不收藏西方的铜版画，但还是想把它拍下，然而结果并没能如愿。我从一百元加到了一千二百元，始终有一个人跟我竞价，看来他比我更迫切地需要这两幅画，于是我就让贤了。好在事先我拍了两张照片，放在这里供大家欣赏。

来到南京的西方传教士，名气最大的当然是利玛窦，但他的日记里却没有谈到这座世界著名的塔。有人猜测，这跟利玛窦与雪浪洪恩的一场激烈争论有关，那时雪浪洪恩是大报恩寺的住持。我觉得这个猜测有道理。此后康熙和乾隆都登过木塔，并且给塔的每层题了匾，尤其乾隆皇帝，回京之后还命工匠仿照这座琉璃塔的形式，在北京和承德等地也修了几座。但皇帝对该塔起到的推广作用，远比不上童话作家编的故事。一八三九年，安徒生写了一篇《天国花园》，其中有这样一句话："我（东风）刚从中国来——我在瓷塔周围跳了一阵舞，把所有的钟都弄得叮当叮当地响起来！"这里所说的"瓷塔"，就是大报恩寺琉璃塔。

大报恩寺建成之后，因为各种原因，几毁几建，然而这座琉璃塔却一直屹立在那里。太平天国占领南京时，才将其炸毁。

一八五六年八月，东王杨秀清逼迫洪秀全封他为"万岁"，洪秀全表面答应，暗地里却传令韦昌辉、石达开和秦日纲进京。九月二日，韦昌辉和秦日纲率兵突袭东王府，杀死杨秀清全家。接着又把杨秀清的亲兵两万多人全部斩杀。即使这样，韦昌辉仍不罢休，要继续杀跟杨秀清有关的将领。石达开认为这种做法会削弱太平天国整体实力，于是劝阻韦不要这样做。韦认为石有二心，转而要杀石。石立即逃出南京，韦又把石的家人全部杀光。石到了安庆，召集兵马转来攻打韦。韦担心石占领琉璃塔，这是全城的制高点，在塔上架炮，有居高临下的威慑力，于是指挥手下，将琉璃塔彻底炸毁，使得这座闻名世界的伟大建筑瞬间轰然倒塌。炸塔行为导致大报恩寺起火，很快整座寺庙被烧光。

湘军打败太平军后占领南京。同治四年，李鸿章升任两江总督，把他任江苏巡抚时在苏州创建的洋炮局也迁到南京,那时的大报恩寺已经变成了废墟,于是他在废墟上建起厂房,将洋炮局改为金陵机器制造局,最后几经合并,成了全国四大兵工厂之一。因此,要寻找大报恩寺的整体遗址,首先要来踏寻金陵机器制造局。制造局几经变迁,成了现在的南京晨光机器厂。

　　来到这里的时候,陈鑫向我介绍说,晨光机器厂现在仍然在运转,但旁边开辟出了一块创业园区。走进园区,眼前是一片片旧厂房,这些厂房已经被分隔开,为不同的创业公司所用,整体感觉有点像北京的 798 创意园区,但又不完全相同。798 如今已成为现代艺术产品的卖场,但晨光机器厂的这片园区却办起了一间间创业公司。而今那些改造过的厂房,虽然偶尔还能看到历史痕迹,但大多只剩下一个空壳了。这样的时代烙印,有着刻意为之的不真实感,我并不想在此拍照。

　　整个园区静悄悄的,少有游客,也看不到相关的工作人员,只偶尔在一个过道看到一人。此人问我有什么需要帮助的。我马上跟他说,自己希望找到跟金陵机器制造局有关的遗迹。这位先生向我讲解一番,看我不得要领,于是把我带到至今仍然保留的机器制造局大门前。

　　大门的附近,同样能够看出做了维修。在一面墙上,有用浮雕形式表现的从清代到当代的工厂历史。尤其让我印象深刻者,是某个铁梯上立着一个举火炬的塑像,那个火炬看上去有些眼熟,旁边的介绍牌上列明,这是二〇〇八年奥运会传递的火炬,原来这个产品也是晨光机器厂的骄傲。

　　园区的中心还矗立着一只巨大的佛手,介绍牌上写着,香港大

※ 历史的痕迹之一
※ 天坛大鸟佛手

※ 金陵制造局唯一的标志

屿山宝莲寺的天坛大佛、无锡太湖边的灵山大佛、三亚南海岸边的一〇八米观音圣像，都是由晨光机器厂制造。当年李鸿章用于制造武器的工厂，变成了创业园区，而最值得骄傲的产品，是那些金属大佛，这种感觉颇为怪异。然而细想之下，晨光机器厂所占之地，即为大报恩寺旧址，这里本来就是著名的寺院，而今以制造大佛闻名，也算是一种历史因缘吧。由制造武器改为制造大佛，不知道这算不算是"放下屠刀，立地成佛"。我在园区的正中，看到有个雕像，是一把将枪管打成结的手枪，也许表达的正是这层涵义。

重新修复的大报恩寺及琉璃塔，只占了晨光机器厂的一角。二〇一二年五月一日，我第一次来寻访，不知什么原因，工地暂时停工。于是我跟顾正坤先生钻过围挡，进入到工地。那时还看不出雏形。在拍照过程中，突然冲出来一位管事者，对我二人大加训斥，说这里是文物重地，没有政府和文物部门的批文，绝对不许拍照。其实进入围挡之后，我已然知道这里没有什么可拍的。

二〇一五年初，我去南京寻访，车在环路行驶，看到不远处有一座玻璃建造的宝塔。用现代的材料来建造古塔，我还从未见过。顾兄告诉我，这就是新建起的大报恩寺塔。闻言我更为惊异，闻名世界的大报恩寺塔，在中国被称为"琉璃塔"，西方则称之为"瓷塔"，无论怎样，都不是玻璃塔。虽然"琉璃"与"玻璃"仅一字之差，但毕竟不能等而视之。顾兄安慰我说，明年大报恩寺遗址第一期就将开放，可能建成时，塔不会是这个样子吧。

同年八月，我在晨光机器厂兜了半圈，又来到大报恩寺工地。历经三年多，这里依然在施工，我透过工棚的缝隙，拍着里面的情形。当时已经建起仿古的钟楼与鼓楼，大报恩寺塔仍在建造之中，看上去仍然是玻璃幕的建造方式。此次感觉到的最大变化，是管事者的态度比之前好了许多，虽然还是禁止拍照，但会用笑脸相拒，然后把我推出去。这样的礼貌，反而助长了我的气焰，因为工地有不同的出口，我就跑到每个口去拍照，然后再被轰出来。

随后转到侧边的一条小路，此路名为"雨花路"，就是我上次钻围挡被骂出来的那个地方，而今这一面围墙变成了一片被绿植覆盖的斜坡。斜坡的中间位置，似乎在修建入口。然而这个入口的建造材料，竟然是现代化的PVC塑料板。外墙作为装饰用的大块马赛克，也是提前做好的预制构件。这样的建筑材料多用于现代化的办公大楼，在修复古建时却从未见使用过。从资金保障来说，大报恩寺的复建工程应该不缺钱：大概在二〇一〇年，万达集团的董事长王健林先生就给这个工程捐了十亿人民币。

我赶到这里时，正是午休时间，施工人员全部在树荫下进餐。趁此机会，我溜进了正在建造的大厅，看到四围的墙体已经建好，在中厅的位置，却裸露着像小山丘一样的土包，这让我想起西安兵马俑大厅里的情形。如此想来，这里可能是考古工作者的工作场地，为了保护原址，同时也为了施工进度，于是就先建起小屋，在里面接着进行考古工作。这倒是一种既务实又科学的工作方式。隔着大厅的玻璃向内望去，我看到新建起的大报恩寺基座，虽然还看不出整体的外形，但已然感觉到木塔的宏伟。正当我忙着拍照时，又进来一位管事者，仍然用笑脸把我轰出，并且告诉我说不用急，等他们建好后，我可以随便来参观拍照。

我在这里大谈大报恩寺，当然不是为了描述它的辉煌历史。我两次来探访，都是因为这里刊刻了一部《永乐南藏》。此藏刊刻完

※ 《永乐南藏》

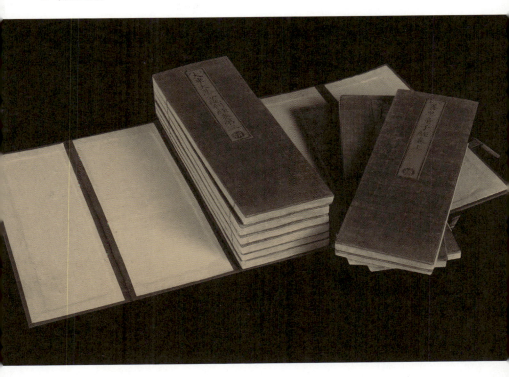

※ 《永乐南藏》卷前扉画

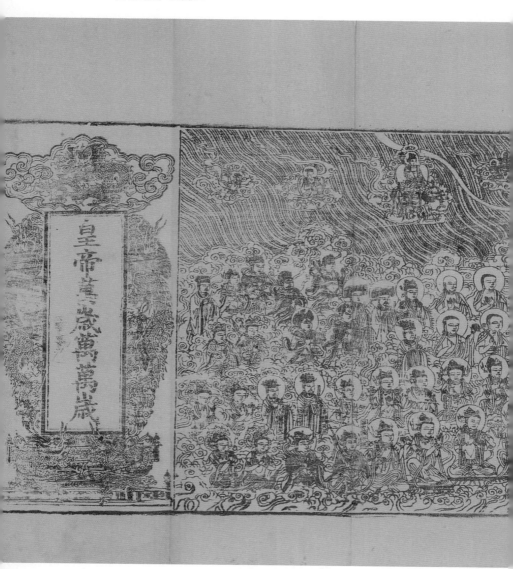

毕之后,根据皇帝的旨意,只要出钱,就可请印,这跟《永乐北藏》的情况完全不同。《永乐北藏》的经板储藏在司礼监,外人很难请印,这使得它的流传要比《永乐南藏》少很多。而《永乐南藏》从明永乐十八年刊刻完毕之后,直到清顺治十八年,经历了二百四十年仍然在补刻中。我没有查到《永乐南藏》究竟刷印了多少部,但据我所知,今天所见的古代佛经中最常见的就是这部大藏。因为常见,所以不在意。十几年前,我曾于藏书家陈东先生处见到过完整的一部,数量巨大,但可惜已经递修到了清初。正因如此,我没有将它买下。而今陈东已归道山,那部大藏最后落到了哪里,我也无处可问了。我手里仅有一百多册初印本。

如前所说,洪武或建文年间,刊刻了一部大藏,没过几年就被烧毁了,此后,很快又刊刻出《永乐南藏》。因为历史资料记载很少,后世长期以来就认为,明初只刻过一部《永乐南藏》,直到民国二十三年,在四川的上古寺发现了《初刻南藏》,人们才知道,明初官刻大藏其实有两部。在此之前,人们将明代的两部大藏称为"南藏"和"北藏",而今知道南藏有两部,于是把前一部称为《初刻南藏》或《洪武南藏》(何梅教授则建议称为《建文南藏》)。不管怎样,这是明代南京刊刻的第一部大藏,为了区分,则把第二部称为《永乐南藏》。

跟《初刻南藏》的情况类似,《永乐南藏》跟灵谷寺也有关系,这部大藏也是先在灵谷寺校勘,然后把经板送给天禧寺。为什么这么做呢? 我没有见到有说服力的说法,但这种做法却有资料留下来。《永乐南藏》中的《古尊宿语录》卷二十一后面有灵谷寺住持净戒的一段跋语:"新藏经板,初赐天禧。凡禅宗《古尊宿语》《颂古》《雪窦》《明教》《圆悟》《大慧》等语,多有损失。永乐二年,敬损衣资,命工刊补。今奉钦依，取僧就灵谷寺校正。以永乐十一年春二月为始，至冬十一月乃毕。供需之费，皆太寺备给。计校出差讹字样十五万余，刊修改补，今已毕完，庶得不遗佛意，不误后人。所冀永远流通，祝延圣寿万安者。永乐十二年岁在甲午仲冬，僧录司右阐教兼钟山灵谷禅寺住持臣净戒谨识。"

　　跋语说，"新藏经板，初赐天禧"，"新藏"是指《永乐南藏》，那《初刻南藏》就应该称为"旧藏"。此处是说，把新刻出的经板赐给天禧寺，并没有说这部大藏就刊刻于天禧寺。净戒又说，其中的几部禅宗著作也有损失，所以在永乐二年就开始补刻。补刻之后，又到灵谷寺去校对，竟然校出十五万个错讹之处。校对完毕，又修补刊板。但也没有说是在灵谷寺还是天禧寺刻板。总之，《初刻南藏》和《永乐南藏》都跟灵谷寺和天禧寺有关，而两寺又有一定的距离，所以我始终没弄明白，为什么这两部大藏都要在一个寺校勘，而在另一个寺刊刻。我猜想，是不是在灵谷寺里刻板之后，将板片拉到天禧寺去刷印，因为灵谷寺在钟山上，而天禧寺在城内。可惜我的猜测找不到历史依据。而在大报恩寺里的刻板，历史上却有记载——永乐十五年，释文琇撰《增集续传灯录凡例》中有这样一句话："大报恩寺重刊大藏经，新收《续传灯录》。"

　　无论怎样，天禧寺也就是大报恩寺，肯定刻过《大藏经》经板，此后这些经板又几经递修。清陈开虞《重修修藏社藏经殿碑记》中有这样一段话："报恩寺为金陵上刹，旧有藏经殿，刊刻经板，咸贮其中。自明永乐庚子缮始后，正统、万历代有增修，其所为六百三十七函，及四十一函者，至今犹厘然具备。岁久浸蚀，几于漫灭。觉浪和尚嘱松影等，补其残缺，易其漶漫，工费浩繁，乃别立修藏一社,经营其事。虞山钱宗伯、涉江陈待御,交相赞助,事有成立。"

即此可知,到康熙初年,这部大藏仍然在补修,因为工程浩大,还专门成立了修藏社,而此社的赞助人之一,竟然是大藏书家钱谦益。以前虽然知道钱谦益有佛教研究著作流传,也知道他为刊刻《嘉兴藏》做过贡献,但他为《永乐南藏》的补修也出过力,这一点我还没有注意到。他做了那么多好事,后世却少有提及,这让我又无谓地感慨一番。

永樂北藏

《永乐北藏》刊刻地：北京司礼监汉经厂

——皇恩浩荡，巨细关心

历代的官刻大藏，虽然皇帝都有旨意有参与，但我觉得没有比永乐皇帝朱棣更上心的了。为了刊刻《永乐北藏》，他在几年的时间里下了多道旨意。李富华、何梅合著的《汉文佛教大藏经研究》第九章"明官版大藏经研究"中，对于《永乐北藏》做了详细的介绍，其中"开板经过"一部分做了如下评价：《永乐北藏》的开雕是在太宗文皇帝的亲自过问下进行的。从藏经的校勘、缮写到刻板，可以说事无巨细，都是奉圣旨行事的。"

书中还节录了《金陵梵刹志·钦录集》中朱棣关心此经的一些言谈。永乐十七年，朱棣对释一如等八人说："将藏经好生校勘明白，重要刊板。经面用湖水褐素绫。"释道成问朱棣："经面可否用花绫？"朱棣说："用八吉祥绫。"接着朱棣又问："每一面行数、字数合是多少？"回答说："以往有五行或者六行的，每行十七字，可否还是用十七字？"朱棣说："写来看。"六天之后，道成等几人做了两种写样，一种是五行十七字，另一种是六行十七字，进献给皇帝，朱棣看后说："用五行十七字的。"由这些记载可以看出，朱棣的指示很详细，包括用什么材质做封面，材质上的图案是什么样子，刻经的每一行字数等，这些细节都亲自决定。其他的官版《大藏经》，还真没见哪个皇帝这么详细地过问。

不仅如此，朱棣还关心抄写者的字体是否漂亮，刻经的人数够不够，以及刻好后经板藏在哪里。同年五月，礼部尚书吕震上奏，称已经找来僧人八十九名，由于人数多，是不是要从中任命两位管事者。朱棣说："着一如、庵进，法主总调。"过了十几天，朱棣又给一如、慧进下旨："你两个做僧官校藏经，再寻一人。"过了一个月，校经者向皇帝上奏说，已经将《大藏经》的底本校录一过。到了永乐十八年,他们又向皇帝上奏,已经校过了七遍。这个速度确实够快,在一年的时间内,把整个大藏校了七遍,原因就是皇帝督促得紧,再加上安排的校经人员多,总计有一百二十人。

在校经的过程中,开始安排抄写者,当时总计找来六十四位写字高手,朱棣对此也关心:"藏经内字写得好么?"校经处把几个好的写样呈给他看,他做了一些细节上的评价。关于藏经的内容,朱棣就更为关心,比如经文中有唐太宗所写的《御制三藏圣教序》,于是一如就问:"今圣朝重刊,是否亦用序文?"朱棣说:"不要。"一如等又问:"太祖高皇帝有《御制心经序》,圣朝诰咒前亦各有序,是否于各部前都写上?"朱棣批示道:"太祖皇帝于佛法上多用心,都写上。"至于哪些经可录,哪些经不录,朱棣也有批示。

朱棣还很关心刻板的进度。永乐十八年七月十八日,他问一如等人,经板何时能刻完。一如回答说,这要看工匠的数量。朱棣又问,用两千五百人,一年内能不能刻出来。一如不敢回答。朱棣又问:"经板刊后留在何处?"一如也不敢回答。于是朱棣说:"明日安一藏这里,安一藏南京。"又说:"石上也刻一藏,大石洞藏着。向后木的坏了,有石的在。"至于刊刻地点,朱棣问道:"板就那里刊好?"一如等也不敢回答,于是朱棣下令说:"就寺里刊好。"因为有这么多的细节记载,李、何两位先生做出了如此评价:"从以上《永乐北藏》刊板前前后后的详细记述中,我们可以看出,在我国官版大藏经的雕刻史上,还不曾有哪一位皇帝像明成祖朱棣这样,为佛教大藏经和数十篇入藏典籍作序、跋、赞文;也没有哪一位皇帝能够像朱棣这样于数年间,一直在关注着大藏经的开板,同时作出一系列的旨令,并因此而铭记史册的。"

※ 明正统司礼监刻本《春秋》前序

　　朱棣指示板片就在寺里刊刻,这座寺就在明内府的司礼监中。明代的司礼监,在读书人的心目中,是内府刻书的代名词,然而,它在明代朝廷中的作用绝不仅仅如此,其权力之大,超过了一般人的想象。明代内府有二十四个衙门,分为十二监四司八局,司礼监是十二监中地位最高,也是二十四个衙门中权力最大者。但司礼监在明初设立时,完全没有权力,朱元璋曾经说过这样的话:"此曹善者千百中不一二,恶者常千百。若用耳目,即耳目蔽,用为心腹,即心腹病。驭之之道,在使之畏法,不可使有功。畏法则检束,有功则骄恣。"因此,朱元璋规定,太监不允许识字。为了能把这个规定长期执行下去,朱元璋还在洪武十七年,将此规定铸成了铁牌,明确写出:"内臣不得干预政事,犯者斩。"然而,到了宣德四年,宣宗没有遵守祖训,开始让太监识字,后来逐渐由司礼监的秉笔太监代替皇帝行使"批红"大权。"批红"本是皇帝在奏折上的朱批,现在由太监来代笔,这等于说,司礼监的太监地位比总理还高。据说这么做的原因,是想通过太监来牵制内阁,只是始料未及者,后来太监的权力越来越大,到武宗时出了刘瑾,熹宗时出了魏忠贤这种权倾一时的大太监,彻底搞乱了朝纲。

　　由此可见,司礼监的确是朝中权力最大的部门,其中还专门设有庞大的刻书机构。按照司礼监的设置规定:"司礼监提督一员,秩在监官之上,于本衙门居住,职掌古今书籍、名画、册叶、手卷、笔、墨、砚、绫纱、绢布、纸劄,各有库贮之,选监工之老成勤敏者掌其锁钥。所属掌官四员或六七员佐理之,并内书堂亦属之。又,经厂掌司四员或六员,在经厂居住,只管一应经书印板及印成书籍,佛藏、道藏、番藏,皆佐理之。"明嘉靖十年,朝廷整顿内府工匠名额,将一

※ 终于找到了司礼监

些吃空饷和老弱病残者除名,数量竟然达到 15,000 多人,留下的也有 12,000 多人。留下的人员中,司礼监就占 1,583 名,其中跟刻书有关的就有 1,274 名,包括"笺纸匠 62 名、裱背匠 293 名、摺配匠 189 名、裁历匠 80 名、刷印匠 134 名、黑墨匠 77 名、笔匠 48 名、画匠 76 名、刊字匠 315 名"。

有如此庞大的人数和明确的分工,刊刻佛经当然不是问题。因此皇帝下令,《大藏经》就在司礼监的汉经厂刊刻。

当年大名鼎鼎的司礼监,而今在北京已经几乎找不到痕迹。我从间接的资料查得,司礼监的原址就在景山的东北角。我去文津街国图古籍馆,经常从这一带路过,而专门来寻找遗迹还是第一次。景山后街一带是旅游旺地,各地来的大巴车几乎占满了这条"U"形街。我把车停在景山后街和景山东街的交汇处,这一带不让停车,只能在大巴车的夹缝中挤出个位置来。正值七月下旬旅游高峰,成群的游客占满了整条街道,我想拍下无人入镜的路牌,足足等了十分钟。

景山后街和景山东街的夹角外侧,应当就是当年司礼监的位置,而今这里变成了两家机关单位,大门紧闭,难以看到里面的情形。于是我沿着东街向南走,前行二十米即是三眼井胡同。胡同口的侧墙上挂着一块介绍牌,讲解着这条胡同的历史,最后一句话是:"今胡同内 61 号院,是毛泽东早年在图书馆工作时曾经居住过的地方。"这一段历史我未曾注意过,以前只知道他在北大图书馆当过助理员,却不知道在北京图书馆也工作过。而今的胡同游已经成为北京的重点旅游项目,就在我拍摄的过程中,至少过了几十辆载客的三轮车,车主无一例外地会介绍毛泽东在此居住过的历史。

　　沿着胡同慢慢往里走,看到了几个旧院落,但都跟司礼监没有关系,问过几人,都不知道司礼监是哪几个字,其中一位好心人建议我去问老人,而他看上去已经七十多岁,看来他认为自己还年轻,如此想来,要按照黄永玉那种标准去寻找"比我老的老头"。老头没找到,却遇到了一位老妇。在某个院门口,一位上了年纪的老妇冲我招手,我赶紧走上前,问老妇有什么事,她笑得很慈祥:"你长这么高,真好!"她的话让我不知怎样回答,只是看她笑得很开心,把这句话连说了两遍,每说一遍就"咯咯"乐一阵子,我趁她第三遍乐的间隙,向她请教司礼监在哪里。老妇止住笑,马上给我指明方向,她怕我记不住,又把路线仔细叮嘱一番,并且感慨道,自己走不动了,否则的话,真想陪我去寻找。

　　沿着吉安所右巷一直向西走,这条胡同又窄又长,因为是中午,骄阳当头,整条胡同看不到人影。我慢慢地向前走,尽量让自己少出汗,然而因为胡同内不通风,脸上的汗仍然不停地往下淌。走到吉安巷的顶头,也没有看到我要找的司礼监。问过几个人,仍然不知我所言,我开始后悔没有把老妇请过来。想到老妇,我回过味儿来,于是向一位老年妇女打问。她站在路中央,向南一指,告诉我穿过路口,对面一带就是司礼监。这位妇女的爽快,再加上指路的老妇,让我"重男轻女"的心态大为改观。以往的寻访经验,如果是问路或者询问距离远近,似乎问男士更靠谱。我曾在登某座山时,问迎面下来的两个女孩,上山的路还有多远,一位告诉我是二十分钟,另一位马上否定,说需要一个多小时。巨大的时间差让我不知所措,但今天这两位妇女却很靠谱。果真,我在一个小的十字路口看到了吉安所的介绍牌。

※ 明正统五年刻正统北藏本《增壹阿含经》整函情况
※ 明正统五年刻正统北藏本《增壹阿含经》卷尾

※ 明正统五年刻正统北藏本《增壹阿含经》卷前扉画

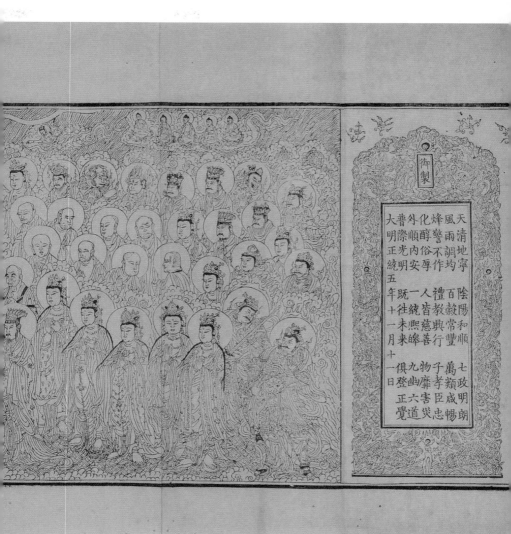

御製

天清地寧
風雨調均
烽火不作
化醇俗厚
外順內安
普際光明
大明正統

陰陽和順
百穀常豐
人皆慈善
一統熙皞
既往未來
俱登正覺

七政明朗
萬類咸亨
子孝臣忠
物靡幽害
九道六災

五年十一月十一日

这个牌子跟我在三眼井看到的一样，也是不锈钢质地，制作得较为精美，上面用中英文写着"明代这里是司礼监衙门"。这句话让我大为兴奋，看来终于找到了地方。唯一遗憾者，是介绍牌的前方竖着一辆铁质的三轮车，而且被人用铁丝绑在了旁边的水泥电线杆上，我无法将其挪开，只好将就着拍照。牌子上的最后一句话"吉安所九巷8号是毛泽东旧居"，跟三眼井的介绍牌有些差异，转念一想，毛泽东当年有可能住过一段这里又搬到了三眼井胡同61号院。

沿着介绍牌继续向南走，就是当年的司礼监所在地，而今这条胡同也叫"吉安所右巷"。过了十字路口后的这一段不长，在短短的三四十米范围内，却形成了一个"L"形的弯。我沿着小路一家家地看过去，没一会儿就走到了路的顶头，原来是个死胡同。顶头的一家为15号院，院门被改造成了中西合璧的石拱门，进门处堆着杂物，看来已经无人使用。与之相邻者为13号院，院门敞开着，我走入院内，这里已经变成了典型的大杂院，丝毫看不出当年司礼监的辉煌。这样的结局，虽然没什么值得感慨的——毕竟明代的太监在我心目中，也没什么好印象，但他们刻的书，确实很有名。虽然从内容上讲，后代学者对明司礼监本有诸多的批评，但从印刷史角度来看，司礼监所刻之书，无论开本、用纸、用墨，都是那个时代的顶峰，而今没有了一丝痕迹，当然会让我有夕阳西下之感。

《永乐北藏》从明永乐十七年三月开始校勘，到正统五年，才刊刻完成，总计用了二十一年。刊刻完成后，正统皇帝朱祁镇，也就是明英宗，为这部大藏写了篇《御制大藏经序》，其中有这样一段："大藏诸经，六百三十六函，通六千三百六十一卷，咸毕刊印，式遂流布。妙法玄文，备祇园之授受；要旨精义，皎慧日之昭明。字字真如，语语实际。"《永乐北藏》的初刻初印本,我仅藏有一函十册,刊刻的确漂亮。此经的独特之处,《汉文佛教大藏经研究》中有如下描述:"《永乐北藏》每版录经文25行,折为5页,每页5行,每行17字。这种版式有别于以往木刻本大藏经以《开宝藏》《契丹藏》《崇宁藏》《资福藏》和《元官藏》为代表的六种版式,成为又一种新版式,并为清《龙藏》沿用。此种版式的特点是扩大了版心,加大了字体,充分展现出官版大藏经的气派。"

我之所以强调自己所藏是初刻初印本,原因是《永乐北藏》有递修和后期刷印本。《永乐北藏》在明万历年间,续刻了四十一函,之后又将全藏继续刷印,续刻本跟当年正统五年刷印本,从版面看有不小的差异。万历皇帝续刻《永乐北藏》,其实是他母亲慈圣皇太后的懿旨。这位皇太后礼佛很虔诚,《明史》上有这样的记载:"顾好佛,京师内外多置梵刹,动费钜万,帝亦助施无算。居正在日,尝以为言,未能用也。"《永乐北藏》的续刻部分,从万历七年开始到十一年结束,总计用了四年时间。续藏有万历七年六月释道安写的序言,其中有这样一段话:"今上御极崇兴释教,尊佛法,以护邦国。慈圣宣文明肃皇太后,尊居九重,恒怀博爱,祈转法轮,以安社稷。于慈宁宫,亲阅藏经,深得佛祖之意。遂择内垣净地,设立番汉释道经厂。"最后一句明确说明续藏部分刊刻于番汉释道经厂,而这个经厂就设在司礼监内,正因为如此,司礼监所刻之书又被学界称为"经厂本"。

至今,完整的《永乐北藏》从未在市面上见过,无论是正统的元刻本,还是万历的续刻本均是如此,偶尔只能见到一些零本。据说这是因为经板藏在内府,外面刷印不易。二〇〇〇年时,线装书局以故宫所藏原版底本影印出版了一百部缩印本、一百六十部精装楠木盒本，还有二十部黄花梨书柜本，这使得该经在市面上多少也有了流传。

《嘉兴藏》汇板处：杭州径山寺

——五台苦寒，经板南迁

嘉兴藏

　　《嘉兴藏》的刊刻始于五台山妙德庵,在此刊刻四年之后,被移到浙江余杭的径山寺。那个时代将经板从北方运往南方,是一个大工程,但为什么要迁移呢? 历史上有各式各样的说法。初次刊刻《嘉兴藏》的主持之一冯梦祯在《议复化城缘引》中称:"刻经之缘,始于清凉之妙德庵,地寒而峻,远役南匠,轮输工力,倍费功半,不得已而有径山之迁。"他说,将刊刻大业由北方移到南方的原因有两个:一是因为北方寒冷;二是因为当地山势险要,运输不便,致使费用增加。类似的说法在《达观大师塔铭》中也有记载:"命弟子密藏开公董其事,以万历己丑创刻于五台,属弟子如奇纲维之。后四年以冰雪苦寒,复移于径山寂照庵。"这里给出的原因只用了"冰雪苦寒"四个字。

　　真实的原因确实如此吗? 客观来讲,因寒冷而搬迁,这确是事实:我几次前往五台山,多在盛夏,而北台依然积雪不化;冬天仅去过一次,那刺骨的寒风,即使穿上两层羽绒服都不管用,更何况在三百年前,恐怕还没有这种御寒方式。但我依然对此感到疑惑,《嘉兴藏》发起之初是在南方,据说因为当地闹水灾,才决定到北方的五台山刊刻。这种说法细想起来,怎么都觉得有些牵强,毕竟南方不是天天闹水灾,而刊刻一部大藏是旷日持久的大工程,恐怕不会单纯因为一场水灾就跑到千里之外的大山之内。还有一种说法,之所以一批南方的僧俗决定到北方刊刻经板,是因为五台山在佛教界的名气,在这里刊刻一部大藏,在名气上要显著许多——是否确实如此,我未看到确切的记载。

　　对于南迁的理由,前人有过各种各样的论述,我近期读到故宫学研究所所长章宏伟先生《明代万历年间江南民众的佛教信仰》一文，文中列举了大量数据，以此为依据，章先生考察明万历十七年到二十年间在五台山刊刻《大藏经》的具体情况，并做出如下结论："《嘉兴藏》在五台山刊刻四年以后，万历二十一年刻场转移到了江南，以往学界归因于五台山地寒而峻，远役南匠，轮输工力，倍费工半。但细究刻藏南迁的原因，最主要的还是刻藏经费募集问题。"章先生的这个判断是我第一次得闻。为此章先生将五台山所刻《嘉兴藏》做了如下统计："现存五台山刻经 46 种 601 卷的施主绝大多数是江南人，有 378 卷是江南人捐刻，占 600 卷的 63%，而北方施主则比例相当少，且施资微薄。"如此说来，虽然这部大藏刊刻在北方，但"北方筹集刻资不易，资金绝大部分要仰仗江南，加上五台山刻场自然条件恶劣，本来刻场设于五台山就是因为南方连年水灾不得已而定，此时南方环境已经转变，南迁径山自在情理之中"。

　　章先生又提到了《嘉兴藏》在五台山时期的刊刻数量，他认为是 601 卷，但其他文献中却未曾谈到有这个数量，比如吕澂先生在《明刻径山方册本藏经》说："连续四年，刻成正续藏共 520 余卷。"李富华、何梅在《汉文佛教大藏经研究》中称是 38 种 545 卷，而金申在《〈嘉兴藏〉在五台山的雕板情况》一文中认为，这个期间的刊刻数量是 45 种 588 卷。如此看来，章先生统计出的卷数最多，并且他认为应该远远不止 601 卷。为什么会产生统计上的差异呢？章先生认为，《嘉兴藏》刊刻周期较长，致使"旧板磨蚀，易旧更新，已在清初被陆续更换了"。《嘉兴藏》跟其他大藏的重要区别之一，就是几乎每一卷卷尾都有刊刻题记，详细说明了本卷的刊刻时间、地点及施资人等信息，而对于刊刻地的统计就是基于这种信息——但若做了补板，这些信息就有所变化，因此就产生统计上的差异。

　　流传至今的《嘉兴藏》每部都是不同时期刷印的，后面的题款也就略有不同，章宏伟先生的统计是基于故宫藏的《嘉兴藏》，但他认为在五台山不会仅仅刊刻601卷，判断依据是基于《密藏开禅师遗稿》中收录的释道开所撰《与王龙池方伯》中的说法。这封信中提到由五台山南迁之时"经板业已刻十之二"。章先生认为，《永乐北藏》有6,930卷之多，那其中的两成应该在1,300卷以上，即此可以推断，在五台山期间刊刻的经卷数量远比今天得见者要多出一倍以上。

　　但《与王龙池方伯》中又讲到南迁的另一个原因："经板业已刻十之二，皆未得就装潢呈览，以山中得纸之难故也。此去江南，则茧楮所自出，当为门下图之。清凉近多魔障，幸门下不忘付嘱，善自护持，他无所属望矣。"道开说，虽然经板已经刊刻了两成，但却没有刷印出来装订成册，原因是当地印经用的纸太难得到。这个说法我倒觉得很实际，直到今天，手工纸的主要产地依然是在南方。如此说来，当时是在北方刻板，从南方运纸刷印，然后再把刷印好的书运回南方，在今天看来也是个极费周折的事情，更何况是在运输工具还不发达的明末。看来刊刻地南迁，纸张匮乏也是一个重要的原因。而道开在信中还提到五台山曾出现了一些"魔障"，不知其实际所指。总之，因为以上种种原因，《嘉兴藏》的刊刻地迁到了江南的径山寺。

　　此次杭州之行，主要就是想前往径山寺一访。出行的前几天，我跟浙江省图书馆徐晓军馆长汇报了此行的几个目的地，徐馆长给予了周全的安排，但成行的当天是星期日，我觉得让馆方的司机来接站会耽误对方的休息，于是就去电萧山古籍印刷厂的倪韬先生，

※ 径山寺山门

请他带我前往径山寺。不巧的是,杭州正下着雨,一百多公里的山路,想一想也挺危险的,于是就转念改为在杭州市内寻访。第二天一早,浙江省图书馆文献部主任刘杭先生来酒店接我,乘车径直向径山寺开去。

一路上的闲聊让我了解了徐馆长的用意,原来刘杭主任对当地佛寺特别熟悉,他向我讲述着当地各种名寺轶闻,都是我未曾听闻的。刘杭说他前天刚去过径山寺,因为是腊八,寺里施粥。虽然各个寺庙都有施粥活动,但他认为径山寺的腊八粥与其他寺不同,其他寺大多使用液化气灶,而径山寺仍然是用木柴烧煮。柴窑和气窑烧出的瓷器在光泽上有差异我听说过,用不同燃料熬出的粥味道也有差异,这我倒是首次听闻,我把这更多地理解为心理作用所致。但刘杭为了证明其言不虚,前一日特意让寺里的管事者留了两碗粥,以待我前去品尝。

从杭州转了几条高速,一直向东北方向开大约五六十公里,就来到了双溪镇。在镇的四围看到了大片的竹林。我不确定李清照词中"闻说双溪春尚好,也拟泛轻舟"的"双溪"是否就是此地,此时距离初春还有一个多月,在路边看不到溪水。司机告诉我,这里的溪水依然很大,已经成了一处著名的旅游景点。而刘杭说,我们走的这条路不是当年的古道,因为当年的路太难走。行驶不久就进入了径山村,我以为快要到目的地了,然而车却转向了盘山公路,路牌上写着"双洞线"。盘山路的坡度较大,在大山之内蜿蜒攀行,展眼望去,满山翠竹,真可谓风光无限。公路是沿着山涧修建,峭壁的一面基本上都罩着防护网,刘杭说以往常有落石坠下伤人,而今余杭政府决心打造径山文化,所以投入大笔资金进行整修。

　　这种整修确实需要大笔的资金，此处山路之长，大概在二十公里左右，沿途所见的几个小村庄全部改建成仿古建筑。下这么大的力气整修几座大山，这种做法倒真是少见。刘杭说原本余杭经济条件并不好，后来阿里巴巴公司迁到这个区，给当地带来大量的税收，同时吸引来一大批相关产业，让当地富裕起来，而当地政府官员颇有头脑，认为有了钱就要打造文化品牌。但我看到眼前这一切又有了新的疑惑：径山寺建在山顶上，今天开车上山都需要费很大的周折，明代在此印经，需要把大量的纸张运上山，刷印之后再将装订成书运下来，这等艰难并不比在五台山妙德庵方便到哪里去。对于我的这个疑问，刘杭说可以向径山寺的张涛居士请教。

　　在径山寺门口见到张居士，他看上去很年轻，估计在三十岁上下，说话和蔼而礼貌。我们将车停在藏经楼前。看到这几个字我就有些兴奋，提出想先到楼内看经。张居士很有涵养，他劝我不着急，称已是上午十一点，是寺里开斋的时间，待到吃斋之后再看不迟，而后他带着我们来到茶室。先品“径山禅茶”，我对喝茶很外行，也能够品出这茶与以往所喝不同。我尤其对茶叶的形态感兴趣，一眼望去，就像一堆阴干的杂树叶，张居士告诉我这是微发酵茶。茶室里挂着一张装裱手法奇特的《径山图》，张居士称这是早年一位日本人所绘，图中所画即是径山寺当年的概貌。

　　而后进入斋堂用餐，有三位僧人作陪。吃着可口的素餐，心里却还惦记着为我留的那两碗腊八粥，可又不好意思张口提起。于是我问刘杭，前日来这里喝腊八粥，是否也是在这个房间。刘杭立即心领神会，马上问张居士。张居士一笑，说当时的确留了两碗，但是因为人多粥少，不知被哪位拿去享用了。闻听此言，我知道喝粥之

※ 道渊亭

事已经化为泡影，只好跟几位僧人探讨佛教界的各种问题。此时的心境已变得平和许多，真有种"山中方一日，世上已千年"的遁世心态。用餐之后，张居士带我去参观复建起的径山寺，而后从正门出寺，向另一处山坡前行。在寺外不远处看到一座小亭，上有"道渊亭"三字，亭内端坐着两尊雕像。

继续前行，便看到了御碑亭，张居士打开门锁带我们进内细看。这碑足够高大，可惜碑额已损，按比例来说，新建起的小亭不足以遮盖这等高大的丰碑。此碑刻于宋乾道二年，当时宋孝宗陪宋高宗及显仁皇后来到此寺，而后题写了这块碑。碑的背面有千字长文，细看之下，虽然做过修补，但原文仍然能够部分释读。张居士很熟悉，他指着碑上的某处原文诵读道："径山乃天下奇处也。由双径而上，至高绝之地，五峰巉然，中本龙湫，化为宝所。"据此可证，早在宋代，径山寺就已经是一处名寺，受到过皇帝如此高的夸赞。在背后的崖壁上，我还看到不知何时刻上的"空即色"。

一同参观者还有浙江工商大学的两位研究生张万举和曾昭骏，他们都对佛教感兴趣。我们跟随张居士进入到一片竹林中，这里没有路，只能依稀辨出踏青者所留下的小径。沿着小径向上攀爬，有倒覆的毛竹拦住去路，张居士用力将其托起，让众人从下面钻过。前行不远就来到了一片平整之地，远远地看到几座佛塔，其中最前面的一座是宋代虚堂智愚禅师之塔。张居士介绍说，虚堂对本寺贡献很大，他主持本寺之时，日本僧人南浦昭明前来学法，而后返回日本弘传临济宗，渐渐成为日本临济宗的主流派。可能是为了让我加深印象，张居士说虚堂智愚就是日本著名僧人一休的六世祖。这个说法果真引得众人共鸣，因为动画片的传播，中国人几乎认为一休是日本僧人中最有名的一位——至少动画片中一休的机智与萌态，在我心中留下了极其深刻的印象。

在虚堂智愚塔的后方另有四座佛塔，其中第二座没有塔铭，张居士说这就是我要寻访的紫柏真可之塔。他说紫柏大师的墓塔在径山做过迁移，原址并不在这里，稍后他会带我前去探看。以紫柏大师在中国佛教界的英名，他的墓塔竟然没有塔铭，这多少让我觉得遗憾，于是跟着张居士原路返回寺内，转向另一侧去探看紫柏大师墓塔原址。在那里看到一些残存的石制构件，张居士说这是当年大慧宗杲墓塔上的残件，并且指给我看当年墓塔所在的位置。

在一片工地的侧旁堆放着一些石料，旁边的地下渗出了汩汩泉水，张居士说这就是紫柏墓塔的原址。我问他何以知之，他告诉我，一是有历史资料的记载，二是本寺原有一位僧人对这里的遗迹做过详细的勘察，曾到此专门指认过这个地方。

来到径山寺，我的主要目的除了朝拜紫柏真可，另外就是要寻找《嘉兴藏》的刊刻之处。张居士带领众人前往径山寺的后山，在路上看到一尊露天的观音菩萨像，形象颇为特别，尤其菩萨的面庞跟寻常所见迥异，但又好像在哪里看到过。张居士告诉我，这尊菩萨是著名漫画家蔡志忠先生设计的。我顿时恍然。蔡志忠漫画二十多年前风行于大陆，他所画的佛像用今天的话来说，就是有一种萌态，但是把漫画形象铸造成一尊巨大的佛像，还是闻所未闻。我说慈容虽然有五十三现，但还从没见过这种形象，张居士说菩萨以不同的面貌示人，萌态塑像更受今天年轻人的喜爱。

天下事是否真的在冥冥中有着定数，有时还真不能绝对否认，我瞻仰完这尊佛像的第二天，就在杭州见到了两年多未曾谋面的

※ 蔡志忠先生设计的萌态观音
※ 右起第二座为紫柏大师塔

刘继蕊女史,我跟她谈到这尊"萌态观音",闻我所言,她立即打开iPad,里面竟然存有几十张这尊佛像举行开光仪式时的照片。从图片上看,当时仪式办得十分宏大,刘继蕊一一给我指出里面的高僧分别是哪些寺的住持。如此说来,这些高僧大德都认为这尊佛像制作精美且符合佛教仪轨,那我这等俗众还有什么值得大惊小怪的呢? 不过,由此我更加崇拜那位蔡先生,他能打破常规,创作出中国佛像史上如此独特的一尊菩萨像,足见其能破除心中樊篱,这正是我至今未能做到的。刘继蕊说,蔡先生创作这尊佛像绝非随意,这些年来他为了研究佛像,收购了大量古铜佛。看来任何一项成就的取得都是要有积淀的。

转过这尊独特的菩萨像,穿过一个山口,眼前是一片山间平地,张居士说这就是当年妙德庵的遗址,也就是《嘉兴藏》的刊刻地。而今这片平地上有一间新盖的小屋,旁边还有半亩方塘,张居士说这是径山寺的水源地之一。水塘清澈见底,里面油油的水草更加印证了泉水的洁净。与之相对的一处山崖上立着一块不规则的石头,正面刻着"径山藏刊刻遗址"。张居士介绍说,去年当地举办了《径山藏》国际学术研讨会,特意刻立此石。石头的背面有涂红的文字,讲解了刊刻的经过,称"方册大藏基础,以经板藏于径山,故名《径山藏》,统称《嘉兴藏》"。开头则是"明万历年间紫柏大师与密藏间公等……"我读到"间"字时,张居士马上说,这个字刻错了。

"密藏间公"本指的是密藏道开,"间"应当是"開"字。道开是紫柏大师的弟子,当年紫柏召集众人刊刻《大藏经》时,指派道开为实际经办人。然而不知什么原因,大藏的刊刻南迁径山后不久,道开就突然隐去,此后不知所踪。道开的弟子念云兴勤曾经用三年时

※ 御碑

※ 刊刻地遗址标识

间，几乎寻遍天下佛寺，也未能找到其师。是什么原因让道开在《大藏经》尚未刊刻完毕就离开了刻经场？张居士说是道开跟师父紫柏产生了矛盾。是怎样的矛盾呢？对此有不同的说法，《密藏开禅师遗稿》卷首序中说：

一是因其师真可触犯王法，有杀身之祸，道开因之"刺血上书，一夕隐去"；二是说道开"事将成而隐去"，所谓"密公知此举将成，不若让功于同门者并力为之，使此板有终"。

那么这两种说法是否有道理呢？我没有找到确切的证据。李富华、何梅两位老师则认为，紫柏真可对刻藏事业的态度渐渐变得消极，才是道开隐去的真实原因。张居士又带我去看了一处隐在草丛中的小洞，他说此洞才是真正的龙井。扒开草丛细看，洞口是用刊刻过的石条搭建，确实有人为的痕迹，从石刻的式样来看，的确年代久远，禅与茶的结合，这里也应当是源头之一吧。

回到寺内，走进藏经楼，里面摆着两排新刊刻藏经的经柜，每个经柜上用纸条标明里面藏经的内容，张居士说这里都是近年影印的佛经。旁边的侧室门口挂着一个小牌，上面写着"径山禅宗文化研究院"。进入室内，沿墙摆着一排新刻藏经经柜，每个柜门上都刻着"嘉兴藏"字样，打开经柜取出一函，乃是线装影印本，影印的清晰度倒是不错，遗憾的是用纸较差。来到径山寺，我当然更想看到原经，张居士说，本寺的遗憾之处就是没有留下一部当年完整的《径山藏》，这套新的影印本还是几位居士捐款购得，但前一段时间当地政府从拍卖会上购得了一函原本《径山藏》。说完，他就到另一个房间取来了一个塑料箱，打开一看，正是一函《径山藏》原本《五灯会元》。在这里看到这么一函原本，也算不虚此行。其实这些年在拍卖会上时常能看到《嘉兴藏》零种，售价并不很贵，我陆续购得其中一些有特殊年款的，比如仅在拍卖会上出现过一次带有"南明"款的。

走出藏经楼，张居士带我去看了一处重要的遗迹。在一处花园旁边堆放着一些残石，张居士努力搬开残石，让我看一块方棱形的石制构件，上面隐隐能够看到"明幻予本禅师之塔"。见此我大为兴奋，因为这正是《嘉兴藏》的后期主持人幻予法本墓塔上的构件。前面提到密藏道开突然隐去，《嘉兴藏》的刊刻由幻予法本继续主持，可惜此后不久，法本也圆寂了，他圆寂的时间没有记载，今日能看到这个残石构件，至少说明他圆寂后也葬在了径山。

参观完之后，张居士带众人到茶室喝茶，我想起上山路上的那个疑问——在这大山之上刊刻并没有比五台山方便多少，虽然我知道《径山藏》是由许多寺庙共同刊刻，但重要地点毕竟是在这里。张居士说，经板确实是在山上刊刻的，但后来板片被搬到了山下的化城寺，而后就在化城寺进行刷板。我对此很感兴趣，向他提出能否带我们前往一看。张居士也不确定化城寺的具体地点，他打了几个电话，最终找到带路人，于是我们乘车下山。途中路过一个小村庄，张居士说，当年虚堂智愚墓塔上的构件就藏在此村一个老妇家里，八十年代有日本僧人专门来此朝拜过，并且嘱咐她要好好地保存。二〇〇九年，径山寺复建时找到了这位老妇，给了她五百元钱，准备装车将构件拉回寺内，但在出村时被老妇的儿子和儿媳拦下来，说给的钱太少。几经交涉，构件还是被拉回了寺内。我说在寺里并没有看到这个石制构件，张居士说他忘记介绍了，这是我此次寻访的遗憾之一。

我们在山脚下找到了那位带路者，而后驶进一个村庄，在村庄

※ 万历年间所铸铁鼎
※ 唐代的龙井至今还在引用

※ 万历原本《嘉兴藏》零种
※《嘉兴藏》影印本封面及内页

的正中看到了正在复建的化城寺。此寺颇为怪异,似乎处在住家之中,在一扇简易门上写着"化城禅寺旧址",侧旁的土墙上则挂着一块"化城禅寺旧墙"的牌子。此寺在宋代极其出名,没想到今日却是这般模样。走进寺内,在两排房子中间夹着一个水塘,水塘的正前方端坐着一尊佛像,寺内空无一人,这时从对门走出一位中年人,我向他了解此寺的情况。

此人叫王福生,院子后面的新房就是他的家,他说当年《嘉兴藏》的经板就封在这里的夹墙中,土改后"文革"前,当地的农会从墙里抽出经板劈柴烧火,几年时间就烧光了。原来这经板仅仅消失了几十年而已,虽然我知道它已不存在,但听完描述还是颇为痛心。他说化城寺是在万历年间重新建造的,目的就是为了藏经板。我问他何以知道得这么详细,他说这件事在钱谦益的《牧斋初学集》中有记载。一位山野村民竟然能说出钱谦益及其著作,立即让我刮目相看,于是进一步向他请教一些细节。他转身回屋,拿出了几张影印件,指给我看上面的几个字,正是钱谦益所写的《化城寺重建大殿疏》。他还向我讲解文中的一些论述,这真让我感慨:处处有隐者,乡间有高人。我又问,如今为何成了这副模样?他说,化城寺的住持在一〇七岁圆寂后,这里就再无僧人,渐渐就成了这个样子。

至于为什么将经板从径山寺运到化城寺,冯梦祯在《议复化城缘引》中说:"径山为东天目正干,五峰攒回,中开佛界,我东南胜道场无逾此。而云雾笼罩,十日而九,藏板其中,最易朽腐,又不得已而有化城之议。化城踞径山之东麓,去双溪数里,地坦平无云雾,既便藏板,而输工力,事事皆宜,因故址而新之。"

这终于解开了我的疑团,原来当时的人也认为在山上刊刻太费力气，所以才运到山脚下的化城寺。但那时的化城寺已经变成了废墟，于是众人又捐款将此寺重新恢复起来，冯梦祯也为此捐了一笔钱："先为屋十间，令足以安经板，处工匠，而庀役徐俟其后。既无甚难举，今约同志以十缘借之。缘五十缗，祯虽贫，独任一缘。夫刻经大役，自北而南；而其南也，又自径山而化城，三徒而后定。"这笔捐款使得化城寺先盖起了十间房，将经板藏于此。

其实经板运到化城寺不单纯是因为保存上的便利，我们前面提过，《嘉兴藏》是在多个寺庙刊刻而成，而这些经板要汇在一起才能刷印。清顺治二年，也就是南明弘光元年，利根上座"欣闻新主登元，大兴善事，上疏请旨，催四方已刻之板，同归径山"，那时的江南还是南明的天下，弘光帝登基后，利根法师向弘光皇帝提出，希望能够批准把各地刻的经板汇集到化城寺来。这件事并不容易，此后不久，弘光朝就被满人消灭了。

清顺治十七年（1660），寿光主持寂照寺，他找到钱谦益，希望能帮忙将经板运回化城。钱谦益给同乡王澧写了封信，信中有这样的话："径山寿光上人，律行高峻，此土真清净僧也。近以载经板过关门，辄以一言为先容。不但求免榷税，意欲求为金汤护法，了大藏浮图合尘之举，庶几现宰官身，不负灵山付嘱耳。"王澧时任水部司主事，当年运经板主要靠水运，钱谦益说径山寺的寿光人品很好，近来寿光想把经板运到化城寺，要过王澧所管辖的关口，希望王能够免税放行。看来那个时代想做成一件事也要托熟人。

萬厤藏

《万历藏》收藏地：宁武延庆寺

—— 颓殿危阁，当年经满楼

　　从应县上高速往宁武县方向行驶，到达朔州后下高速，走省道，路况极差，运煤的大货车一辆挨着一辆，把路面压出了很多大坑。不知什么原因，有大坑的路面基本都在左侧，这些大货车不愿意在坑中颠簸，几乎清一色的逆行行驶，这使得我们的车不断地紧急避让，危险程度远超寻常。

　　一路穿行，总算进入宁武地界。县城处在四围群山的一块盆地内，直到今天，到达此县仍然没有高速，这在当今自然是经济落后的一种表现。转念思之，《万历藏》能够基本完好地保留下来，可能也正是因为这里交通闭塞。

　　我所查得的资料，延庆寺位于山西省宁武县城九百户街。沿途打听，几乎没人知道，问到一位卖猪肉的，闻我所言，他竟然十分气愤地说："宁武县哪有这么个街名？"边说边挥动着手中的屠刀，吓得我连连道谢后赶快上了车。看来"九百户"这个名称不确切，那应该叫什么呢？也许是"八百户"？司机闻我所言，哈哈大笑，想必觉得我这种猜测好弱智。但没有其他办法，我准备以一百户作为一个递减阶次问下去。见路边迎面走来一位戴眼镜的老汉，我觉得应该靠谱，于是上前问他，八百户街在哪里。他马上告诉我："沿此前行，穿过城门楼不远就是。"

　　一下子就蒙着找对了人，反而令我目瞪口呆，司机又在车里哈哈大笑起来。老汉莫名其妙地问我："到八百户街找哪里？"我说："来找延庆寺。"他马上说："那条街现在叫延庆寺路了。"闻其所言，我才知道自己的愚蠢：管它九百户还是八百户呢，直接打听延庆寺不就得了。

　　谢过老汉，按其所指继续前行，果真看到一座仿古城门，可惜

※ 新修的延庆寺山门

门洞太窄,汽车无法错行,只能等到对面车流的间隙,迅速地挤过去。此时已是正午,附近有一所学校,接孩子的车把路堵得满满当当。好不容易穿过拥挤地带,在距城门楼一百米处,看到延庆寺的路牌。然而路口停着一辆车,把路彻底堵死,没办法,我只能下车,徒步进入。

延庆寺路很窄,迎面错车都很困难,而且还是一条上坡路,有一半的路程坡势较陡,于我而言,步行上坡有些吃力。好在这条路不是柏油铺设的,而是由棱形水泥块拼建而成,这些水泥块有的已经残损,反而给我留下了踏脚之处,在路的尽头,就是延庆寺的山门。

从外观看,这座寺修造的时间并不长。我看过一些介绍,都在感慨寺院仅存遗址,而我来到此处,却能得见修好的寺院,也是对自己辛苦寻访的小小安慰。站在山门处向下望去,大半个宁武县城尽收眼底,远处绵延的群山衬托出此地的荒僻。

延庆寺不收费,院中出奇地安静,没有香客,也看不到僧人。入口右手边的位置有三开间的仿古回廊,墙上贴着的告示引起了我的注意。告示上写了三个大字"抄经处",小字写着"完善明代国宝《万历大藏经》缺少150册的手抄善举工程",底下写着三位联系人的姓名及电话,其中第一位为"释满航",看来是本院的住持。告示左侧还有两块展板,其中之一是《万历南藏》捐款名单。

我来此处寻访的目的,就是因为这里曾藏有这么一部大藏。早就听说,这部大藏在三十多年前就被运到了县文管所,而今此寺仍然在补抄所缺部分,看来这里的僧人对这部大藏极其重视。正当我在拍这几块告示板时,从后面走来两位僧人,其中一位问我为什么要拍告示,我告诉他,自己前来此处就是为了探访收藏《万历藏》的遗迹。他又问我从哪里来,我告诉他从北京来。他接着问想看什么,我说想了解当年在哪个殿存放这部大藏。

　　闻我所言,这位僧人说:"跟我来吧。"便沿右路向延庆寺的后院走去。走到最后一进新修的佛殿,接着右转,在此殿的右侧有一条一米多宽的夹道,顶头有个小院,院门很简陋,让我想到"小扣柴扉久不开"。而夹道的地面却是用较为平整的大块鹅卵石铺就,从磨损程度看,这一定是当年的旧物。

　　僧人推开"柴扉",示意我进院。眼前所见,是一座破烂的四合院,其破烂程度跟前面新修的庙宇形成了很大的反差。顶头位置是一座两层的老殿,右侧依然是老旧的偏房,而左侧偏房则已改装上了新式铝合金门窗。院子的正中有两棵杏树刚刚绽放,花瓣一红一粉,给这个破败的院落增添了几分生机。

　　僧人带我走到二层的破殿前,告诉我这就是当年的藏经楼。此楼的破烂程度让我吃惊,我问:"为什么前院的殿宇如此新,后面的老殿却不做修缮?"他说:"这涉及院落内的搬迁问题,因为左右两侧的厢房仍然有居民居住。"同来的僧人纷纷说,平常人家住在寺内对家人很不好,但这些人就是不肯搬走。并告诉我,带我前来的这位僧人,就是本寺的住持释满航。

　　从外观看,藏经楼是砖木结构,二楼的回廊依然有当年的木雕板,花饰颇为精美。可以想象,当年藏经楼是何等的漂亮与壮观。而今一楼封着门,二楼的楼梯已经改为简易的木条与原楼板搭在一起,望上去颇为刺眼。古人做事的认真与今日工匠的草率,形成了较大的反差。我问释满航,那部大藏原来藏在哪里。他告诉我,就藏在二楼之上。于是我们沿着颤巍巍的简易楼梯登上二楼。

　　门上的锁一拧就开,进入室内,空荡荡的没有任何摆设,地上到

※ 藏经楼
※ 木结构细部

处是垃圾,房梁却十分粗壮。释满航指给我看当年藏经柜摆放的方式,边说边叹息。看罢,我下楼接着拍一楼的院落。这时从西侧的房间里走出一位老妇,兴奋地问我,是不是这里要拆迁,而后不停地向我抱怨,住在这西屋里是何等阴冷。我马上向她解释,自己只是为了写一本书而来这里拍照,对于拆迁之事无能为力。

老妇的脸上现出了失望之色。而后我向她请教,院中的这两棵杏树,为什么花瓣颜色不同。这个问题让老妇又高兴起来,她说,这两棵树的品种不同,小棵产的杏个头小,但是甜度大,大的那棵果实味道也不错,只是我来得早,要是再晚一两个月,就能品尝到这两种不同的杏。我对此也表示了深深的遗憾。

跟着释满航回到前院,我问他补抄大藏的情况。他说主要是自己在筹划,而后把我带到方丈室。此室的外间布置成接待室的模样,墙上挂着一些字画,其中有一张碑记写得顶天立地,他说是出自自己之手。一丝不苟的工楷能写这么大幅,顿时让我平添了几分敬意。我问他,可否跟这张碑记合张影,他笑了笑说,出家人还是不照相吧。旁边还有几张字画,他说是别人所写。

释满航把我领进内室。这间屋的左侧是他的卧具,右侧是写字台,中间的一张小桌上摆放着两摞佛经,他说这就是自己补抄的《万历大藏》。而后他将一册放在写字台上让我拍照,同时又拿出几页纸,是补抄《万历大藏》的倡议书和说明书。释满航告诉我,这里原藏的那部大藏,总计缺一百七十多卷,他已经补抄出五十多卷,其余仍在努力补抄中。我问他,多长时间可以抄完一卷,他说,平均十几天。而后他拿出一个文件夹,里面是一些报纸和书刊的复印件,谈的都是《万历大藏》的发现经过及文献价值。

　　看完他的辛苦付出,我向他献疑:"听说这部《万历大藏》就是《永乐南藏》?"释满航对这个问题不置可否,只说这部大藏十分有价值,同时又问我国内藏有多少部完整的大藏。我告诉他,宋元版没有几部,主要就是明代所刻的《永乐南藏》,这部大藏流传广,并不稀见。闻我所言,释满航没再说什么。

　　我向他告辞后走出方丈室,在院内又拍了一些碑记。告别时,我又问了一遍:"您知道这部《万历大藏》就是《永乐南藏》吗?"他眼睛望着远方,轻轻地说了一声:"是。"

　　对于《永乐南藏》的发现经过,段新龙在《宁武〈万历藏〉略述》一文中称:

　　"宁武《大藏经》发现于20世纪70年代末。当时,山西省文物部门下文通知,要求各地开展调查和征集古籍善本书工作,宁武文化部门响应号召,成立了'古籍善本书征集办公室'。在得知宁武延庆寺中的宝藏楼有一批'古籍善本'后,便前去整理,结果发现这是六千余卷的'大藏经'。大藏经存放于八个一人多高的大书柜中,柜门上贴满了各种封条,多处隐约可见'大明××年封''大清××年封'的字迹。楼内空气污浊,地上尘土厚积,墙面潮湿不堪。于是工作人员便进行了紧张的抢救转移工作,最终于1979年初移藏宁武县文化馆。"

　　由此可知,当年这部大藏是被封存在延庆寺的藏经楼里,在偶然的古籍普查征集中才被发现。

　　宁武县文化馆把这部大藏拉回去之后,引起各界的关注。上世纪八十年代初,《中国文化报》《羊城晚报》《山西政协报》等都报道过这个发现,引起了学界的关注。童玮先生就曾来宁武县文化馆,仔细研究了这部大藏,他通过经内的补抄部分,认为有可能是一部《永

乐南藏》的覆刻本,并将这个发现写入他编的《二十二种大藏经通检·汉文大藏经简述》一文中。对于这部大藏的版本情况,文中称:

"《万历藏》——约在明神宗万历十七年(1589)至清顺治十四年(1657)刻造的私版大藏经。1983年11月在山西宁武县发现,宁武县文化馆藏。这是一部几乎完整无缺、未见记录的大藏经。全藏678函,千字文编次由'天'字起至'鱼'字号,共入经、律、论、集传等1659部,6234卷。现存660函,1563部,5997卷,缺失18整函及少数零本共96部,237卷。原藏广西全州金山寺,部分卷册内盖有'广西全州金山常住'长方形两行文字图记。后来移藏于山西宁武县延庆寺,何时由广西全州移至山西宁武,已无考。"

此段叙述列出了该部大藏留存的具体情况,其中谈到缺失了十八函及一些零种,所缺部分总计237卷。而释满航告诉我缺一百七十余卷,可能是此后又找到了一些零卷。但这部大藏却钤有广西全州金山寺的藏印。是何时从广西的金山寺运到山西宁武的延庆寺呢?童玮先生称"无考",而段新龙文中却有这样一段话:

"在《万历藏》部分卷册内盖有'广西全州金山寺长住'长方型图记,以此可推知《万历藏》最初藏于广西金山寺。金山寺位于广西全州枧塘乡,距山西宁武县全程约1800公里,以古人行车速度,约需要一个月时间才能走完路程。《万历藏》有600多函共六千多卷经文,需整整八个大木柜才能装完,而八个木柜有几个还标明是全州金山寺原产的。宁武的延庆寺和全州的金山寺现今只剩下遗址,已经无从考证当时转移的具体原因了。"

这段话没有讲清楚是何时因何缘故把这部大藏从遥远的南方运到北方,但却有一个重要的信息:当年从金山寺启程时,将八个大经柜一并运到了宁武。可惜我此程没能看到当年的原装经柜。

这部大藏被移送到县文化馆后，童玮进行了仔细地查看，他认为：

"1979年初方由延庆寺移藏于县文化馆，经整理后，按原千字文编次函号排列上架。调查时，经过详细比勘，此本系《永乐南藏》的覆刻本，由明代惠王选侍王氏发心在南京重刊，一部分明代职位较高的官员，如陆光祖、钱谦益、周天成、吴崇宗等和信徒们助刻。扉画右下角有'南京桥卢巷内街口××印造'。这部藏经中，补雕卷册甚多，补雕本多系方宋体字样，不少卷册有书经和刻经人题名，粗略地统计一下，就有四十人之多。"

童玮先生的结论是：延庆寺的这部大藏为明代覆刻的《永乐南藏》本。为什么要予以翻刻呢？童玮先生接着说："从补雕卷册之多这一点，似可说明问题。《永乐南藏》经板传到万历年间，在近170年内，因刷印过多，毁损严重，已不能印刷，于是遂有此次的重刊雕造，并增入了《永乐北藏》本万历十二年续入藏经41函，36部，410卷，最后又编入'鱼'字函的《天童密云禅师语录》13卷，1函，而成为678函。此外，本藏目录不载，但又实存于'大'字函中，有《大明仁孝皇后梦感佛说第一希有大功德经》2卷1册。"这就是《万历大藏》名称的来由。

这个结论后来被许多文献引用，比如吴枫、宋一夫所编的《中华佛学通典》，书中关于《万历藏》的叙述，基本是照录《二十二种大藏经通检》的说法，其结语是："此藏的被发现，在我国佛教文献学的研究上具有重要意义。"

此后，何梅先生也到宁武县文化馆查看了这部大藏，她认为，

※ 延庆寺修造完好的部分
※ 刻石

《万历大藏》实际上是《永乐南藏》的续修本，而不是覆刻本。李富华、何梅所著《汉文佛教大藏经研究》第九章中"关于《万历藏》的问题"第一段话就说：

"1983 年 11 月童玮先生在山西宁武县文化馆考察时，发现馆藏的一部大藏经是以前未见记录的私刻版大藏经，并定名为《万历藏》。此后在 1992 年出版的《中国大百科全书·宗教》和 1997 年出版的童玮编《二十二种大藏经通检》中均有专文介绍。为此，我们于 2001 年 6 月亦赴宁武县文物馆实地考察。不过我们认为：这是一部《永乐南藏》的续修本，即明永乐以后至清顺治期间的续刻及修补本。这部反映了《永乐南藏》最终面貌的藏经本的发现，为我们全面了解《永乐南藏》的雕刻史，提供了极为宝贵的实物资料。"

文中从五个方面论证了这个结论，如第一点："我们见到宁武文物馆藏本中有相当一部分是永乐原刻版，是官版大藏经本。只有万历以后修补的经本，多数可见信佛者施资助刊的题记。因此我们认为不能以修补的经本属于私刻，就判定整部大藏经是私刻版大藏经。"

文章最终的结论是："我们已知明万历三十年，葛寅亮将《永乐北藏》续入藏经 41 函重刊续入《永乐南藏》时，用的正是方宋体字。此后松影修藏十年，所用也是方宋体字。因此以宁武县藏本有甚多之方宋体字补雕卷册，便认为是《万历藏》的版本特点，孰不知这一特点恰好说明此部大藏经就是《永乐南藏》的续修本。"

即便如此，李富华、何梅还是肯定了这部大藏的价值："为我们全面了解《永乐南藏》的雕刻史，提供了极其宝贵的实物资料。"我觉得这个说法颇为公允：不管是万历年间的覆刻，还是《永乐南藏》的续刻，延庆寺所藏的这部大藏都依然有其价值。

※ 《万历藏》（实为《永乐南藏》）

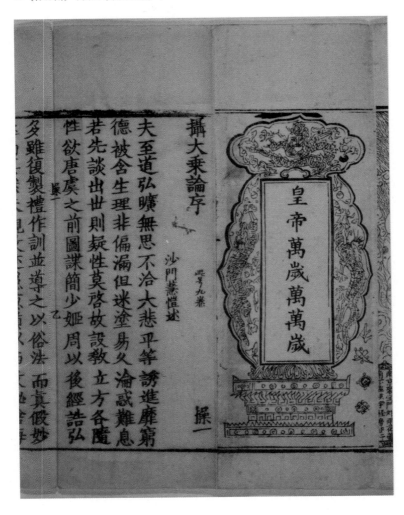

二〇〇九年，宁武县文化馆推荐该藏参加《国家珍贵古籍名录》的评选。经国务院批准，该藏入选第二批《国家珍贵古籍名录》。国务院颁发的证书上写明："山西省宁武县文物馆藏，明永乐十年至十五年刻，明清续刻本《永乐南藏》六千三百三十一卷续藏四百十卷，现存五千八百七十九册，入选第二批《国家珍贵古籍名录》（编号 04950 ）。"这就等于给这部大藏的版本下了结论。

从延庆寺出来，在县城内吃罢午饭，准备驱车前往忻州。以我的习惯，一定要打听好路线，因为人比导航仪要靠谱。但司机认为这是我的偏见，既然方向盘掌握在他的手里，那就听之由之。驶出三十公里后，我们才发现完全走错了方向。向路边的村民打听，结果需要重新返回宁武县城。此时我们已经疲惫不堪，再加上路况差，实在没有返回的勇气。于是老乡又指着一条小岔路，说沿此穿行，走九十公里就能进入忻州。

九十公里听起来倒是不远，然而那是平坦大道的概念，我们的车前行不远就驶入了大山之中，盘山路多急转弯，车速又慢，一路上险象环生。到了这种境地，只能咬牙一直向山里开进。山路沿着一条溪水蜿蜒铺就，虽然已经到了四月中旬，山中仍有大片冰雪未曾融化。开到山顶后，车又盘旋下行，在悬崖之畔，时不时能看到成片的杏花，自然的美态和颜色的对比，时不时让我睡意惺忪的眼睛为之一亮。用了三个小时，我们终于驶出了山区。

为什么有大片的山横亘在这里？这时我突然明白了：我们从太原前往应县时穿越了雁门关，返回时却走了另一条路，越过了那著名的关隘。如此想来，不走雁门关也照样可以翻越这片大山，真应了那句俗语：没有过不去的火焰山。

《龙藏》刊刻地：北京贤良祠

——中国特色，闲人免进

龍藏

以前我没有注意过，《龙藏》的刊刻地就在北京贤良祠。某次，跟《文物》杂志执行主编李缙云先生谈事时，偶然聊到了这个话题，他告诉我贤良祠刻板的情况，我马上想去一探究竟。李先生劝我别着急，他说，听说贤良祠不让外人参观，他每天上下班都会从那里路过，可先代我去看看。两天之后，李先生打电话给我，说那个地方被"同仁堂"包了下来，确实不让外人进入拍照，他还向我仔细描述了所见的情形。听他这么一说，我知道那里不是在搞一般的营销活动，恐怕是很具中国特色的一种方式，于是打消了前往拍照的念头。

此后不久，在故宫图书馆翁连溪先生的安排下，我们几位朋友前去参观《龙藏》刷印的现场，那壮观的场面又激起我想去看一看这套大藏刊刻地的欲望。兴头来了，顾不了那么许多，径直开车来到贤良祠附近，就在平安大街的街面上。而今平安大街已成为北京东西走向的两条主干道之一，停车变得很困难，我兜了两圈仍然没找到停车位。在兜圈子的过程中，竟然绕到了北海后门，于是把车停在那一带。先进去拍了松坡图书馆，出来时向停车管理员打问，然而他对贤良祠没有概念，我猛然想起那个"同仁堂"，换了个问法，他果真知道。但他告诉我，"同仁堂"已经搬走了，恐怕我想去"买药"的愿望不能实现。闻他所言，我心中一喜。他说还有一站地的路程，烈日炎炎之下，我已经大汗淋漓，一咬牙还是上了车，再次驶到贤良祠门口。门前几辆旅游大巴把便道占得几乎没有空隙，我见缝插针的车技也无从施展，这时猛然看到旁边就是齐鲁饭店，在保安疑惑的目光中，我把车停在了饭店院里。

贤良祠的侧墙上贴着几个告示，说明"同仁堂"已经搬走，然而大门却紧闭着，从外面看，门上没有挂锁，于是我大声敲门，却听不到应答声。旁边几位中年妇女告诉我，没有人，不用再敲了。但我灵敏的耳朵和天然的直觉能感觉到院里有人，虽然两扇大门中间的缝隙很小，多年的探访经验让我知道该怎么解决这个问题。我用双手分别扒住左右两扇门，使尽力气拼命向内推，在弹力的作用下，两扇大门果真露出一寸宽的缝隙。一眼望去，里面至少有几十个人在走动。旁边的几位妇女警惕地看着我所做的一切，我松开手，很不客气地说了一句："里头果然没人，但有好多的鬼。"这句话让那几位妇女掉转脸去，后退了几步，但这情形让我明白，想进去拍照，已经不可能。

于是我站在门前四处拍照。贤良祠的大门保护得很完整，旁边的文保牌讲明贤良祠的由来。从墙外望进去，院内的琉璃瓦闪着耀眼的黄光，里面的古树与红墙红绿相间地搭配在一起，显现出中式的幽深古意。贤良祠的左侧即是齐鲁饭店，我想着这两个院落只一墙之隔，是否会有侧门可以通过，于是再次走入饭店院内。院里有十几位工作人员正在摆放桌椅，我向一位年长者探问。他说，两个院落之间没有通道，贤良祠只有一个正门，其他三面都没有门。我接着问，为什么院中有那么多人，却从里面反锁着，不让进入。这位长者看了我一眼，然后一笑说，这是一种经营方式，我应该明白。

从齐鲁饭店出来，我又看到"同仁堂"搬迁的告示。贤良祠的门牌号是"地安门103号旁边"，而那个告示写明，"同仁堂"已搬到102号，于是我走到102号想看看这里是否有通道。102号是另外一个单位，收发室的人告诉我，这个院落跟贤良祠没有通道。如此看来，那个告示恐怕是一种烟雾弹。来此之前，我在网上看到贤良祠正门的照片，门楣上挂着巨大的"同仁堂"字样，下面的跟帖是一

※ 几位妇女一直守在贤良祠门口

片骂声，有不少人来此参观，都因为这里变成"同仁堂"的经营场地而遭拒，今天我之所见，看来是群众的呼声起了作用，"同仁堂"的匾额已然除去，但实质问题并没解决，贤良祠依然不能进去参观。

其实这一带我曾经来过很多次，贤良祠的斜对面即是北京市文物研究所，当时我来这里倒不是搞什么文物研究，而是因为陈东先生最初搞拍卖，是借万隆拍卖公司的牌照，万隆公司的拍卖地就在文物研究所院内。那座院落的建筑规模要比贤良祠大许多，处在一小片高地之上，每次到这里来看书，都要提前通知门卫打开大门，以便让车迅速地冲上门内那个坡度较大的上坡路，刚冲上的一瞬间，又要立即踩刹车，因为院落很小，停不了几辆车，这可是个考验车技的地方。陈东离开之后，我再也没来过这里，而今看着研究所的高大外墙，我又回想起当年的快乐，但当时却没有注意到斜对门即是贤良祠。

后来查资料，《龙藏》的刊刻地确实就在这里。清雍正十三年，皇帝准备刊刻佛经时，专门写了一篇《御制重刊藏经序》，其中有这样一句话："爰集宗教兼通之沙门在京师贤良寺，官给伊蒲，晓夜校阅，鸠工重刊。"为什么要刊刻这么一部大藏，他在序言中也做了说明："朕敕几之暇，游泳梵林，浓熏般若，因阅华严，知卷帙字句之间，已失其旧。爰命义学，详悉推究，讹舛益出，乃知北藏板本刻于明代者，未经精校，不足据依。夫以帝王之力洌成官本犹乃如是，则民间南藏益可知已。"

雍正说自己喜欢佛教，觉得有些佛经字句有误。他批评"北藏"虽是明代的官刻，却有如此多的错误，更别说民间那部"南藏"了。由此可知，雍正所读的佛经，就是《永乐北藏》，而他说"南藏"，其实是弄错了,因为佛教界所说的"南藏",指的是《永乐南藏》,《永乐南藏》同样是官刻,而非他所说的民间。序言中还有这样一句话:"明永乐间,刊板京师,是为梵本北藏,又有民间私刊书本,板在浙江嘉兴府,谓之南藏。"由此可知,雍正所说的民间"南藏",也就是今天常见的《嘉兴藏》,或者叫《径山藏》,只是没有人管这部私刻大藏叫"南藏"。强调这一点,是想说明另一个问题——在雍正准备修《龙藏》时,虽然觉得《永乐北藏》有错讹,但已经找不到更精审更完整的底本了,因此,刊刻的底本用的还是《永乐北藏》。那时又找不到其他大藏来进行校勘,这也正是《龙藏》的问题所在。

为什么称为《龙藏》? 不少文献上说"因其经页边栏饰以龙纹而称'龙藏'",其实这是个误会。《龙藏》的零本我看到过不少,经板也曾见过,经页上根本没有龙纹装饰。翁连溪先生在《清内府刻书》一文中也谈到了该藏的名称问题:"《龙藏经》是中国古代官刻的最后一部汉文《大藏经》,又称《清敕修大藏经》《乾隆大藏经》。然而,这些名称似乎远不如《龙藏》影响更广泛,使用更频繁。何为《龙藏》? 其说法有二:一曰因其每函首册刻有'皇图巩固,帝道遐昌'的御制蟠龙碑形牌记;二曰因经页边栏饰以龙纹,是以名之。其实,这并不是一个很严谨的称谓。"

翁先生虽然说《龙藏》的称谓不严谨,但他在行文中讲到该部大藏,也均称《龙藏》,看来习惯是不容易改变的。但他说明了人们将这部大藏简称为《龙藏》的原因,是因为每函的首册有个龙饰的标记,而非是以龙纹做边栏。这种以讹传讹,出现在不少著作里,至少让我觉得,恐怕少有人会认真地看一下他研究的那部经究竟是什么模样。

※ 清雍正十三年至乾隆三年内府刻本《龙藏》封面
※ 清雍正龙藏本《憨山大师梦游全集》

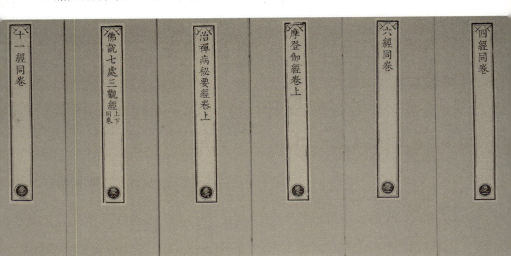

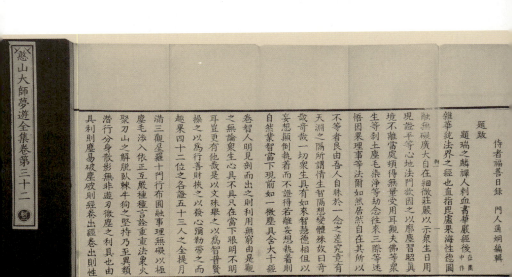

※ 清雍正十三年至乾隆三年内府刻本《龙藏》卷前扉画

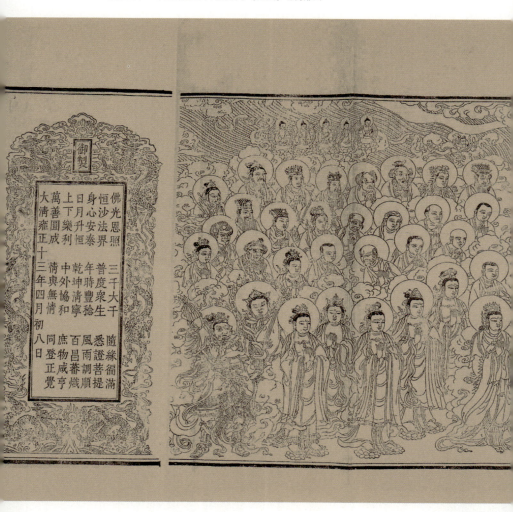

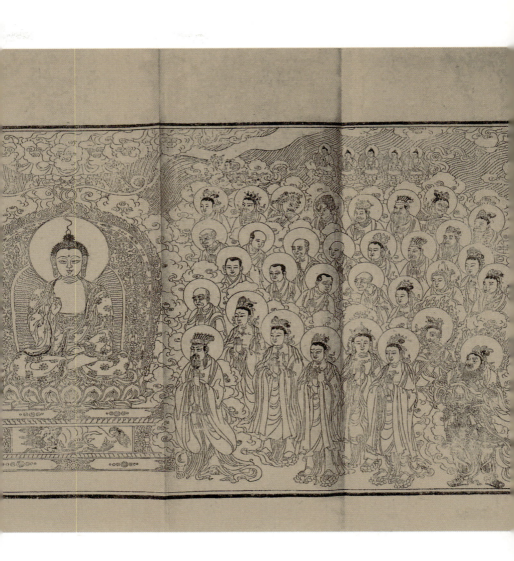

　　安排这个浩大的刊刻工程两年后，雍正就驾崩了，乾隆皇帝继续经营。到乾隆四年，大藏刊刻完毕，前后耗时六年，时间似乎并不是很长，但两任皇帝亲抓此事，都为其投入了很多精力。因为当时留有详细的资料，今天我们能够清晰地知道刊刻《龙藏》的全部过程。雍正十一年时，皇帝命令在宫里设置藏经馆——要做这么大的工程，当然要先组织领导班子，这个领导班子总计有 133 人，两位总管是庄亲王允禄、和亲王弘昼。以下是三位校阅官，其中之一就是梁诗正，另外还设监督、监造等职位。领导班子下面管着具体的工作人员 869 人，其中刻字匠最多，有 691 人，还有刷印匠 71 人，木匠9 人，折配匠 50 人，界画匠 36 人，合背匠 12 人等。

　　虽然队伍庞大，但在实际操作过程中，同样有这样那样的问题。首先，刊刻需要相应的木板，整部《龙藏》需要近八万块。藏经馆开馆之后，皇帝派人到河北、山东等地采购梨木，因为《龙藏》的开本较大，合格的木料很少，采办人员用了一年的时间，才买到一万多块。官员们感觉难以向皇帝交差，于是就开始摊派，强制要求一些州县必须交够数量。但梨木板片属于天然材料，催得紧了，只能滥竽充数，于是有的地方就交来用几块木板拼合而成的板片。板片运到贤良祠，质量监管把不合格的挑出来，又运了回去。这种做法搞得地方官员很有怨言。乾隆元年九月，有位叫程盛修的御史给皇帝上了奏章，说这种购买梨木经板的办法，让地方官员和老百姓太难交差，他建议接受三合一或者二合一的经板。乾隆觉得言之有理，就给总管允禄下了旨意，让他们照此办理。

　　按说，皇帝已经下令，办事的人执行就罢了，但这位允禄属于死心眼，他竟然给皇帝写了一封很长的奏章，极力反对使用拼合板。

他说自己反对的原因，是事先搞了调查研究："据刻字匠禀称，经板长大，两面见刻，肿节、潮湿且不可用，何况拼合。若只顾目前，苟且塞责，恐日后易裂，不惟徒费钱粮，亦且难垂久远。"允禄说，因为经板尺幅大，并且是两面刊刻，拼合板时间长了肯定会开裂，不能流传久远。为了说明历史的经验教训确实如此，他又做了如下说明："臣等即查前明永乐年间库存经板，俱系整块，并无拼合。因年久朽坏，于康熙四十二年间重复修补。其中杂有凑合之板，今已全行脱落损坏，与刻字匠所禀难历久远情由，毫无虚假。如果拼合之板不妨应用，实属省便，诚恐过二三年间，仍复损裂，是以臣等不敢擅用拼合与肿节、潮湿之板。"

允禄的说法透露出另一个信息，就是在乾隆初年，《永乐北藏》板片仍在，并且在康熙年间还做过修补，而今这些板片再也见不到了，至少我还没听说过有谁曾目睹过《永乐北藏》的原板。

允禄的据理力争，可能让皇帝有些为难，因为如果他下令用拼板，那今后出现损坏，官员们就没有责任。但御史所言也有道理，总不能为征集板片，搞得官逼民反。不过允禄的奏章不只是讲困难，也讲了解决的建议。他说，交上来的板片有十分之一左右不合格，理应退回，退回之后并不浪费，因为别人可以用它们刻其他的书。其实允禄所说也有道理，去年我在榆垡看到《龙藏》的板片，比一般书板的长、宽、高都要大两倍以上，其他板片很少有像《龙藏》这样又大又厚。找这么多上好木料确实不易。

乾隆觉得允禄说的也有道理，于是他做了折中，下了三道旨意：第一，地方送来的板片，不论合用与否，一律收下，合格的用来刻《龙藏》，不合格的给内务府，刻其他的书；第二，以前所定的采购价格是每片白银三钱二分，如果这个价格收不到好板子，可以酌情提高，以体恤百姓的不易；第三，要求内务府查收板片时，不得故意压级压等。

这道旨意果真有作用，一是平息了大臣之间的纷争，二是收板速度明显加快。此后不久，交上来可以用作刻经的板片有 37,400 多块，不能用作刻经的板片也有 16,000 多块，很快就解决了经板不足的问题。

板片问题解决了，刻工却不够。允禄为此又给皇帝提出以下建议："再查京师刻字匠役，不过四百余名。除上谕馆、武英殿等处雇用二百余名外，所余无几。今板片如蒙俞允交地方官采办，则板片可以敷用，但刻字匠役不能多得，于工程仍属迟延。臣亦请交三处织造，照所定刻经板一块，工价银七钱二分之例，令其召募数百名来京刊刻，庶时日不致迟滞，而工程均有裨益矣。"

后来果真解决了问题。但是为了刊刻这部大藏，清政府也花了不少钱。当时为了买板片，就花费白银 25,290 多两，雕刻经板又花费了 56,900 多两，合计 82,000 多两。不过皇帝刊刻这部大藏也并非为了挣钱，当时刷印一部大藏，仅纸墨和工价成本就达 625 两 9 钱 6 分，而售价仅为 668 两，基本上只是收取成本费而已。

经板刊刻完成后，就进行了首次刷印。李富华、何梅在《汉文佛教大藏经研究》中对首次刷印的数量有这样的说法："清《龙藏》于乾隆三年（1738）十二月刊成后，次年即刷印了 100 部，颁赐京内外各寺院。"而翁连溪先生则说："乾隆四年（1739）首次印一百零四部，是为初刻原刊本，二十七年又增补刷印三部。"由此可知，《龙藏》的初刻初印本是 100 到 104 部之间，在清代曾多次刷印，李、何

※ 《龙藏》补刻本的朱印本

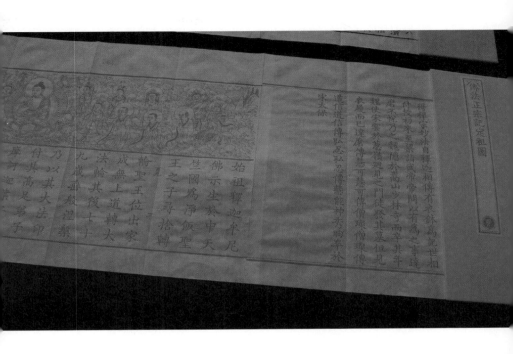

先生的著作中,有这样的列表:

"乾隆二十七年(1762) 3部

乾隆五十四年(1789) 1部

嘉庆二十四年(1819) 3部

道光六年(1826) 4部

道光十四年(1834) 4部

同治十年(1871) 1部

光绪年间(1875–1908) 10部

宣统三年(1911) 6部"

对于民国到现在的情形,李、何的说法是这样的:

"《清藏》的第二次大规模刷印是在民国二十一年(1932),国民政府林森等人为南京中山陵筹建藏经楼,发起请印《龙藏》。全国各名山大刹亦随之陆续请印了22部。

"第三次大规模刷印是在1987年,文物出版社印行了78部。宣纸刷印,成书尺寸36×13厘米,明黄色布面经折装,蓝布函套,国内预订价86,880元。其中有10部为豪华装,金陵缎封面,仿宋锦函套,国内定价550,000元。"

翁连溪先生则说:"其后,嘉庆二十四年刷印三部,道光六年、十四年又以聚珍馆存银各刷印四部,寺庙禅院自备资金请印大致在二十部上下。入民国后,1933年林森等人发起在南京中山陵建藏经楼,安奉历朝大藏经。当时佛教界著名人士及南北各大丛林群起响应,筹资附印达二十二部;1936年,宋哲元等八人组织筹资刷印八部,以上也许并不是一个完整数字,尚有零星刷印未统计在内,但合并计算,自乾隆四年至1949年二百余年间,总数也就在一百五十

※ 《龙藏》的牌记雕板

至二百部之间。"

李、何两位先生提到的第三次大规模刷印,是在北京大兴的韩营印刷厂。对于这个厂,书中有如此描述:"同年 10 月,智化寺所藏经板 73,024 块运抵大兴韩营古籍印刷厂。在一个约 1,200 平方米的农村大院里,将已混乱无序的经板重新整理,各归其位。"

几年前我跟韩营印刷厂打过多次交道。某天,跟刘洋先生又来这里看书,刘兄发现了一个残板库房,在里面竟然找到一块残损的《龙藏》经板。刘兄大为兴奋,高兴地把那块经板双手托举:"大家看,《龙藏》经板!"众人随着他的声音看过去,只见地面上有一双手托着经板,人却不见了。原来刘兄不小心踩翻了地上灰坑的木板,整个人掉了下去。他在那个灰坑里依然笔直站立着,双手继续托举着那块残板。众人赶快跑过去细看,只见他满脸黑灰,却满脸兴奋。

龍藏

《龙藏》刷板处：北京榆垡邦普印刷

——购得花梨木，补板再新刷

　　历代的《大藏经》经板唯一保存至今且相对完整者，就是乾隆时刊刻完成的《龙藏》。大约在上世纪八十年代初期，文物出版社曾经刷印过几十套，这套再刷本如今也成了抢手货。十余年前，有人想出售一套，朋友带我去看，经书大约仅存一半多点儿，当时开价一百二十万，这么个残本卖这么多钱，我还是觉得有些离谱。

　　二〇一五年听朋友讲，《龙藏》又要刷印了。此后不久，就在全国政协礼堂举办了发布会，我也在被邀请之列。到了现场才知道，我还被列为这部新刷《大藏经》的学术委员会委员。发布会很是隆重，偌大的政协礼堂几乎坐满了人。一套书搞这么大的宣传阵势，的确不多见。与会者都收到一套资料，其中有一册就是新刷印的《大藏经》零本，从刷印质量来说，我感觉优于三十年前那一部。

　　此后一段时间，常常听到关于这套经板刷印的消息。有一次，国图目录版本专家李致忠先生提到，他想去看看刷板的现场，这当然也是我感兴趣的，于是问明地点，约好一同前往。

　　刷板的地点在河北与北京交界的榆垡镇。刷印公司名叫邦普印刷，老板是何唯良先生。进入厂区，里边的建筑颇具西方流行的后现代风格，何先生说厂房的确是请外国建筑师设计的，我倒觉得这种风格更适合出现在798艺术区，与那里展览的后现代油画相得益彰，但是与刷印古书好像有些不搭。

　　在邦普公司的停车场见到了李致忠先生以及国家古籍保护中心的王红蕾和赵银芳两位女史。另外，还有文物出版社社长张自成、编辑部主任李缙云，以及故宫图书馆的翁连溪先生，大家一同走进会客室茶叙。在入口处看到影壁状的壁画，观音像绘制得十分精美且有古意，旁边立的说明牌称，这是法海寺的水月观音，原图是明代

※ 珂罗版水月观音像
※ 观音像细部能够看出手绘描金的突起

※ 刷板
※ 刷印时的压制过程

所绘,被誉为明代壁画之最,后来邦普公司用珂罗版技术将其复制出来。大家对这幅壁画的精美赞叹不已,可能何先生担心大家有非分之想,赶紧解释说这张壁画是一九九六年复制的,当时制作得很少,现在仅剩这一幅样品了。

茶叙之后,众人参观刷印场地,工人们正在用娃哈哈纯净水将一张张经板用喷壶均匀地喷湿。何先生解释道,经板太过干燥,需要加湿之后进行清理才能刷印出清晰的字迹。工人们一边喷水一边用一支油画毛刷清理经板上的污渍,另有一人用卫生纸一点点将这些污渍擦拭掉。何先生建议众人先去参观经板库,之后再回来细看刷板的具体操作过程。

经板库面积至少有五百平米以上,一排排地陈列在现代的金属架上,每五块捆为一匝,上面写着每片经板的编号,何先生说这是为了方便整理经板的顺序,同时也是为了防止其继续变形。经板数量之多超乎我的想象。几年前,翁连溪先生曾带我到故宫角楼上去看蒙文版《大藏经》,那数量已令我感到巨大,但角楼里场地有限,经板摞得较高,感觉不如这个库房有气势。何先生介绍说,这套经板本应有 79,036 块,但实际拉回 69,410 块,缺了 9,626 块。而这 69,410 块中有 20% 因为腐朽和断裂,已经不能再使用。他说出这些数字的流利程度不亚于顺口溜,可见业务精熟。

何先生让工作人员找出这套经板的第一块,看来"第一"永远让人重视,这块经板的待遇就跟其他不同:用黄绫包裹着,专门放在一个锦盒内。工作人员取出这块经板让大家照相,拍完之后,每个人又捧着经板一一与之合影。

关于缺失的经板,何先生说已经全部补配齐了。他自己出资进

※ 补刻经板

※ 牌记原板
※ 刷印出的牌记

口了一批花梨木，请了一批扬州师傅来雕刻。同时在社会上进行募捐，经板的侧面会刻上所有捐赠单位和个人的名字。他领众人来到补刻区，在那里我们看到了侧边带有捐赠单位题款的经板。我用手掂了掂，感觉补刻的板比乾隆原板要重很多，何先生说等刷板完毕后，会将这些经板捐给北京市文物局。

参观完经板，大家进入刷板区，里面几十位工人正忙着刷印，速度很快，能看得出这些工人不仅是熟练，还在工艺上动了很多脑筋，尤其一些小工具都是自己发明的。我还看到了一些像木活字字钉一样的东西，他们说是为了方便记录页码。

在装订车间，有许多工人正在把刷出的页子装配起来，装配过程也有许多小发明。比如，他们并不一张一张地折叠刷出的页子，因为这样速度很慢，而是五张一折，折起之后，从侧面用力一吹，五张叠在一起的纸页瞬间分开，折纸和分纸速度之快让我叹为观止。这道工序被称为"吹配"，我试着如此做了一番，发现将五张纸一口气均匀地吹开并不那么容易。

参观完所有工序后，我们来到三楼陈列处的入口，这里被巨大的幕布遮挡着，工作人员拉开幕布的一瞬间，所有人眼前一亮：两侧的巨大书架上装满了新刷印的乾隆版《大藏经》，那气势绝对震撼。何先生介绍说这是完整的一部大藏，总计有724函之多，对外的标价是六百八十万元一部，现在是按六折优惠价出售。看到经书的那一刻，我瞬间就想拥有一套，但想到自己的藏书楼似乎没有这么大的空间陈列，于是识相地闭上了嘴。

《普慧藏》出版地：上海静安寺

——贩毒修大藏，换来一条命

普慧藏

二十年前,国内的古籍拍卖仅在北京和上海两地举办,那时的上海拍卖中心始终围绕在静安寺一带,正因如此,每次前往上海参拍,我都会住在离静安寺不远的地方。从外观看静安寺很小,应该不是历史上的原貌,因为每次都心中有事,并无闲心游览,故里面的情形一直未曾得见。后来上海的艺术品拍卖活动中心转移到其他地方,近十年也就很少再到静安寺一带。而今为了《普慧藏》再次到访,这里已今非昔比。

上海人提到静安寺,并非专指该寺,大多指的是附近一带,这里是上海繁华的市中心之一,能保留下一座寺庙,当然不容易。令我感到意外的是,这里的外观已经有了极大的变化。一眼望去,处处金光闪闪,整个寺庙似乎比十年前有所扩展,所有的庙宇都重新做了翻盖,尤其是那屋顶,全部贴上了黄金。有一次当地朋友问我,静安寺屋顶上是真的黄金还是只是涂了金色,虽然那时我还没有看到实况,但以我的判断,寺庙少有用化学材料来涂装屋顶,因为那样的话,用不了多久就会应验那句古话:"运去黄金失色,时来铁也增光。"而今站在静安寺的山门前,望着这一片金光灿灿,果真印证了我的判断。

我到门口的售票处买了票,票价五十元,得到的是一张"香花券",上面竟然没有看到票价。进门时随口问保安,他指着票面说:"上面印着呢。"我盯着票面细看,原来用最小的字号印着"功德金50元"的字样。走进院内,游客众多,正中立着一只两房多高的大鼎,有不少游客围在下面,向上投掷硬币,地上散落得到处都是。这种感觉才是真正的"不差钱"。进门右手边摆着一个不锈钢货架,上面堆放着成把的香,下面有一长长的开口,上写"请香功德金,每把如意香功德金5元"。院落的左侧立着一人多高的巨石,旁边有多位妇女在用水刷洗这块巨石,我上前请教,一位妇女让我去看前面的介绍牌。正在此时,从后面走出一队僧人,看样子正在做法事,于是我继续向院落深处走去。静安寺仅一进,大殿之后则为僧房。即使是僧房,也建得古香古色,屋顶上的浮瓦均为铜铸,大殿后侧的壁画则全部是用不同色泽的玉石粘贴而成。总体观感,这座寺庙的富足程度,远超许多名寺。

当然,我还惦记着《普慧藏》原来的编辑部在哪里,于是向一位僧人请教,然而他完全没有听说过《普慧藏》这回事。我又去请教另一位僧人,依然没有结果。好在有史料记载,《普慧藏》当年的编辑部就设在静安寺内,而今虽然找不到,但来到了这里,也算是我对当年为编辑此藏而付出辛苦的前贤们的敬意。

为什么要编这部大藏?我还没有找到相关的历史依据,《汉文佛教大藏经研究》的说法是,这部大藏的编辑,可能是受日本编《卍续藏经》和《大正新修大藏经》的影响:"于是,在这年(1943年)9月,上海著名居士盛幼盦(法名普慧)发起,并邀请兴慈、芝峰、蒋维乔、丁福保、李圆净、范古农、夏丏尊、聂云台等僧俗佛教学者共同商议,决定成立以盛幼盦的法名命名的《普慧大藏经》刊行会。"此会由盛幼盦任会长,赵朴初、叶恭绰、丁福保等人任理事,同时聘持松、芝峰、黄幼希、许圆照、范古农、李圆净等为编纂,"会址设在静安寺(后移至法藏寺),经费由盛幼盦私人出资"。而净慧主编的《佛教人物古今谈》中直接说明:"上海普慧《大藏经》刊行会……该会由盛幼盦居士捐款50万元于1943年在静安寺集会。"

在此之前,中国历史上已有多部大藏流传,盛幼盦为什么要组

※ 站在高台向下望

织这么多人再编一部呢？关于这一点，该会发布的启示中有这样的说法："一为翻译南传大藏经，以与北传经籍汇合，俾如来一代时教，圆满无缺故。一为校勘各经本文字异同，以利学者研习故。一为搜集各藏未载之重要典籍，以广法藏故。"这段话明确地说明了编辑《普慧藏》的原因：第一，编辑部想把南传大藏和北传大藏进行融合；第二，是想将古代的经书进行全面校勘；第三，则是要搜集在传统大藏中没有收录的经典。

在该会的《征求佛教典籍启示》中，还明确标示出七点收录标准：

"一、中国各藏所未收，而其书确有流传之必要者；

二、中国各藏已收，而曾经撤出，但其书确有价值者；

三、中国各藏虽已刊过，而印本无传或仅存者；

四、中国各藏已收，而近发现善本，或曾经精确校刊者；

五、中国各藏已收之经、律、论、疏钞，后经汇合或重行汇合胜于前本者；

六、非汉文之佛教要籍，足供研究者；

七、清藏刊行后始发见，或著译之要籍。"

从以上几点可以看出，《普慧藏》并不是要覆刻历史上的某一部大藏，而是要重新编辑一部与以往不同的大藏。因为历史上刊刻的大藏都是在前代基础上进行增补或删减，而《普慧藏》明确写明只收各藏所未收的佛教经典；如果前代大藏已经收录过，但是到编纂《普慧藏》时已经失传，或者仅有孤本流传，那么也要将其收录进来；如果前代大藏已收之书不如后来发现的传本精善，那么这种传本也可收录。而其中的第六点更为奇特，明确说明要收录非汉文的佛经,这跟以前的汉传大藏体系完全不同。第七点则说明,在清代《龙藏》刊刻之后发现的新的重要佛教典籍,也将被收录在内。从这些收录标准可以看出,《普慧藏》不是要编一部完整的新大藏,而是要对传统大藏做补充,也可以说,是要编一部精选之藏。

如上所说,此藏从一九四三年九月开始编辑,但到一九四五年抗战胜利时,编辑工作就停了下来。这期间,总计编印出佛教典籍50种,装订为81册。书虽然是线装本,却是用铅字排印的。当时发下的宏愿,恐怕没能完成百分之一。

到了一九四六年,"民国增修大藏经会"在上海成立。关于此会的情况,赵朴初先生有如下讲述:"缁素大德虚云、圆瑛、太虚、应慈等三十五位法师,李赞侯、黄涵之、李圆净、黄幼希、吴政觉、方子藩、赵朴初等居士为监修;李赞侯、持松、黄幼希、范古农、夏丏尊、方子藩及朴初等二十余人负责编纂、经济、总务各部,经费由国内外善信捐助。"这个名单大多都跟《普慧藏》编辑人员相重叠。这时在编辑思路上有一些改变。如上所说,《普慧藏》只是要编辑和整理历代大藏失收,或者能够使大藏收录本更为完善的传本,而民国增修大藏经会却要集历代《大藏经》之总成。根据其所写的内容介绍,这部增修大藏要包含四部分内容:

"1. 写本,含敦煌本、圣语藏。

2. 大藏刊本,含宋《开宝藏》《崇宁藏》《毗卢藏》《圆觉藏》《碛砂藏》;辽《契丹藏》、金《赵城藏》、元《普宁藏》《弘法藏》;明《南藏》《北藏》《武林藏》《嘉兴藏》《嘉兴续藏》《嘉兴又续藏》;清《龙藏》《频伽藏》《百衲藏》;高丽《初雕》《再雕》及《续藏》;日本《圣语藏》《倭藏》《黄檗藏》《弘教藏》《卍藏》《卍续藏》《大正藏》等,即所谓'历

※ 佛坐上的铜雕
※ 玉雕构图

来刊行的汉文大藏经,凡是现在所知的无不列入'。

3. 单行本,含古佚孤本、近代流通本——百衲藏本。

4. 新译本,含巴利文经典译本、西藏文经典译本。"

由此可见,这部大藏的初始规划可谓海纳百川,计划要编成一部超过历代规模的全新大藏,如果真能够编辑出版,将会涵盖一千多年来的所有大藏。可惜的是,这个编纂委员会从一九四五年工作到一九五五年,用了十年的时间,仅出版了55种书,装订为18册。这个进程比之前的《普慧藏》还要慢许多,其中的原因,赵朴初先生做了如下解释:"因时局波动,人事变化,经费日益窘迫;人员递减,迄建国前夕,仅留黄幼希、吴致觉、戎传耀三居士勉为其难。"

增修大藏经会出版的这十八册佛经,版式和开本等都跟《普慧藏》完全相同,并且原来《普慧藏》编出的那一部分也被纳入其中,总称为《普慧大藏经》。由此可知,这个民国增修大藏经会其实就是当年《普慧藏》的延续,两项加在一起,总计印行104种佛典,装订为一百册。

一九五九年,《普慧藏》的纸型总计6,900多片,由赵朴初安排,请游有维居士转运到南京金陵刻经处,随同转移者,还有一些未刊的手稿。一九五五年到一九九七年,金陵刻经处用了三年时间将这些纸型整理出来,再次予以出版,仍然装订为一百册。关于《普慧藏》移交金陵刻经处的情况,武延康先生曾写过一篇《漫谈〈普慧藏〉》,详细叙述了此藏的编印经过,并且还提到跟《普慧藏》有关的另一个组成部分。原来,在一九三九年,上海还成立了"华严经疏钞编印会"。此会由来较早:在一九一二年时,徐蔚如就跟蒋维乔和黄幼希等人商量,决定重新编校《华严经疏钞》,到一九三七年徐蔚如去世,此事仍未进行。一九三九年春,应慈法师到上海开办华严学院,蒋维乔等人与之商议,于同年五月十八日成立了编印会,推举应慈为理事长,叶恭绰、蒋维乔等人为副理事长,另设十余位常务理事,由黄幼希主持编印,会址设在威海卫路。一九四一年冬此书编辑完成。对于这个编印会,武延康先生认为其跟《普慧藏》也有一定的关系:"综上所述,《普慧大藏经》刊行会、《华严经疏钞》编印会、民国增修大藏经会三者之间有紧密的联系。其中,《华严经疏钞》编印会成立最早,它与《普慧大藏经》刊行会有一段时期并存,如黄幼希、李圆净等人都在两会兼职。在1944年《华严经疏钞》编印会校印工作结束后,曾将《华严经探玄记》编定原稿,交《普慧大藏经》刊行会入藏流通。后来,该书经刊行会校订,于1945年2月刊行,书后并附录天津本后记及跋文。当然,此书作为《普慧藏》的一部分,版式已与《华严经疏钞》完全不同了。"

《普慧藏》几经周折,到后来还是无疾而终,但是其价值却不容忽视,对于该藏,《汉文佛教大藏经研究》给出了这样的评价:"《普慧藏》虽然未能完成它预期的计划,只编印了100册,但它却形成了独立于历代中外大藏经的特色。这100册典籍不仅大多是新发现、新翻译的孤本或善本,而且都经过了编者们精心地校勘和整合,是佛典中的精品,我们称《普慧藏》为精修藏绝不为过。"

再来谈谈《普慧藏》的出资人盛幼盦。从查得的资料看,他的历史记录不是很光彩,比如池昕鸿编著的《黄金荣全传》中有这样一段描述:"贩毒方面,由日伪合作的宏济善堂独家垄断,主持人是盛宣怀的后代盛幼盦。帮会流氓等人只能靠为盛氏打工而分点残羹。黄金荣的徒弟严春堂、严潮生等都曾在盛幼盦手下贩毒,黄金

※《普慧藏》卷前扉画

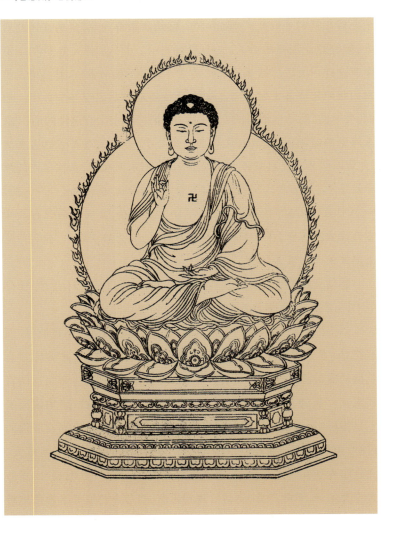

荣也因此得到些好处。"即此可知,盛幼盦贩毒为业,是盛宣怀的后人,但究竟是怎样的后人,文中没有明示。而《大埔文史》第21辑中有这样一段话:"清末大官僚盛宣怀的孙子盛幼盦(人称盛老三),出面组织宏济善堂包办鸦片销售。"说盛幼盦是盛宣怀的孙子。然而,娄承浩、薛顺生编写的《老上海花园洋房》中又有这样的话:"在上海沦陷时期,住宅落入汉奸盛幼盦之手,当时上海人叫他盛老三(是清末邮传大臣盛宣怀之侄)。1938年他依附敌伪,在住宅内组织开设了'宏济善堂'。"这里又出了个"侄子说"。杨嘉祐《外滩·源》一书中另外还有"侄孙说":"日军侵占上海后,盛宣怀的侄孙盛幼盦开设宏济善堂,在日军和特务的羽翼下,名为慈善组织,其实却是沦陷区最大的贩毒机构。"

盛幼盦跟盛宣怀到底是什么关系,后人、儿子、孙子、侄子、侄孙等不同说法,究竟哪个正确?我也查不到确切的史料。

只知因为跟日本人的关系,抗战胜利后,盛幼盦被抓进监狱,而这正是《普慧藏》停刊的时间,即此可知,《普慧藏》停止编印跟会长盛幼盦被抓有直接的关系。只是我所查的史料中,少有将这两者联系在一起的,看来这个汉奸用贩毒的钱来编印大藏,恐怕说出来不是很好听,但我觉得按照佛教的观念,"一阐提"之人尚有成佛的可能,更何况盛幼盦花巨资编印大藏,他所做的功德,已经足够大。武延康先生在其文小注中,也有这样的说法:"抗战胜利后,因盛幼盦为大汉奸,罪行严重,逮捕后被判死刑,刊行会的经济来源便中断了。后经人说情,盛氏因出资印大藏经的缘故,被免于一死。"看来编印《大藏经》的这份功德还真救了他一条命。

抗战胜利后,汉奸们的下场都不好,文芳主编的《民国官场实

※ 《普慧藏》内页

大集大虛空藏菩薩所問經卷第一　原本高麗藏本據大正藏及卍字續藏此即大方等大集經第八虛空藏品之重譯　校本無

開府儀同三司特進試鴻臚卿肅國公食邑三千戶賜紫贈司空大鑒正號大廣智大興善寺三藏沙門不空奉詔譯

如是我聞一時薄伽梵在如來境界寶莊嚴道場而此道場皆是如來之所加持積集廣大福德資糧大行

等流之所成設是諸菩薩所住宮殿演說無邊甚深法處亦是如來遊戲神通無礙智境能生廣大善巧念

慧入無所有行處盡未來世稱讚無量殊勝功德世尊現證一切諸法平等自在善轉善現一切諸根

善能調伏諸弟子衆善達一切有情意樂善知一切諸苦薩皆是如來法王之子心善解脫慧善住如來之所教令

有休息與大苾芻衆六百萬人俱一切皆如諸苾芻衆住大福田增長之處善住如來之一切煩惱結縛

善說一切甚深佛法復能通達於無相法端嚴殊特具足威儀大福田量不可思議不可言說大威儀善巧方便能到第一清淨

善說一切菩薩摩訶薩衆從諸佛刹而來集會其數無量不思議不可譬喻不可量諸菩薩住如來之第一清淨

復有菩薩摩訶薩衆超越種種分別戲論位皆隣近一切智智其名曰電光菩薩勝菩薩遍照菩薩勇健菩薩

戲疑菩薩觀察眼菩薩常舒手菩薩與如是等上首菩薩摩訶薩俱

爾時世尊爲迅菩薩摩訶薩說大集會甚深法門一切大衆處在虛空住寶樓閣而此樓閣莊嚴殊勝猶如

大莊嚴世界中一寶莊嚴佛土諸菩薩衆所住樓閣無有異也是諸大衆各各相見坐其中時此三千大

千世界一切色像蘇迷盧山輪圍山大輪圍山瞻部洲等諸大衆城邑江河陂池大海叢林草木一切地

居所有宮殿一切像悉皆隱蔽而不復現欲色空居乃至有頂諸天宮殿及諸有情形色之類亦悉不現猶如劫燒

所有成佛功德法
悉以迴向諸羣生
願令一切皆清淨
到佛莊嚴之彼岸

录》，讲述了上海查封汉奸的情况："后来据官方报告，上海汉奸的产业经查封有案的总值还有 500 亿元以上。如大汉奸盛幼盦、李士群、邵式军等的产业，都是价值巨亿。单以盛幼盦的产业说，查封清册有 128 页，财产项目有 1900 多项，总值 50 亿元以上。"盛幼盦果真是位大土豪，然而据说他被抓之后，仍在吸大烟，可见其当年贩毒也吸毒，被抓之后仍然戒不掉。高阳的《粉墨春秋》中也有这样一段描述："在楚园中最受优待的有三个人。一个是逃到苏州却不能为任援道所庇护的梁鸿志，独居一间，并准他的姨太太每天早至晚归来照料他。一个是盛宣怀的侄子，获得日人赋予鸦片专卖特权，人称'盛老三'之盛幼盦，年已七十余岁，鸦片瘾大，如果勒令戒除，势必不能伏法，因而特准他携带烟具，日夜吞云吐雾。"

　　以上就是盛幼盦的个人经历，据说他后来死在了提篮桥监狱，然而我却觉得有些奇怪，以他的身份及所从事的营生，都足够显赫，为何资料如此之少。我猜测，不管是盛幼盦还是盛老三，都不太可能是他的真名，但却搜不到相关的信息。后来无意间在武延康先生的文中小注里得知，他的真名原来叫"盛文颐"，小注中说"他早年曾任济南市、沙市、烟台等地电报局局长，天津洋务局局长。民国成立后，任京汉、津浦铁路局局长等职"，原来他也干过这么多的正事。谈到《普慧藏》都会提到盛幼盦，但是按照著作相关规定，谈到古人时，应当写明本名，不能只用字号来替代，如此想来，学界少有人知道盛幼盦的大名是盛文颐。可惜这个发现权是武先生的，不是我的。

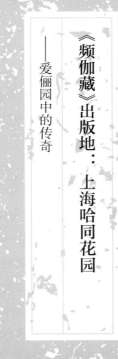

《频伽藏》出版地：上海哈同花园

——爱俪园中的传奇

要谈《频伽藏》的来由,先要从哈同花园讲起。谈到这个花园又要先讲讲哈同本人的历史。哈同是外国人,出生在今天伊拉克的巴格达,他出身穷苦,后来发了大财,也并不讳言小时候的艰苦。他自己说过,那时候靠拾破烂儿、捡煤核,甚至以瓜皮烂菜做食物。哈同的父亲在他很小的时候就去世了,哈同二十岁那年,他的母亲也离开人世。在极端穷困的环境中,哈同觉得有必要出外闯一闯,那时有不少犹太人前往上海做生意,有些人发了大财,哈同便想效仿那些发财的人前往中国冒险。

因为没有钱,哈同只能搭乘小火轮船前往香港。他在船上生了病,同船的人以为他得了霍乱,在那个时代,霍乱是极严重的一种传染病,于是一些船员把他放在一个小木筏上,推入了大海。他在海上漂泊多日,登上了一座荒岛,而后被一艘过路船带到香港。哈同在香港经舅舅介绍到一家洋行打杂,通过自己的勤奋努力渐渐成为了小头目,但他觉得香港的发展势头不如上海,于是辞职来到上海。哈同在上海发现鸦片生意能赚钱,于是用自己很少的一些本钱开始倒腾烟土,而后找到了一位对其一生极有帮助的贤内助。

哈同的太太名叫罗迦陵,其实她本名叫罗俪蕤,也有人称她为罗莉莉。这位罗迦陵的出身也很奇特,至少有四五种说法,掌故大家高拜石曾写过一篇《豪商哈同——爱俪园五十年兴亡记》,文中提到罗迦陵的身世时有这样的说法:"哈同的太太,也是不平等条约下的产物。她姓罗,名莉莉,七月七日出生。……当年上海'东新桥'一带为艇户所集,有的兼营神女,专接外人。莉莉初为缝穷婆,靠着一针一线打打补丁,挣来几文钱糊口,生活极苦;后遇一个儿时相识的咸水妹,彼此诉说之下,对她大为同情,拉她下水,她为环境所迫,明知不是路,无奈且相随,只好混在一起,相与沉浮。"

关于罗迦陵的身世,还有一种说法是:罗迦陵的父亲本为小刀会的成员,起义失败之后,隐姓埋名开了一家糖果店。此人姓罗,娶了一位以缝补为生的穷苦女人沈大姑,而后生了个女儿,就是罗俪蕤。在罗俪蕤三岁时,父亲去世了,那时沈大姑还不到三十岁,为了生存,就跟一个叫路易的法国水手同居,于是她对外称,罗俪蕤是跟路易所生。

还有一种说法,罗俪蕤确实是路易跟沈大姑的女儿,因为从长相看,罗俪蕤有混血儿的特征。关于罗俪蕤的长相,高拜石在文中有如下的描写:"莉莉体格丰腴,眉目秀丽,唇上汗毛特粗,隐若微髭。这一类女人,据说所含两性荷尔蒙较平均发达。做人处事,颇有巾帼男儿的气概,外籍妇女中多有所见,莉莉是混血种,自不足为怪。她的右掌,有一条很显明的纹路,命相家谓之'玉柱纹',自腕底直贯中指,在相法里,是对事业和财富具有佳兆的。"

罗俪蕤渐渐长大后,如高拜石所言,成为了咸水妹,就是以卖花为名的妓女,但她的命真好,竟然遇到了哈同。因为二人谈得很投机,哈同并不计较她的身世,娶其为妻。据说他们的结婚仪式举办了两场,哈同是犹太人,先按照犹太教的方式举办了一场,而罗俪蕤生长在中国,所以又按照中国传统的仪式拜了堂。

结婚之后,哈同仍在倒腾鸦片,罗俪蕤认为这个行当说起来不好听,于是就劝哈同做地产生意。罗俪蕤的说辞很有意思:鸦片又叫大烟土,既然鸦片是土,地皮也是土,为什么不去经营光明正大的土?但哈同对炒地皮很外行,所以他还是继续做自己的老本行。罗俪蕤看劝说无效,于是就提出让哈同给她五千两白银,由她来负责

※ 从侧边望过去依然很美

经营地产。

罗俪蕤果真是女中豪杰，她很快就从上海的炒地皮生意中赚到了大钱，这让哈同深为佩服，于是就真的放弃了经营鸦片，跟着太太一心一意地经营地产。犹太人的经商头脑那可是天下闻名，他钻进了这一行，几经折腾，成了上海首富。哈同发迹后，不忘做公益事业，他最有名的壮举就是从印度进口了大批红木，将其切割成一块块的方砖，进行特殊处理后，铺在上海的南京路上。据说当时铺下的红木砖达数百万块，由一百二十位工匠连续作业两个半月才铺设完成。正是哈同的这个壮举，使得上海的南京路第一次名扬世界。

虽然成了超级富豪，但哈同不忘穷苦出身的本色，高拜石说："哈同本是一个备尝艰困的苦人儿出身，既富之后，悭吝是其本色，衣裤破敝，犹自补缀。然于其夫人所主张，以及捐输于宗教、文化、教育、慈善等等，从没有反对，确能做到'面无腹诽，退无后言'之境地。莉莉对一般善举，如夏季施茶、施医、施药；冬季送寒衣、棉券、米票；平时赈饥施贫、助产施棺木等等，有请必应。"

也许正是这样的勤俭持家，才是能够发达的第一要义，也正是罗俪蕤将贤内助的本领发挥到了极致，才使得哈同在事业上有了如此的辉煌，此后他对太太的任何举措都言听计从。虽然哈同夫妇百事皆顺，但有一个心病，就是两人结婚多年，始终没有生育。有人向罗俪蕤建议，让她前往镇江金山寺敬香，那是《白蛇传》故事的发生地，有白娘娘在那里，据说求子很灵，于是罗俪蕤就带着哈同前往敬香，而金山寺当年的知客僧正是宗仰。

宗仰法名印楞，别号乌目山僧。哈同夫妇跟宗仰接触后，对他有好感，于是二人同时拜宗仰为师，并且给金山寺捐了两千两白银，哈同同时邀请宗仰前往上海弘法。一九〇〇年底,哈同夫妇返回上海不久,宗仰也来到上海,罗俪蕤在哈同公馆的三楼给宗仰设了一间禅房。在交谈中,罗俪蕤发现宗仰对园林设计很擅长,遂与之商议共同建一座大花园。那时哈同刚买下静安寺附近的一大片地,于是他们就委托宗仰为设计及监工,来建造此园。高拜石说:"花园的设计,几乎完全出于乌目山僧的意境,鸠工之初,莉莉与乌目山僧每每一清早便驶车而往,直到夜色苍茫才归来,一砖一石,一花一木,均经亲自指挥监督,不辞劳瘁,终于光绪二十九年(公元1903年)落成。"不过高拜石所记恐有误差,因为也有记载称,哈同花园是宣统元年(1909)才落成的。

　　然而在花园建造期间发生了一桩意外。宗仰虽然是僧人,却向往革命,跟很多革命党人都有交往。邹容的《革命军》是中国革命史上的名著,提出要用武力手段推翻清朝的皇权,建立资产阶级民主国家,邹容还为这个未来的国家起了个名字,叫"中华共和国"。而该书能够出版,即是由宗仰和柳亚子等人集资,交由上海大同书局印刷的。

　　该书出版之后,章太炎在《苏报》上撰文予以推介,这种行为让清政府大为恼火。邹容和章太炎之所以敢这么做,是因为他们处在上海的租界内,清政府不能去直接抓人,但这并不等于他们束手无策。清廷通过各种关系,终于将邹容、章太炎等六位相关人士逮捕,这就是著名的"苏报案"。而后经过审判,邹与章被判永久监禁。宗仰四处活动,同时求助于哈同夫妇,最终改判邹容监禁两年,章太炎监禁三年,其余之人无罪释放。

　　宗仰的这种公开营救举动也引起清廷的关注,于是将其列入黑名单,准备秘密逮捕。宗仰闻讯后,只能远避日本,罗俪蕤为此资助他一千元。一九〇三年七月,孙中山从越南到了日本横滨,宗仰见到他,二人谈得很投机,孙中山专门腾出楼下的一个房间让他居住。

到了一九〇四年初夏,宗仰觉得"苏报案"已然平息,于是又从日本回到上海。避居日本期间,花园的建造全部由罗俪蕤负责,宗仰的返回让罗很高兴,于是继续请他主持花园的建设。经过扩建,到一九〇九年秋,这座大花园终于建成,占地将近三百亩,耗资近七十万两白银。

花园建成后,接下来就是要给它起个名字,但在起名问题上,哈同夫妇发生了争执。哈同认为应该以自己的名字来命名,叫哈同花园,而罗俪蕤认为建造花园自始至终都是自己一手操办,在名称上应该体现出自己的功劳。二人争执不下之时,宗仰提出一个办法,就是从他们夫妇二人名字中各取一个字组成花园名称。哈同的全名为"Silas Aaron Hardoon",翻译过来是"欧司·爱·哈同",于是宗仰就取他名中的这个"爱"字,再取罗俪蕤名中的"俪"字,合在一起,给此园起名为"爱俪园"。这个名称细品起来又有其他的寓意,哈同夫妇很满意,可惜当时的上海人不习惯这种称呼,仍称该园为"哈同花园"。

爱俪园十分壮美,据说宗仰是按照《红楼梦》中的大观园来建造的,也有人说是仿照颐和园,但这两种说法都没有得到宗仰的认可,他说自己建园的思路是"以生平游历所至,凡名胜之接于目而会于心者,就景生情,次第点缀"。不管怎样,这座美轮美奂的花园成为当年上海第一名胜。

胡适有位族叔名叫胡祥翰,擅长写掌故,曾写过一本名叫《上海小志》的书,这本书是由胡适写的序言。一九二一年十二月,胡祥翰游览了爱俪园,回来后写了一篇同名的文章,文中详细描写了园中的一亭一景,此文的第一段话是:"在静安寺路、哈同路口,俗呼哈同花园,为英商欧司·爱·哈同及其夫人罗迦陵所筑。夫人初名俪蕤,故曰'爱俪'。占地数百亩,水木清华,建筑闳丽,非有人介绍不得入览。"

宗仰在流亡日本期间看到过一部《缩刻大藏经》,以他的佛学功底,马上认定这部大藏的价值。关于该藏的历史地位,李富华、何梅在《汉文佛教大藏经研究》一书中给予如下评价:"《缩刻藏》全名《大日本校订缩刻大藏经》或《大日本校订大藏经》,又名《弘教藏》《弘教本》。在明治维新和废佛毁释以后,佛教的复兴,是从出版金属活字版《缩刻藏》开始的。不仅如此,《缩刻藏》的出版,还标志着日本出版的大藏经有了历史性的改变。即由镰仓时代以来,凡计划开版的一切经,大都是仿制大陆的宋代福州版《崇宁藏》《毗卢藏》、及湖州版《资福藏》、明代的《嘉兴藏》或半岛的《高丽藏》等,转变为独创之重新排版、编目的日本大藏经。"

从日本返回上海时,宗仰带回了一部《缩刻藏》。当爱俪园快完工时,宗仰便开始着手以《缩刻藏》为底本编纂一部新的大藏。编纂《大藏经》所需费用巨大,罗俪蕤是他的弟子,于是宗仰跟她谈了这个计划。罗答应由她出资完成。于是宗仰开始组织编辑班子,《宗仰上人年谱简编》中记录:"(1908年)夏,发宏愿校刊《大藏经》,以为救时切要之具,力任其事。延聘汪德渊、余同伯、黎端甫、江月斋等三十余人入爱俪园,开始校刊工作。"

宗仰组织的这些人,用了一年多的时间,以《缩刻藏》为底本,

※ 《频伽藏》封面

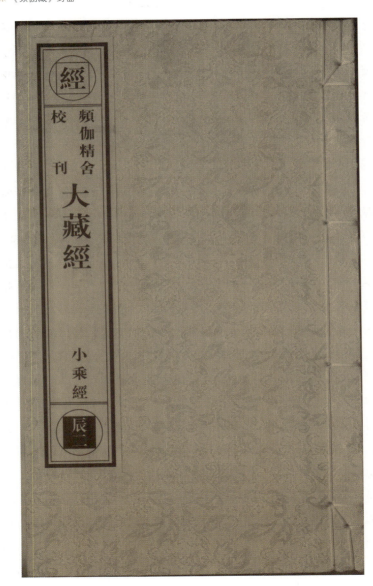

又参照《龙藏》《径山藏》等进行校勘，最后终于将这部大藏编完。而后以罗俪蕤的名义写了篇刊刻《大藏经》缘起，文中称："旧藏经籍，卷帙繁重，检阅良难，工钜价昂，在家熏修二众，尤难购置；每于执卷兴望洋之咨，披函起数宝之叹，称憾久之。嗣从日本购得弘教书院小字藏经，较之旧刻，颇为便利；惟字迹过细，高年展阅，未免苦耗目力。爰发宏誓，愿输私财，仿弘教本翻印；而字体放大，期于阅者无分老少，咸得睹兹照世明灯焉。"

即此可知，这部新编的大藏就是以《缩刻藏》为底本，将其字体放大而成者，同时改正了《缩刻藏》原有的一些错误。编辑工作也参考了日本学者的研究成果，该藏的《凡例》中称："本藏开印之后，承日本中野达慧先生，将彼国鸭巢宗教大学所编《正误录》惠寄，故藏中间有改正之字，即从彼本也。为字函以后及《总目》中，多有修订旧误之处，则依黎端甫先生《释藏丹铅记》所改正也。"

大藏编辑完毕之后，接下来的工作就是要找出版商出版。当时上海的几家出版商都在争抢这个大项目，主要竞争者有中国图书公司和商务印书馆，两家为此打起了价格战。中国图书公司的经理唐孜权通过狄平子等人游说宗仰，称商务印书馆有外国人的股份，这打动了宗仰的爱国思想，于是把合同签给了中国图书公司。

中国图书公司虽然抢到了这单生意，但公司随后换了老板，人员的调整使得印刷之事被耽搁下来，再加上这家公司印刷厂的工人基本都是基督教徒，反对印刷佛经。公司无奈，最终把印刷厂的工人全部遣散，另外请了一批非基督教徒，几经折腾，拖了两年的时间，最终把这部大藏印了出来。

这个过程中，宗仰花费了很多的心血，直到大藏印出，他才松了口气。他在该藏的《自序》中说："综计斯役，措手历四年有余，糜金过十五万，屡经挫折，卒底于成……此经之成，历事如是之艰，用款如是之巨，主人固推诚相与，坚定不移，余亦综核勾稽，因果自矢……暝与晨钞，功积岁时，力殚存殁，其难其慎，以逮今兹。藉非佛法感通，天人合相，则何以遂初心而释重负？由后思前，不觉色喜然而又怦怦心悸也。"

大藏印刷出来之后，涉及到起名的问题。前面说到罗俪蕤后来的名字叫罗迦陵，这个名字的来源跟其信奉佛教有关，《正法念经》上有这样一句话："山谷旷野，其中多有迦陵频伽，出妙音声，如是美音若天若人，紧那罗（乐神名，天龙八部之一，能作歌舞）等无能及者。"而慧苑的《一切经音义》也有此说法："迦陵频伽，此云美音鸟。此鸟本出雪山，在𪓐（待母哺食的幼鸟）中即能鸣。其音和雅，亦略称迦陵。"罗迦陵的"迦陵"二字就是"迦陵频伽"的简称。当时宗仰在爱俪园中建立的尼姑庵，名叫"频伽精舍"，也是出典于此。而今这部大藏编纂完成，就将其命名为《频伽精舍校勘大藏经》，简称《频伽藏》。显然，这个名称是来源于罗俪蕤的法名，看来这件事没有遭到哈同的反对。

《频伽藏》原定两年完成，因为其中的周折，总计用了四年的时间，原本的预算是十万块大洋，而最终花费了十五万之多。一九一三年三月，《宗仰上人年谱简编》中称："历经四年有余的《频伽精舍校刊大藏经》至此告成。全藏依千字文编例，自天地玄黄起，至露结为霜止，总四十函，订四百十四册，经凡一千九百十六部，八千四百十六卷。章太炎、沈曾植、汪德渊为之序。"

然而这部大藏刷印出来后，销售情况并不太好。出版两年后，

※《频伽藏》内页

无常及苦空　非我正思惟　无知等四种　及於色喜乐

如是我闻一时佛住舍卫国祇树给孤独园尔时世尊告诸比丘过去未来色无常况现在色无常圣弟子如是观者不顾过去色不欣未来色於现在色厌离欲正向灭尽如是过去未来识无常况现在识无常圣弟子如是观者不顾过去识不欣未来识於现在识厌离欲正向灭尽无常苦空非我亦复如是时诸比丘闻佛所说欢喜奉行

如是我闻一时佛住舍卫国祇树给孤独园尔时世尊告诸比丘色非我若色是我者不应於色病苦生亦不应於色欲令如是不令如是以色无我故於色有病有苦生亦得於色欲令如是不令如是受想行识亦复如是比丘於意云何色为是常为无常耶比丘白佛无常世尊比丘无常者是苦耶比丘白佛是苦世尊比丘若无常苦是变易法多闻圣弟子於中宁见是我异我相在不比丘白佛不也世尊受想行识亦复如是是故比丘诸所有色若过去若未来若现在若内若外若麤若细若好若丑若远若近彼一切非我不异我不相在如是观者名真实正观如是受想行识若过去若未来若现在若内若外若麤若细若好若丑若远若近彼一切非我不异我不相在如是观者名真实正观圣弟子如是观者厌於色厌受想行识厌故不乐不乐故得解脱解脱者真实智生我生已尽梵行已立所作已作自知不受後有时诸比丘闻佛所说欢喜奉行

如是我闻一时佛住舍卫国祇树给孤独园尔时世尊告诸比丘於色不知不明不断不离欲心不解脱者则不能断苦如是受想行识不知不明不断不离欲贪心不解脱者则不能断苦诸比丘於色若知若明若断若离欲贪心解脱者则能断苦如是受想行识若知若明若断若离欲贪心解脱者则能断苦时诸比丘闻佛所说欢喜奉行

如是我闻一时佛住舍卫国祇树给孤独园尔时世尊告诸比丘於色爱喜者则於苦爱喜於苦爱喜者则於苦不得解脱不明不离欲如是受想行识爱喜者则爱喜苦爱喜苦者则於苦不得解脱如是我闻一时佛住舍卫国祇树给孤独园尔时世尊告诸比丘於色不爱喜者则不爱喜苦不爱喜苦者则於苦得解脱如是受想行识不爱喜者则不爱喜苦不爱喜苦者则於苦得解脱时诸比丘闻佛所说欢喜奉行

如是我闻一时佛住舍卫国祇树给孤独园尔时世尊告诸比丘於色不知不明不断欲不离欲贪心不解脱者不能越生老病死怖如是受想行识不知不明不断欲不离欲贪心不解脱者则不能越生老病死怖比丘於色若知若明若断欲离欲贪心解脱者则能越生老病死怖如是受想行识若知若明若断欲离欲贪心解脱者则能越生老病死怖时诸比丘闻佛所说欢喜奉行

如是我闻一时佛住舍卫国祇树给孤独园尔时世尊告诸比丘於色不知不明不断欲不离欲贪心不解脱者不堪能断苦如是受想行识不知不明不断欲不离欲贪心不解脱者不堪能断苦如是受想行识若知若明若断若离欲

一九一五年的上海《时报》仍然在做销售广告："提倡佛学，不惜巨资，重刊《大藏经》，全部凡八千四百十六卷，计分四百十四册，共装四十箧。是书校对之精详，字划之清楚，纸张之洁白，篇幅之简明，既便观览，且利舟车，固有目共赏。所以枣梨初付，即风行全球。是书共印成千部，仅两周售已过半。现在存书无多，本局为便利购书者起见，特于望平街同文书局、千顷堂书局、棋盘街文明书局、扫叶山房、江左书林等处，设立《大藏经》分发所，凡有志研究经教，欲循禅宗，以观乘典者，祈勿交臂失之。"

这篇广告中称该书印成千部，两周时间就销售过半。看来只是广告词，因为此后哈同也在帮着推销《频伽藏》，他曾经给当时的红顶商人盛宣怀写过一封信，希望盛能够购买一二百部："敝处于前四年发心刊印大藏全经，现已完全出版，凡一千九百六十部，八千四百十六卷，订四百十四册，共四十函。纸版尚精，卷帙亦轻便。窃为流通教典、利济群生起见，每部定收成本二百四十元，海内外信善购者，颇不乏人。唯是普及，须大力提携，而功德在善门尤广。凤仰公为我佛护法，乐于布施，倘能慨发大心，购请一二百部，分贴名山诸刹，胜利岂等寻常？且以之延寿荐福，影响甚宏。敝处亦当上体仁慈，购及百部者，当减收八折，则所费不足两万元，而胜缘所结，实造无量之福。"而盛宣怀在回信中回绝了哈同的推销，说得很客气，没有提及折扣太低的问题，总之，他没有答应。

一九一二年，武昌起义后不久，南京光复，孙中山从海外归来，革命同志云集上海前往迎接。宗仰也登轮话旧，同时代哈同表示了欢迎之意。孙中山随后访问了爱俪园，哈同为此举行了盛大的招待宴会。当时孙中山邀请宗仰同回南京参加新的国民政府，但被宗仰婉拒。孙中山离开后,宗仰隐居山林,于民国十年圆寂于栖霞寺,当时的大总统黎元洪还为他写了挽联。

哈同创造了庞大的地产帝国,但却没有享用到自己跟夫人共同创造出来的劳动成果,正当生意最红火时意外地去世了。哈同去世后,爱俪园由罗迦陵继续主持,因为没有生育,她收养了几个孩子。罗迦陵去世后,哈同在上海的巨额财产由这些养子继承,而后发生了不可避免的遗产纷争事件。建国之初,哈同的养子乔治·哈同移居到香港,这美丽的哈同花园当然带不走。一九五三年十二月,时任上海市副市长的潘汉年给周恩来总理写了封信,请示关于在上海举办“苏联经济及文化建设成就展”的选址问题。因为当时上海没有宏大的场馆,便决定征用哈同花园建造展览馆。哈同夫妇当年在上海留下了大量的房产,建国后这些房产都没有向政府交税,于是政府就以欠税及滞纳金等为由,征用了哈同花园。一九五四年五月四日,中苏友好大厦在哈同花园旧址开始兴建,转年三月落成,这就是具有俄罗斯巴洛克古典风格的上海展览中心。

二十多年来,我到过上海无数次,因为这里是中国两大古籍集散地之一。每次前往上海,无论是乘飞机还是高铁,只要从虹桥打车进入市区,必定会走延安路高架。每次在出租车上看到窗外展览馆的俄式尖顶,就知道快要到酒店了。这些年我也曾到过上海展览馆多次,不仅是为了看展,也为了参加这里举办的内场古籍拍卖会,但那时对这里没有太多的感觉。当我得知这里就是爱俪园旧址,虽然说星星还是那颗星星,尖顶也还是那个尖顶,但当我再看到这个尖顶时,心中的异样难以描述。

虽然展览馆的建设已经把爱俪园拆改得完全看不出旧时的模

样,但当年这个美丽的园林占地达三百亩,我觉得总还会有点子遗。而今再一次光临此馆,正赶上设计展的开幕日,走到入口处才看到告示上写明展览的门票价是二百元,真不明白是怎样级别的设计才能配得上这个价格。

门口的票贩子不比前来参观的人少多少,随口问了票价,瞬间围上几个人,报价一百元。虽然已经降价一半,但我不能肯定这是不是底价,于是继续前行。这些人追着竞相降价,才走出几步,票价已经再次腰斩,看来五十元是我今日入内拍照的代价。正当我准备掏钱买单时,无意间看到展览馆的车辆入口处不时有人进入,看来是个机会,我决定省下这五十元,于是跟着那些人混进了院内。

沿着展览馆的西路一直向里走,边走边观看着楼体的侧面。虽然来过这里多次,我却从来没有细心打量过这组庞然大物,虽是五六十年前的建筑,但今日望上去同样很美。看来我错过了不少次美的享受,这让我开始怀疑自己始终心无旁骛究竟是不是美德。整个展览馆横跨两个街区,我从两端的门都进入过,但却从未像今天这样贯通南北。走到最里面,我看到了那块大绿地,以我的想象,这原本应当是爱俪园中花园的一部分,然而这片绿地的沿街一角却被改建成了一栋商业楼,而今是尼康相机的专卖店。不巧的是,我手里端着的是佳能相机。本想进内拍照,但觉得自己的做法略含挑衅意味,于是打消念头,继续前行。

从延安西路正门的视角来看,左侧的一大片区域被建成了停车场,停车场的前面则是垃圾处理场,再向前,有一片小洋楼。从外观上看,这片小洋楼已经做了改装,但建筑风格仍然暴露出民国范儿,我判断这可能是当年哈同花园的一些遗留。我想仔细探看这里的情况,然而沿着三面围墙走了一圈,却未找到入口,看来院墙在展览馆外面的另一侧街区。这片小洋楼完全凹入展览馆院内,本是方正的展览馆,却被这处建筑从一侧挖掉了一个小方块,形状变得不规则。由此分析,这处建筑一定是原先花园中的一部分。

　　建筑的里侧被改建为有现代办公风格的一处场所,门口堆满了细碎的白色小石子,我感觉由此穿入可以到那片小洋楼,可惜大门紧闭,无法进内一探究竟,只得又转到建筑的阳面。在垃圾处理场和小洋楼之间,有一个两米宽的长条地带,用铁栅栏封闭着,且在入口处上着锁。隔着铁栅栏向内张望,里面是一块无归属的荒地,长满杂树杂草。而今这里已经成了上海市中心,在这寸土寸金之地,竟然能容得下野草的自由生长,只是不知道这野草是否曾听过它的祖辈们讲述爱俪园的故事。

韦力

藏书家。凭个人之力，收藏古籍逾十万册，四部齐备。"唐、五代、宋、辽、金之亦有可称道者，明版已逾八百部，批校本、抄校稿、活字本各有数架。"可谓中国民间收藏古籍善本最多的人。

著有《芷兰斋书跋初集》《古书之爱》《得书记 失书记》《书楼寻踪》等十余种著作，与庆山合著《古书之美》等。